Ole Hansen

Jeremias Voss und der tote Hengst
Der zweite Fall

Von Ole Hansen sind bei dotbooks bereits die folgenden Romane erschienen:

Die Jeremias-Voss-Reihe:
»Jeremias Voss und die Tote vom Fischmarkt. Der erste Fall«
»Jeremias Voss und der tote Hengst. Der zweite Fall«
»Jeremias Voss und die Spur ins Nichts. Der dritte Fall«
»Jeremias Voss und die unschuldige Hure. Der vierte Fall«
»Jeremias Voss und der Wettlauf mit dem Tod. Der fünfte Fall«
»Jeremias Voss und der Tote in der Wand. Der sechste Fall«
»Jeremias Voss und der Mörder im Schatten. Der siebte Fall«
»Jeremias Voss und die schwarze Spur. Der achte Fall«
»Jeremias Voss und die Leichen im Eiskeller. Der neunte Fall«
»Jeremias Voss und der Tote im Fleet. Der zehnte Fall«

Die Marten-Hendriksen-Reihe:
»Hendriksen und der mörderische Zufall«
»Hendriksen und der Tote aus der Elbe«
Weitere Bände sind in Vorbereitung.

Über den Autor:

Ole Hansen, geboren in Wedel, ist das Pseudonym des Autors Dr. Dr. Herbert W. Rhein. Er trat nach einer Ausbildung zum Feinmechaniker in die Bundeswehr ein. Dort diente er 30 Jahre als Luftwaffenoffizier und arbeitete unter anderem als Lehrer und Vertreter des Verteidigungsministers in den USA. Neben seiner Tätigkeit als Soldat studierte er Chinesisch, Arabisch und das Schreiben. Nachdem er aus dem aktiven Dienst als Oberstleutnant ausschied, widmete er sich ganz seiner Tätigkeit als Autor. Heute wohnt der Autor in Oldenburg an der Ostsee.

Ole Hansen

Jeremias Voss und der tote Hengst

Der zweite Fall

dotbooks.

Druckneuausgabe 2019

Redaktion: Ralf Reiter
Umschlaggestaltung: Nele Schütz Design unter Verwendung von
shutterstock/powell'sPoint
Printed in the EU

ISBN 978-3-96148-495-9

Kapitel 1

Dr. Bertram Rusinski betrat das neue Stallgebäude auf Schloss Rotbuchen. Obwohl er der einzige Tierarzt in Nettelbach und Umgebung war, sah er es heute zum ersten Mal von innen. Umso neugieriger betrachtete er alles.

Die anderen fünf Pferdeställe kannte er noch aus der Zeit, als er die Tiere des Schlosses ärztlich betreut hatte. An den alten Ställen war manches verbesserungswürdig gewesen, doch Bernd Graf von Mückelsburg, Schlossherr und Pferdezüchter, hatte kein Geld, und so wurde jede Reparatur hinausgeschoben, bis die Ställe so weit heruntergekommen waren, dass sie eigentlich nur noch hätten abgerissen werden können. Die Pferdezucht, die die Mückelsburgs schon seit Generationen betrieben, hatte damals vor dem Ende gestanden, was vor allem am Grafen selbst lag – wie dieser sehr wohl wusste. Er war weder Landwirt noch Geschäftsmann, sondern ein Büchernarr, der sein Geld lieber in teure Folianten steckte als in die Dächer seiner Stallungen. Nur einmal hatte er eine richtige Entscheidung getroffen, nämlich als er dem Rat seines Freundes Dr. Rusinski gefolgt und einen Manager für die Pferdezucht eingestellt hatte. Es war ein Glücksgriff gewesen, denn über Nacht war der Betrieb rentabel geworden und hatte Gewinne abgeworfen. Was für den Grafen ein Glücksgriff war, war für die Gemeinde Nettelbach ein Unglück. Der neue Manager entließ nach und nach alle deutschen Arbeiter und ersetzte sie durch ausländische Kräfte. Der Trainer und gleichzeitig Vorarbeiter war ein Araber, der Stallmeister ein Ire, und die Hilfskräfte waren Marokkaner. Rusinski hatte der Manager ebenfalls durch einen Iren ersetzt. Graf Mückelsburg hatte sich für das Verbleiben seines Freundes eingesetzt, doch er hatte keinen Einfluss mehr auf die Führung seines Betriebs und konnte seine Forderung nicht durchsetzen.

»Mir geht es jetzt zwar finanziell gut, doch auf meinem Schloss bin ich nur noch eine Strohpuppe. Werner Bartelsmann, der sogenannte Manager, hat jetzt das Sagen. Es tut mir leid, aber ich kann nichts mehr für dich tun. Ich habe alles versucht, aber …«, hatte er die neue Situation erklärt.

»Mach dir deswegen keine Sorgen«, hatte ihn Dr. Rusinski beruhigt. »Ich habe auch so genug zu tun, dass ich es allein kaum schaffe.«

Die neue Situation hatte für den Grafen zwar positive finanzielle Auswirkungen, in der Gemeinde Nettelbach und den angrenzenden Gemeinden verlor er jedoch an Ansehen. War er früher in den Vorständen der Jägerschaft, der Feuerwehr, des Wasser- und Bodenverbands, des Heimatvereins, des Schützenvereins und des Sportvereins vertreten, so verlor er nach und nach all seine Posten. Niemand wählte ihn mehr. Das Ergebnis war, dass der ohnehin etwas eigenbrötlerisch veranlagte Bernd von Mückelsburg sich ganz in die Welt seiner Bücher zurückzog. Alles Geschäftliche überließ er dem Manager. War seine Unterschrift für irgendein Dokument erforderlich, unterschrieb er, ohne es zu lesen. Für Dr. Rusinski war das eine unakzeptable Situation, und er versuchte bei fast all seinen Besuchen im Schloss, den Freund aus seiner geschäftlichen Lethargie zu reißen. Der Graf stimmte ihm zwar zu, aber es geschah nichts. Für Rusinski stimmte dieses Verhalten des zugegebenermaßen weltfremden Grafen nicht mit seinem Charakter überein. Er versuchte, ihn zu einer Erklärung zu bewegen, doch er wich einer präzisen Antwort jedes Mal aus.

Bertram Rusinski machte der Verlust seiner Stellung als gräflicher Tierarzt in der Tat nichts aus. Er hatte genug mit den sich ständig erweiternden Milchbetrieben zu tun. Außerdem erforderten die zusätzlichen Kontrollen der Viehbestände seit den BSE-Skandalen viel Zeit. Hinzu kamen die sich ständig ändernden EU-Richtlinien. Angesichts des Bergs an Arbeit wünschte er sich, dass seine Tochter, ebenfalls Tierärztin, aus Köln zurückkommen würde, um ihm bei der Arbeit zu helfen. Später sollte sie die Praxis übernehmen. Sie hatte ihren Besuch angekündigt und plante einen Abstecher nach Nettelbach, weil sie in Hamburg gerade an einem Kongress teilnahm. Er hatte sich über die Ankündigung sehr gefreut.

Dr. Rusinski sah sich im Stall um. Er konnte kaum glauben, was er sah, und nahm im Geiste den Hut ab vor dem Management und den ausländischen Arbeitern. Es sah wie geleckt aus. Kein Stroh oder Heu lag auf dem Boden, die Boxen glänzten, keine abgeplatzte Farbe, das Ledergeschirr und die Sättel hingen sauber aufgehängt an ihren Plätzen. In den Steigbügeln spiegelte sich das Licht. Kurz: Es sah aus, als würden hier gar keine Pferde stehen. Und doch waren von den 28 Boxen 26 besetzt. Der Wert der Pferde ging in den zweistelligen Millionenbereich, wobei der Hengstrappe in der letzten Box allein die Hälfte des Werts ausmachte. Von den vielen erstklassigen Tieren, für die das Schloss berühmt war, standen die edelsten und teuersten in diesem Stall.

Dr. Rusinskis Ziel war die letzte Box auf der rechten Seite. Hier stand sein Schützling, den er im Auftrag einer Versicherung wie seinen Augapfel hüten sollte. Das Schloss hatte die Gesundheit des Tieres für eine astronomische Summe versichert. Der Hengst war von einem steinreichen pakistanischen Pferdenarr gekauft worden, der das Ausnahmepferd für seine Zucht haben wollte. Da die Hälfte des Kaufpreises bei Vertragsabschluss gezahlt worden war, hatte der Käufer verlangt, dass der Hengst versichert wurde. Die Police galt nur für den Zeitraum zwischen Kauf und Übernahme in Pakistan. Versichert waren Gesundheit und Zeugungsfähigkeit.

Sobald Dr. Rusinski den Stall betreten hatte, kam aus der letzten Box auf der rechten Seite ein mittelgroßer, breitschultriger Mann, dessen Gesicht eine Narbe verunstaltete. Sie verlief von der Stirn über die rechte Wange bis zum Kiefer. Er ging auf den Ankömmling zu, und die beiden Männer trafen sich in der Mitte des Stalls.

»Dr. Rusinski?«, fragte er mit einem starken Akzent, so dass Rusinski kaum seinen eigenen Namen verstand.

»Ja«, antwortete er und musterte den anderen, der gut als Bodyguard hätte fungieren können.

»Ich Dr. O'Heatherby, the Vet.« Der Mann hatte offenbar Schwierigkeiten mit der deutschen Sprache.

»Der was?«, fragte Rusinski, der nicht mehr als den Namen verstanden hatte.

»Veterinarian, verstehen?«

»O ja, entschuldigen Sie, Tierarzt.«

»Yes, Tierarzt. Ich hören, Sie heute kommen. Was wollen?«

»Ich möchte mir den Hengst ansehen und ihn untersuchen. Sie wissen, dass ich im Auftrag der Versicherung komme?«

»Yes, yes, ich weiß. Kommen mit. Ich zeige Hengst.«

Er drehte sich um und ging zur letzten Box auf der rechten Seite. Dr. Rusinski folgte ihm ein wenig irritiert. Die Begrüßung hatte er sich kollegialer vorgestellt.

Der Rappe, der auf den Namen Morning Lightning hörte, war sich seines Werts offensichtlich nicht bewusst. Er stand gelassen in der Box und kaute auf Strohhalmen. Den Kopf hatte er nach hinten gewandt. Er drehte ihn auch nicht um, als die beiden Ärzte die Box betraten. Dr. Rusinski erkannte den Grund für sein Verhalten: In der linken Ecke der Box lehnte Manfred, der Pfleger. Rusinski hatte in der Dorfkneipe gehört, dass zwischen Pfleger und Hengst eine enge Bindung bestand, denn Manfred betreute ihn seit seiner Geburt. Der Hengst war während eines starken Gewitters zur Welt gekommen, daher auch der ungewöhnliche Name.

Rusinski blickte Manfred an. Sein verkniffener Gesichtsausdruck zeigte, dass der Pfleger um Morning Lightning trauerte. Der Hengst würde in vier Wochen Rotbuchen für immer verlassen.

»Moin, Manfred«, begrüßte ihn Rusinski.

Manfred erwiderte nichts, sondern sah ihn nur feindselig an. Rusinski nahm keine weitere Notiz von ihm. Er wusste, dass Manfred ihn hasste. Aus seiner Sicht grundlos, doch davon hatte er ihn nie überzeugen können. Bei der Behandlung einer trächtigen Stute hatte sich das Pferd plötzlich aufgebäumt und mit den Hufen Manfreds rechtes Bein zertrümmert. Er hatte lange im Krankenhaus gelegen; das Bein war steif geblieben. Er beschuldigte den Doktor, es sei seine Schuld gewesen, dass das Pferd ausgeschlagen hatte. Eine amtliche Untersuchung hatte Dr. Rusinski von allen Vorwürfen freigesprochen, was Manfreds Hass auf ihn aber nur weiter gesteigert hatte.

Manfred stand auf und verließ mit einem giftigen Blick hinkend die Box. Morning Lightning folgte ihm mit den Augen.

Während Rusinski den Hengst begutachtete, hörte er, wie Manfred mit schleifenden Schritten über die Backsteinziegel zum Ausgang ging. Der Tierarzt konnte also nichts anderes tun, als ihn nur im Geiste zu loben. Das Tier glänzte wie der Stall. Von den Hufen bis zur Mähne war alles super gepflegt. Er hätte es dem Pfleger gern gesagt, doch dessen Voreingenommenheit ihm gegenüber verhinderte das. Auch physisch schien der Hengst in bester Verfassung zu sein. Er wirkte ruhiger und ausgeglichener als vergleichbare Zuchthengste. Als letzten Akt der Untersuchung öffnete Rusinski seinen Arztkoffer und entnahm ihm eine Kanüle zum Blutabnehmen.

Der irische Tierarzt hatte gelangweilt am Tor zur Box gelehnt, hatte aber unter seinen halb gesenkten Augenlidern jeden Handgriff scharf beobachtet. Als er sah, dass Rusinski die Arzttasche öffnete und eine Kanüle herausholte, kam Leben in seine Gestalt. Er griff in einen Holzkasten neben der Tür und zog einen Schnellhefter heraus.

»Nicht nötig.« Dr. O'Heatherby deutete auf die Kanüle und schüttelte zur Verstärkung seiner Worte den Kopf. »Hier alle Daten – Untersuchung Montag – alles okay.« Er reichte Rusinski die Akte.

»Danke.« Er nahm sie und schlug sie auf. Tatsächlich hatte man erst vor drei Tagen eine große Blutuntersuchung durchgeführt, und alle Werte lagen innerhalb der Toleranzen.

»Sieht sehr gut aus«, sagte Rusinski und gab den Ordner zurück. »Ich werde trotzdem eine Blutprobe nehmen. Nur zur Bestätigung für die Versicherung, dass alles in Ordnung ist.« Er nahm die Kanüle auf und drehte sich zum Hengst um.

»Damned Germans, don't trust anybody«, murmelte O'Heatherby wütend.

Rusinski hatte den verbalen, unter Kollegen unüblichen Gefühlsausbruch gehört, ließ sich aber in seiner Arbeit nicht stören. Er konnte nicht verstehen, warum der Ire so aggressiv reagierte.

Nachdem er das Blut abgenommen und verpackt hatte, nickte er dem anderen zum Abschied zu und ging zurück zu seinem Auto.

Zu Hause im Labor begann er mit der Untersuchung des Blutes. Das Labor war von seiner Tochter eingerichtet worden und hatte eine Stange Geld gekostet. Sie hatte hier die Forschungen für ihre Doktorarbeit durchgeführt und dafür gesorgt, dass alles auf dem neuesten Stand war. Inzwischen war das Labor auch für ihn sehr nützlich und begann, sich zu amortisieren. Kollegen aus der weiteren Umgebung kamen zu ihm, um ihre Proben selbst auszuwerten.

Gegen acht Uhr abends war er fertig. Bis zehn Uhr brütete er über den Ergebnissen und prüfte wieder und wieder, ob ihm auch kein Fehler unterlaufen war. Er konnte keinen finden. Am nächsten Tag wollte er noch eine Blutprobe nehmen, um eine Kontrolluntersuchung durchzuführen. Trotzdem hielt er es für geboten, schon jetzt seinen Freund, den Grafen, zu informieren. Er rief ihn an und kündigte für elf Uhr abends seinen Besuch an.

***

Gegen ein Uhr morgens hatte der örtliche Hegering seine Jagdversammlung beendet. Die letzten Mitglieder verließen um zwei Uhr den Dorfkrug in Nettelbach. Erst jetzt konnten der Wirt und Susi, seine Hilfe, richtig aufräumen. Eine Stunde später waren sie fertig. Der Wirt brachte Susi zur Tür, um hinter ihr abzuschließen.

»Komm gut nach Hause.«

Susi wollte gerade etwas sagen, als sie in der Ferne einen hellen Schein sah.

»Was ist denn da los?«, fragte sie erstaunt.

»Wo?«

»Da!« Sie zeigte mit den Fingern zu dem hellen, unruhigen Schein.

Hauke Krücke, der Wirt, schaute in die Richtung. »Sieht aus, als wäre es beim Schloss.«

»Dann haben die aber ein riesiges Lagerfeuer gemacht. Wir haben doch nicht Ostern, oder habe ich was nicht mitbekommen?«

Der Wirt starrte unverwandt auf den hellen Schein. »Deern, das ist kein Lagerfeuer, da brennt's. Hast du heute Nacht die Feuerwehr gehört?«

»Nee, ich hab nichts gehört. Bei dem Lärm, den die Jäger mal wieder hier drinnen gemacht haben, konnte man auch nichts hören.«

»Ich auch nicht. Irgendetwas stimmt da nicht. Ich ruf bei der Feuerwehr an.«

Krücke ging ins Lokal zurück. Susi folgte ihm. Sie hörte ihn im Flur reden. Nach einer Minute kam er zurück.

»Die wissen von nichts«, sagte er.

Er ging mit ihr wieder vor die Tür. Im selben Moment begann die Sirene auf dem Dach der Feuerwehr zu heulen. Keine Viertelstunde später rasten die drei Wagen der Freiwilligen Feuerwehr an ihnen vorbei.

Kapitel 2

Dr. Nele Rusinski verließ Hamburg am Sonnabend. Sie hatte auf dem Tierärztekongress im Kongresszentrum am Dammtorbahnhof ein Referat gehalten. Der Vortrag über ihre Forschung bezüglich des Fortpflanzungsverhaltens bei Hochleistungspferden war bei den Teilnehmern gut angekommen. Befremdlich fanden sie allerdings, dass die Referentin sofort nach dem Vortrag abreiste und für eine Diskussion nicht mehr zu Verfügung stand.

Natürlich wusste Dr. Nele Rusinski, dass ihr Verhalten ein Verstoß gegen die ungeschriebenen Konferenzregeln war. Doch ihre Gedanken waren so abgelenkt, dass sie sich nicht auf die Fragen der Teilnehmer hätte konzentrieren können. Sie hatte deswegen ihren Professor gebeten, die Diskussion an ihrer Stelle zu leiten. Dann war sie ins Hotel gelaufen, hatte ihre Sachen gepackt und war in die Hotelgarage geeilt. Dort hatte sie das Gepäck in den alten, aber immer noch zuverlässigen Jeep geworfen und befand sich wenig später auf dem Weg nach Nettelbach. Sie musste sich zwingen, nicht zu schnell zu fahren, denn ihr Verkehrssünderregister in Flensburg wies schon bedenklich viele Punkte auf.

Seit sie aus Köln abgefahren war, hatte sie versucht, ihren Vater zu erreichen – vergeblich; er ging weder ans Handy noch zu Hause ans Festnetz. Auch seine Sprechstundenhilfe, Lisbeth Beringer, war nicht zu erreichen. Beide waren wie vom Erdboden verschluckt. In ihrer Verzweiflung hatte sie am Morgen, bevor sie ihr Referat halten musste, Tine Hennigs angerufen, aber auch sie ging nicht ans Telefon. Das bedeutete zwar nichts, denn Tine war viel unterwegs. Mutter Tine, wie sie gewöhnlich genannt wurde, war die Kräuterfrau im Dorf und machte mit ihren Kräutern, Tees und selbst hergestellten Salben und Tinkturen dem Arzt Konkurrenz. Ihr Kundenkreis ging weit über Nettelbach hinaus. Und da sie keinen Unterschied zwischen Mensch und Tier machte, war sie vielbeschäftigt. Selbst Neles Vater scheute sich nicht, ihre pflanzlichen Arzneimittel zu kaufen, wenn seine chemischen Medikamente nicht anschlugen. Böse Zungen behaupteten, dass Tine auch mancherlei Beschwörungen vornähme, was allerdings niemand bezeugen konnte. Da Tine dazu nichts sagte und die Betroffenen schwiegen, blieb alles nur ein Gerücht. Genaugenommen störte sich außer dem Pfarrer niemand daran. Für ihn war Mutter Tine eine fleischgewordene Bedrohung der Gemeinde. Diese Auffassung wurde von seinem katholischen Amtsbruder geteilt. Doch so sehr sie auch von den Kanzeln in Lütjenburg gegen Tine wetterten, die Bürger von Nettelbach und Umgebung ließ es kalt.

Sobald Nele Hamburg verlassen hatte und der Verkehr übersichtlicher wurde, griff sie zum Handy und rief im Dorfkrug von Nettelbach an. Hier hatte sie endlich Glück. Hauke Krücke, der Wirt vom Krug, eigentlich *Lindenkrug*, meldete sich nach dreimaligem Klingeln.

»Hallo, Hauke, hier ist Nele. Kennst du mich noch?«

Es dauerte einige Augenblicke, bis Hauke antwortete. Offenbar brauchte er etwas Zeit, um zu registrieren, wer die Anruferin war. Doch dann antwortete er freudig: »Mensch, Nele, ich glaub's kaum. Soll ich ein Flens öffnen, oder bist du ganz auf Kölsch umgestiegen?«

»Nee, so weit ist es noch nicht. Ich sehne mich nach einem heimischen Tropfen, kühl und vom Fass gezapft. Ich rufe vom Auto aus an und muss mich kurzfassen. Hauke, ich kann meinen Vater seit Freitag nicht erreichen. Weißt du, wo er ist?«

»Tut mir leid, Nele, ich habe ihn nicht gesehen.«

»Lisbeth kann ich auch nicht erreichen.«

»Kein Wunder. Die ist seit einer Woche auf Mallorca.«

»Und Tine?«

»Die alte Kräuterhexe ist da. Die bewegt sich doch nur aus Nettelbach weg, wenn sie ein neues Opfer für ihren Hokuspokuskram gefunden hat. Du kannst sie sicher am Abend erreichen, wenn sie mit ihren Hühnern zusammen auf die Stange geht.«

»Und von Vater weißt du nichts?«

»Tut mir leid, Nele, mehr als ich dir gesagt habe, weiß ich nicht. Er ist am Freitag nicht zum Stammtisch gekommen – Moment.«

Nele hörte, wie er nach hinten rief: »Was hast du gesagt, Volker?«

»Den hepp wie seit dem Brand nicht mehr gesehen«, rief Volker zurück.

»Volker sagt, dass er …«

»Schon gut, Hauke, ich hab mitgehört. Was war denn das für ein Brand?«

»Ja, sag mal, Nele, wo lebst du denn? Das kam doch sogar im Fernsehen. Die …«

»Ich muss Schluss machen«, rief sie, stellte das Handy aus und verstaute es im Handschuhfach. Ein Polizeiauto kam ihr entgegen. »Puh«, sagte sie, als es vorbeifuhr, ohne sie zum Anhalten aufzufordern. Ein Strafmandat wegen Telefonierens während der Fahrt hätte ihr gerade noch gefehlt. Nachdem dieser Augenblick des Schreckens vorüber war, wurde ihr erst richtig bewusst, was Hauke gesagt hatte. Er hatte ihren Vater nicht gesehen. Das war eigentlich kein Grund, sich Sorgen zu machen, wäre da nicht auch der Hinweis, dass er den Stammtisch versäumt hatte. Das war nicht seine Art, denn sie wusste, wie sehr er den liebte. Es war für ihn die Informationsbörse. Alles, was in Nettelbach und Umgebung passierte, kam hier auf den Tisch und wurde durchgehechelt. Wenn sie ihren Vater ärgern wollte, dann brauchte sie ihm nur zu sagen, dass er durch seine Stammtischbrüder eher über die Absichten seiner Kunden Bescheid wusste als diese selbst. Er konterte dann meist damit, dass er eben auch erfuhr, wann wer was verkauft hatte und er seine Rechnungen stellen konnte, wenn bei den Bauern Geld im Haus war. Im Grunde war der Stammtisch seine Erfindung gewesen. Es war keine schlechte Idee, wenn dabei nur nicht so viel getrunken würde. Ihr Vater fand es ganz normal, denn auch er liebte es, einen guten Schluck im Kreise von Freunden zu trinken. Das Übel war nur, dass die Herren danach den Weg nach Hause nur noch schwer fanden. Aber immerhin war

Nettelbach so klein, dass die meisten Opfer des Kornkonsums zu Fuß nach Hause gehen konnten, sofern das denn noch möglich war. Als sie ihren Vater – sie war bereits Studentin der Tiermedizin gewesen – einmal fragte, was er an dem Gesöff nur fand, hatte er ihr mit einem Augenzwinkern geantwortet: »Kind, ich trink ihn ja nicht wegen des Geschmacks, sondern wegen der Wirkung.«

Wo mochte er nur stecken? In Gedanken ging sie alle Telefongespräche durch, die sie in letzter Zeit geführt hatten. Sie konnte sich jedoch nicht daran erinnern, dass er erwähnt hätte, die Praxis für einige Zeit zu verlassen. Normalerweise informierte er sie, weil sie ihn dann vertreten sollte. Für sie war das beruflich kein Problem. Im Gegenteil, ihr Professor sah es gern, wenn seine Assistenten Gelegenheit hatten, in der Praxis zu arbeiten. Dadurch verloren sie nicht den Blick für die Arbeit am lebenden Tier, was in der Forschung leicht möglich war. Meistens stimmte sich ihr Vater mit Urlaub und sonstigen Terminen mit ihr ab. Doch diesmal hatte er es nicht getan, da war sie sich sicher. Was also mochte geschehen sein?

Nele hatte noch mehr Gewissenbisse als sonst, denn sie hatte sich längere Zeit nicht bei ihm gemeldet. Das war keine Gleichgültigkeit ihm gegenüber. Sie liebte ihn von Herzen, doch sie wusste, wenn sie anrufen würde, käme das Gespräch unweigerlich auf die Tierarztpraxis und was werden würde, wenn er der Aufgabe nicht mehr gewachsen war. Und das konnte schon bald sein, denn seit ihre Mutter vor drei Jahren an Krebs gestorben war, hatte er stark abgebaut. Er wurde mit dem Verlust einfach nicht fertig. Das Problem war, dass

Nele nicht wusste, ob und wann sie die Praxis übernehmen würde. Sie war in dieser Frage innerlich zerrissen. Auf der einen Seite liebte sie es, mit Tieren umzugehen, zu sehen, wie sie unter ihren Händen gesund wurden, zu fühlen, wie Pferde, aber auch Rinder an ihr hingen. Das Gefühl, wenn ein Pferd auf sie zukam, wenn sie die Weide betrat, und seine Nüstern an ihrer Schulter rieb, war nicht zu beschreiben. Es setzte einfach Glückshormone frei. Auf der anderen Seite liebte sie ihre Arbeit an der Universität, das Lehren und Forschen, der Umgang mit jungen Menschen, die sich einer Sache verschrieben hatten, die auch sie erfüllte. Sie liebte es, Vorlesungen zu geben, aber Forschen war ihre Leidenschaft. Auf unbekanntes Terrain vorzudringen und Schritt für Schritt die Geheimnisse der Natur zu entschlüsseln, war etwas, was sie mit Stolz erfüllte. Sie war so gut auf diesem Gebiet, dass der Professor angekündigt hatte, sie könne seine Nachfolgerin werden, wenn er sich zur Ruhe setzte. Eine Professur zu bekommen, war ein Traum von ihr, und er war greifbar nahe. Ihr Professor wurde in zwei Jahren 65, hatte damit die Altersgrenze erreicht und musste aus dem aktiven Dienst ausscheiden.

Was aber sollte sie ihrem Vater sagen, der die Praxis aufgebaut hatte und in ihr seinen Lebensinhalt sah? Wenn sie eine Übernahme ablehnte, dann, so befürchtete sie, würde er nicht damit fertig werden. Sie war davon überzeugt, dass nur die Praxis und der Umgang mit den Tieren ihn damals, als seine Frau starb, vor dem Verzweifeln bewahrt hatten. Und dieses Wissen war es, was ihr ein schlechtes Gewissen bereitete.

Sie hatte lange gezögert, von der Tagung aus nach Nettelbach zu fahren. Den Entschluss, es doch zu tun, hatte sie kurzfristig getroffen, und das Motiv dafür war eher emotional als rational.

Für eine kurze Strecke verlief die Straße schnurgerade. Der Wirtschaftweg nach Detersen mündete hier ein. Das Dorf bestand nur aus einigen Häusern, die zum Gut Detersen gehörten. Es war nicht sonderlich groß, jedenfalls jetzt nicht mehr, denn der Besitzer hatte einen großen Teil seiner Ländereien verkauft und nach der Wende dafür die doppelte Menge an Land in Mecklenburg-Vorpommern erstanden.

Nele kannte die Strecke im Schlaf – schließlich war sie nicht weit von hier aufgewachsen – und trat das Gaspedal noch ein Stückchen weiter durch. Das wäre ihr fast zum Verhängnis geworden, denn im gleichen Augenblick bog ein Pritschenwagen von Detersen kommend auf die Kreisstraße nach Nettelbach. Ohne zu bremsen oder sich davon zu überzeugen, dass die Straße frei war, fuhr der Fahrer des Transporters einfach drauflos.

Nele fluchte und trat auf die Bremse. Die Reifen quietschten auf dem Asphalt, aber die Geschwindigkeit ihres Wagens verringerte sich, so dass sie einen Zusammenstoß vermeiden konnte. Der Fahrer des Kleintransporters schien nicht bemerkt zu haben, dass er gerade einem schweren Unfall entgangen war. Er erhöhte das Tempo und fuhr stur weiter.

Nele fluchte und versuchte, den Schock abzubauen. Nachdem sie ein paarmal tief durchgeatmet hatte, wollte sie hinter dem Kleintransporter her jagen, um den Fahrer zur Rede zu stellen, doch dann sah sie die Unsinnigkeit ihres Vorhabens ein. Sie fuhr weiter – nicht unbedingt mit einer den Straßenverhältnissen angemessenen Geschwindigkeit. Sie liebte es nun mal, schnell zu fahren.

Sie bog gerade um eine der vielen nicht einsehbaren Kurven, als sie plötzlich Hohlblocksteine auf der Straße liegen sah. So welche hatten auf dem Kleintransporter gelegen. Zwischen den Steinen war ein dunkler Belag auf der Straße. Das alles registrierte sie in Bruchteilen von Sekunden. Ein Vorbeifahren war nicht möglich, denn die Knicks, die für Norddeutschland typischen Büsche am Straßenrand, reichten auf beiden Seiten fast bis zur Fahrbahn, und auf der lagen die Steine. Geistesgegenwärtig stieg sie auf die Bremse, doch es war zu spät. Mit über 60 Stundenkilometern raste sie auf die Steine zu. Es krachte so laut unter ihr, dass sie dachte, der Wagen fiele auseinander. Stücke der Hohlblocksteine spritzen nach allen Seiten.

Nele hatte den rechten Fuß aufs Bremspedal gestemmt, doch nichts passierte. Im Gegenteil, sie hatte das Gefühl, dass der Geländewagen beschleunigte. Das Fahrzeug, das noch vor wenigen Minuten bei einer Vollbremsung Spurtreue bewiesen hatte, reagierte nicht auf das Bremsen, sondern brach nach rechts aus. Sie versuchte gegenzusteuern, doch der Jeep reagierte nicht. Er raste frontal in den Knick auf der rechten Seite, wurde zurückgeschleudert und schoss unkontrolliert auf die linke Seite. Nele sah den Knick dort auf sich zukommen, sie riss die Arme schützend vors Gesicht, dann war der Aufprall da. Sie nahm noch wahr, wie sie gegen den Airbag flog, dann wurde es schwarz um sie herum. Sie spürte nicht mehr, wie der Wagen sich aufbäumte, mit dem Dach zuerst in den Knick geschleudert wurde und schließlich auf dem Kühlergrill liegend zum Stillstand kam. Die Zweige des Knicks hatten die Masse der Energie abgefangen. Treibstoff floss auf die Straße.

Kapitel 3

Das tiefe Knurren eines Hundes, gefolgt von einem heiseren Gebell, ließ Professorin Dr. Silke Moorbach auffahren. Ein Schauer lief ihr über den Rücken. Für einen Moment zitterte sie am ganzen Körper, dann war sie wach und hatte den Verursacher der Störung ausgemacht. Sie drehte sich im Bett um und riss mit einem kräftigen Ruck die Bettdecke zur Seite. Die große, sternförmige Narbe über dem Steißbein … Der nackte Körper von Jeremias Voss lag nun unbedeckt in ihrem Bett. Eine Hand fischte nach der Bettdecke und versuchte, sie wieder über den Körper zu ziehen, während das Gebell anhielt.

»Was soll das?«, murmelte er verschlafen, während er an der Bettdecke zerrte.

»Stell dein verdammtes Handy aus!«, fuhr ihn Silke an.

»Mach du es aus«, brummte er schon wieder im Halbschlaf und zog kräftiger an der Decke.

»Du glaubst doch wohl nicht, dass ich aus dem warmen Bett steige, um dein Handy auszuschalten. Mach es gefälligst selbst und leg dir endlich einen anderen Klingelton zu. Das Gebell ist ja grauslich.«

Demonstrativ ließ sie sich aufs Kopfkissen zurücksinken und wickelte sich in die Bettdecke ein, so dass Jeremias keine

Chance hatte, sie wieder über seinen nackten Körper zu ziehen.

Das Knurren und Bellen ging weiter.

»Verdammt, kann man sich nicht einmal erholen von den Strapazen der Nacht?«, grummelte er, richtete sich aber doch auf und stieg aus dem Bett. Er folgte dem Gebell, um seine Hose zu finden. Sie lag in der Tür zum Flur. Er griff in die Hosentasche und drückte auf die grüne Empfangstaste.

»Na endlich«, hörte er die Stimme seiner Assistentin. »Haben Sie so gefeiert, dass Sie nicht mal mehr ans Telefon gehen können?«

»Was ist denn los?« Er gähnte herzhaft und rieb sich mit der freien Hand die Augen. Erst jetzt wurde ihm gewahr, dass er vollkommen nackt war. Sofort fror er.

Das Handy am Ohr, ging er zum Bett zurück und setzte sich auf Silkes Seite nieder. Sie legte ihm fürsorglich die Decke über die Schultern.

»Erstens«, sagte Vera Bornstedt mit vorwurfsvoller Stimme, »ist längst Geschäftsbeginn, und als Chef sollten Sie Ihrer Angestellten ein Vorbild sein.« Bevor er etwas erwidern konnte, fuhr sie fort: »Und zweitens werden Sie hier dringend gebraucht.«

»Nun mal im Ernst, Vera, weswegen stören Sie mich bei meinen Träumen?«

»Ach so, träumen nennen Sie das«, sagte Vera anzüglich. »Sie müssen sich wohl oder übel von Ihren Träumen losreißen und arbeiten. Die Hamburger-Berliner-Versicherungs-AG hat angerufen. Sie werden gebeten, so schnell wie möglich – auf jeden Fall noch heute –, Dr. Wilfried Hartwig, den Vorstand für Schadensermittlung, aufzusuchen. Seine Sekretärin hat es sehr dringend gemacht.«

»Die Versicherung – interessant. Haben sie gesagt, worum es sich handelt?«

»Nein, Chef, nur dass es sehr dringend ist.«

»Was ist bei den Versicherungsfritzen nicht eilig? Schon gut, schon gut, ich fahre sofort«, fügte er schnell hinzu, als er hörte, dass Vera nochmals die Dringlichkeit betonen wollte. »Wer hat denn angerufen?«

»Die Chefsekretärin des Vorstands.«

»Und wo finde ich diesen Dr. Hartwig?«

»In der Zentrale am Steinhöft. Das ist dieser Glaspalast, der wie eine Kommando…«

»Ich kenne den Glaskasten. Rufen Sie zurück und sagen Sie ihr, dass ich in einer guten Stunde dort sein werde – sagen Sie lieber zwei Stunden. Ich muss mich ja noch umziehen.«

»Wird erledigt. Aber Chef, tun Sie mir einen Gefallen, ziehen Sie nicht das schreckliche Fleecehemd an. Es sieht verboten aus.«

»Ich find es herrlich bequem.«

»Bitte, Chef.«

»Weiber«, knurrte er und legte auf. Dann wandte er sich zu Silke Moorbach um. »Frau Professor haben gehört. Die Pflicht ruft, ich muss an die Arbeit und dich leider verlassen.«

»Das trifft sich gut, denn ich muss auch dringend ins Institut. Du kannst dich duschen. Ich setze inzwischen den Kaffee auf und toaste ein paar Scheiben Brot.«

Sie schlug kurzentschlossen die Bettdecke zurück und krabbelte aus dem Bett. Auch sie war nackt. Sie griff nach ihrem Morgenmantel, doch Voss nahm ihn ihr aus der Hand.

»Meine Liebe, so geht das nicht, auch wenn du nun schon seit fast 24 Stunden Professor bist.«

Er nahm sie in den Arm und küsste sie. Sie erwiderte es und presste ihren Körper gegen seinen. Sofort kam Bewegung in Voss' Hände. Eine griff nach ihrem Busen, und die andere glitt an ihrem Rücken entlang und streichelte ihren wohlgeformten Po.

»Halt, halt, so nicht«, rief Silke, »dafür ist jetzt keine Zeit mehr.« Sie drückte sich von seiner muskulösen Brust ab.

Enttäuscht schaute Voss an sich herunter. »Und was mach ich nun mit ihm? Ich kann doch so unmöglich auf die Straße gehen.«

»Dusch dich kalt.«

»Das ist unfair ihm gegenüber. Was hältst du von einem ganz schnellen Quickie?«

»Nein, auch keinen noch so quicken Quickie. Du gehst jetzt ins Bad und ich in die Küche.«

Eine halbe Stunde später befand er sich, gekleidet in einen Smoking, auf dem Weg zu seinem Haus am Mittelweg.

Der Smoking war das am wenigsten getragene Kleidungsstück in seinem Schrank. Normalerweise vermied Voss jede Art von Veranstaltung, für die Abendkleidung verlangt wurde. Er liebte es bequem und leger. Gestern hatte er sich jedoch nicht davor drücken können, und er hätte es auch gar nicht gewollt. Seine langjährige Freundin Dr. Silke Moorbach, Chefin und Besitzerin eines privaten Instituts für forensische Pathologie, war zum Professor für Forensik an der Universität in Hamburg ernannt worden. Nach der feierlichen Einführung in ihr neues Amt waren sie zusammen mit einem Konvoi von Ehrengästen zu ihrem Institut gefahren, wo die Ernennung zusammen mit den Mitarbeitern zünftig gefeiert wurde. So gegen drei Uhr morgens waren beide mit einem Taxi zu Silkes Wohnung gefahren. Die eigenen Wagen zu benutzen, dazu waren sie nicht mehr in der Lage gewesen. Sehr wohl waren sie jedoch in der Lage gewesen, die Feierlichkeiten mit leidenschaftlichem Sex zu beenden. Soweit Voss sich erinnern konnte, waren sie erst nach fünf Uhr erschöpft eingeschlafen.

Obwohl sie immer wieder in unregelmäßigen Abständen miteinander schliefen, waren sie kein Liebespaar. Zu ihrem Glück hatten sie frühzeitig erkannt, dass jeder von ihnen seinen Beruf so liebte, dass eine engere Beziehung das harmonische Verhältnis stören würde. Es machte ihnen nichts aus, wenn einer von ihnen andere sexuelle Beziehungen hatte. Gerade die Freiheit, so leben zu können, wie man wollte, ohne ein schlechtes Gewissen zu haben, hatte ihre Freundschaft erst richtig gestärkt.

Später als erhofft erreichte er seine Jugendstilvilla am Mittelweg.

Er fuhr den Wagen in die Tiefgarage, hastete die Treppe zum Erdgeschoss hoch und gelangte in einen breiten Flur, an dessen Ende sich eine Toilette und der Eingang zum Büro befanden.

Während er durch das Büro, das gleichzeitig Empfangsraum war, eilte, rief er Vera zu: »Ich bin spät dran. Rufen Sie mir bitte ein Taxi, ich ziehe mich nur schnell um.«

Er öffnete die Tür zu seinem Arbeitszimmer und stieg die Treppe, die von dort in sein Apartment im ersten Stock führte, immer drei Stufen auf einmal nehmend empor. Hier wurde er von Nero, seinem Hund, stürmisch begrüßt. Es kostete ihn einiges an Kraft, sich der Liebesbekundungen zu erwehren. Da er keine Zeit hatte, ihn zu knuddeln, schob er Nero resolut von sich. Der merkte, dass sein Herrchen in Nöten war, und zog sich beleidigt auf seine Matratze in der Stube zurück. Er bekundete sein Missfallen, indem er Voss die Rückseite zuwandte. Zu seiner Enttäuschung nahm sein Herr von dieser Geste jedoch keine Kenntnis, sondern eilte ins Schlafzimmer, wo er sich den Smoking und die Unterwäsche vom Leib riss und einen grauen, dezent wirkenden Geschäftsanzug anzog. Bei einer Versicherung war es immer von Vorteil, einen seriösen Eindruck zu machen. Als Dekoration nahm er seine Aktentasche aus Büffelleder mit. Sie war immer mit dem Nötigsten ausgestattet.

Als Nero ihn davoneilen sah, hatte er sofort vergessen, dass er eigentlich beleidigt war, und folgte ihm.

Voss blieb kurz an seinem Schreibtisch stehen und überprüfte die E-Mails im Computer. Es war nichts Interessantes dabei, und er ging ins angrenzende Arbeitszimmer, in dem Vera residierte.

Das Büro war einfach, aber zweckmäßig eingerichtet. Die Akten waren in zwei verschließbaren Blechschränken untergebracht. Veras Arbeitsplatz bestand aus einem rechtwinkligen Schreibtisch, auf dem moderne elektronische Bürogeräte standen. Für Besucher gab es eine kleine Sitzecke mit zwei bequemen Cocktailsesseln und einem niedrigen, runden Tisch. Rechts neben ihrem Schreibtisch verbarg eine Falttür eine Küchenzeile.

Vera schaute von ihrem Computer auf und betrachtete ihren Chef anerkennend.

»Endlich sehen Sie mal wie ein seriöser Geschäftsmann aus«, lobte sie. »Wenn Sie sich jetzt auch noch einen entsprechend hübsch aussehenden Hund anschaffen, dann würde Sie jeder für den perfekten Gentleman halten. Mit Nero an Ihrer Seite wird das jedoch nie der Fall sein.«

Voss streichelte den mächtigen Kopf des Hundes: »Komm, Nero, hier weiß man unsere Qualitäten nicht zu würdigen. Hier urteilt man nur nach Äußerlichkeiten.« Nero sah ihn mit verzehrendem Blick an und wedelte mit dem ganzen Hinterteil, weil er außer einem Stummel keinen Schwanz mehr besaß.

»Das Taxi wartet bereits vor der Tür«, sagte Vera.

»Ich eile.« Zu Nero sagte er: »Du bleibst schön hier. Ich kann dich nicht mitnehmen, aber ich komme gleich wieder. Leg dich auf deinen Platz.«

Enttäuscht zog Nero sich mit hängendem Kopf ins Arbeitszimmer seines Herrn zurück.

»Ich komme nach meinem Besuch bei der Versicherung zurück. Wenn nicht, rufe ich an.«

»Alles klar, Chef. Bin gespannt, was man von Ihnen will. Wir haben keine Versicherungen bei denen laufen. Ich habe eben noch alles überprüft.«

»Wir werden sehen – tschüss.«

Voss eilte nach draußen, stieg in das wartende Taxi und gab die Versicherung als Zielort an.

»Sie haben 20 Minuten Zeit, mich dorthin zu bringen. Wenn Sie es schaffen, gibt es zehn Euro Trinkgeld«, sagte er zum Fahrer. Der trat aufs Gaspedal.

Er musste quer durch die Innenstadt fahren von Voss' Haus am Mittelweg im Stadtteil Rotherbaum bis zur Versicherung an der Elbe in der Nähe des Baumwalls. An einem Vormittag war das sehr zeitraubend. Trotzdem schaffte es der Fahrer in 22 Minuten. Voss war großzügig und gab ihm trotzdem die zehn Euro Trinkgeld.

Das Versicherungsgebäude bestand nur aus Glas und Stahl. In luftiger Höhe bemühten sich zwei Fensterputzer in ihrem Korb, den Schmutz der Hansestadt von der Glasfront zu entfernen. Sie schienen eine Daueranstellung zu haben, denn immer wenn er das wie eine Kommandobrücke aussehende Gebäude sah, hing der Korb mit den beiden Männern an irgendeiner Stelle der Fassade. Das Foyer war ein großer, runder Raum, der oben mit einer Glaskuppel abschloss. In dem Raum standen mehrere mobile Stellwände, an denen Hamburger Maler ihre Arbeiten kostenlos ausstellen durften. Alle vier Wochen wechselten die Künstler.

Voss ging zum runden Empfangstresen, hinter dem zwei junge Frauen ihn so breit anlächelten, als hätten sie kaum erwarten können, ihn zu sehen. In ihren uniformartig geschneiderten Kostümen sahen sie aus wie Stewardessen der Lufthansa.

»Ich möchte zu Dr. Wilfried Hartwig. Mein Name ist Jeremias Voss«, sagte er und fügte hinzu: »Dr. Hartwig erwartet mich.«

»Einen Augenblick bitte«, bat eine der Empfangsdamen.

Voss sah, wie sie seinen Namen in den Computer eingab. Dann blickte sie auf und forderte ihn lächelnd auf: »Bitte nehmen Sie dort drüben Platz. Es kommt gleich jemand, der Sie abholt.«

Sie zeigte auf eine hypermoderne Sitzgruppe, die Voss für das Ausstellungsstück eines avantgardistischen Künstlers gehalten hatte. Er verzichte auf den Versuch, Sitzübungen zu machen, und sah sich stattdessen die Bilder an den Stellwänden an.

Er war noch nicht mit der Betrachtung des ersten Bildes fertig, als ein junger Mann auf ihn zutrat. Er war in einen grauen Dreiteiler gekleidet und sah sehr gepflegt aus. Seine Fingernägel waren poliert, wie Voss registrierte.

»Herr Jeremias Voss?«, fragte er, genauso lächelnd wie die Damen am Empfang, allerdings lag sein Lächeln nur auf den Lippen, während die Augen Voss abschätzend musterten.

»Ja.«

»Mein Name ist Thomas Meyer. Ich bin der Assistent von Herrn Dr. Hartwig. Ich habe den Auftrag, Sie zu ihm zu bringen.« Er reichte Voss die Hand zur Begrüßung. Der Händedruck war eher feminin als männlich. »Bitte folgen Sie mir.«

Sie fuhren mit dem Fahrstuhl in den obersten Stock und gingen zu der gegenüberliegenden Tür. Ein weicher Teppichfußboden schluckte jeden Schritt. Zwei Türen rechts und links des Foyers führten in jeweils einen Gang. Nach Voss' Schätzung befanden sie sich in dem als Kommandobrücke gestalteten Teil des Gebäudes.

Der Assistent klopfte, wartete auf das »Herein« und öffnete dann die Tür für Voss.

»Bitte treten Sie ein«, forderte er ihn auf und kündigte ihn mit Namen an.

Wie vermutet, befand er sich in der Mitte der »Kommandobrücke«. Die Fenster boten einen fantastischen Blick auf die Elbe und den Hafen. Zu Voss' Erstaunen saß Dr. Hartwig mit dem Rücken zum Fenster. Er hatte dadurch zwar die Tür im Blick, sah aber nichts von dem Panorama. Die Einrichtung des Büros war genauso modern und stylish wie alles, was er bisher hier gesehen hatte. Der Stil des Hauses samt seiner Einrichtung sollte dem Besucher wohl vermitteln, dass hier alles jung, dynamisch und zukunftsorientiert war.

Bei seinem Eintreten erhob sich der Mann hinter dem Schreibtisch. Er war etwa so groß wie Voss, hatte ein rundes Gesicht und eine Vollglatze. Im Gegensatz zu dem Detektiv, der kein Gramm Fett am Körper hatte, zeigte er einen deutlichen Ansatz zur Korpulenz.

»Herzlich willkommen, Herr Voss. Ich bin Dr. Hartwig, der Vorstand für Schadensregulierungen in der Versicherungs-AG«, begrüßte er ihn. »Ich freue mich, dass Sie so schnell kommen konnten. Lassen Sie uns dort drüben Platz nehmen.«

Dr. Hartwig führte ihn zu einer Sitzgruppe, bei der dem Schöpfer eindeutig die ästhetische Wirkung des Designs mehr am Herzen gelegen hatte als die Bequemlichkeit des Nutzers.

Voss betrachtete die Sitzmöbel skeptisch.

»Keine Sorge, Herr Voss, die Sessel sind zwar unbequem, aber sie halten uns aus«, sagte Hartwig mit einer einladenden Geste. Verschmitzt lächelnd fügte er hinzu: »Das ist der Preis, den wir Mitarbeiter für den Slogan unserer Versicherung zahlen müssen. Sie kennen ihn sicher: kundennah, zuverlässig, dynamisch, zukunftweisend.«

Voss war der humorvolle, ironische Mann auf Anhieb sympathisch.

Während die Herren Platz nahmen, ging die Bürotür auf und eine Frau mittleren Alters brachte ein Tablett mit Kaffee und Keksen. Dr. Hartwig bediente seinen Gast selbst – was Voss dazu veranlasste, sich zu fragen, was Hartwig nach diesem Höflichkeitsbeweis wohl von ihm wollte. Er brauchte nicht zu warten, denn der Direktor kam gleich zur Sache.

»Eine Vorbemerkung, damit Sie mein Anliegen besser verstehen, Herr Voss. Wie Sie vielleicht wissen, sind wir eine der größten Versicherungsgesellschaften in Europa. Wir operieren natürlich auch weltweit. Wir versichern nahezu alles, seien es die schönen Beine einer Tänzerin oder die Stimme eines Tenors oder die Gesundheit eines kostbaren Pferdes. Die Prämien sind, wie Sie sich sicher denken können, je nach Risiko sehr hoch. Dies wiederum bringt es mit sich, dass wir uns immer wieder mit kriminellen Machenschaften herumschlagen müssen. Versicherungsbetrug ist eine beliebte Form der Bereicherung und wird vielfach noch immer als Kavaliersdelikt angesehen. Dabei ist der Verlust durch solche Machenschaften sehr groß. In letzter Zeit mehren sich die Verluste unserer Gesellschaft. Sie liegen signifikant höher, als nach den statistischen Berechnungen zu erwarten gewesen wäre. Nach meiner Beurteilung kann der Anstieg an Schadensfällen nur auf organisiertem Betrug beruhen, und das wiederum lässt darauf schließen, dass vertrauliche Informationen nach draußen sickern. Alle unsere Gegenmaßnahmen blieben bislang erfolglos.«

»Sie meinen, Sie haben irgendwo in Ihrem System eine undichte Stelle, einen Informanten, der Ihre Planungen und Maßnahmen an Betrüger weitergibt?«

»Unter uns gesagt, so sieht es aus. Da ich keinerlei Verdacht habe und geheime interne Ermittlungen nichts ergeben haben, darf ich das natürlich nicht laut sagen. Ich muss Sie deshalb bitten, alles, was wir hier besprechen, vertraulich zu behandeln.«

»Das versteht sich von selbst. Die Gespräche mit einem potenziellen Klienten sind immer vertraulich. Ich sage *potenziell*, weil ich noch nicht weiß, was Sie von mir wollen, und ob, falls es sich um einen Auftrag handelt, ich ihn annehmen werde. Auch wenn es zu keinem Auftrag kommen sollte, können Sie versichert sein, dass alles, was wir besprechen, von mir diskret behandelt wird.«

»Ich danke für Ihr Verständnis«, sagte Dr. Hartwig. »Gerade jetzt haben wir wieder einen Fall auf dem Tisch, der das Potenzial eines Versicherungsbetrugs in sich birgt. Sie haben sicherlich in den Medien von dem Brand auf Schloss Rotbuchen gehört, bei dem wertvolle Pferde verbrannt sind, darunter ein prämierter und in Fachkreisen berühmter Zuchthengst. Unsere Gesellschaft hat die Pferde, den Zuchthengst und auch die Gebäude versichert. Wir müssen also den gesamten Schaden bezahlen. Für den Zuchthengst besteht darüber hinaus eine Zusatzversicherung. Er wurde verkauft und für die Zeit vom Abschluss des Kaufvertrags bis zum Eintreffen bei seinem neuen Besitzer gegen alle gesundheitlichen oder seine Leistung als Zuchthengst einschränkenden Schäden versichert. Soweit ist alles in Ordnung. Der Kaufpreis war allerdings fünfmal so hoch wie sonst üblich. Das haben wir überprüft. Der Käufer ist ein Pakistani, steinreich, auch überprüft. Die Prämien waren, wie Sie sich denken können, sehr hoch, da das Risiko ja außergewöhnlich groß war. Sie wurden anstandslos akzeptiert und bezahlt. Im Falle einer gesundheitlichen Störung, die die Zuchtfähigkeit des Hengstes infrage stellt, oder im Todesfall hat die Versicherung, also wir, das Doppelte der Versicherungssumme auszuzahlen.«

Er sah Voss aufmerksam an. Offenbar versuchte er, aus dessen Miene abzulesen, ob er die Informationen verstanden hatte. Als Voss nichts sagte, fuhr er fort: »Sie können sich sicher denken, dass das, was ich Ihnen gerade gesagt habe, von unseren Juristen vertraglich hieb- und stichfest formuliert wurde.«

Als Voss immer noch nichts sagte, meinte Hartwig: »Wenn Sie irgendwelche Fragen haben, dann heraus damit.«

»Ihr Problem ist mir klar, Dr. Hartwig. Was ich jedoch noch nicht begriffen habe, ist, was ich bei dem Ganzen soll.«

»Dazu komme ich jetzt. Vor zwei Tagen ist der Stall, in dem der Hengst untergebracht war, abgebrannt, und dabei sind der Hengst und weitere wertvolle Pferde verbrannt. Einen Tag später ist der Tierarzt, der in unserem Auftrag den Hengst überwachen sollte, verschwunden. Mit ihm wird auch der Pferdepfleger, der den Hengst von Geburt an betreute, vermisst.«

Voss nickte. »Jetzt wird die Sache schon interessanter für mich. Ich kann mir denken, weswegen Sie mich gerufen haben. Trotzdem, was genau erwarten Sie von mir?«

»Ich möchte, dass Sie feststellen, ob es sich bei dem Schaden um einen Versicherungsbetrug oder um einen zwar tragischen, aber ansonsten normalen Unfall handelt.«

Voss überlegte einige Augenblicke, bevor er sagte: »Also ob es sich um Brandstiftung handelt oder nicht. Das können die Feuerwehr oder die Polizei oder Sie mit Ihren technischen Möglichkeiten viel besser feststellen als ich. Den Brand von mir untersuchen zu lassen, ergibt doch keinen Sinn.«

Dr. Hartwig nickte zustimmend. »Da haben Sie vollkommen recht. Es geht auch nicht nur um den Brand als solchen, sondern um den Nachweis, dass das Ganze ein abgekartetes Spiel war, wenn ich mich mal so salopp ausdrücken darf. Wenn es wirklich Brandstiftung war, dann sollen Sie herausfinden, was das Motiv dafür war.«

»Ich verstehe. Sie wollen also wissen, ob das Feuer beispielsweise von einem pyromanisch veranlagten Feuerwehrmann gelegt wurde oder ob die Mafia dahinter steckt.« Voss betonte das Wort Mafia besonders, um anzudeuten, dass er mit dem plakativen Begriff jede Art von krimineller Organisation meinte.

Dr. Hartwig sah ihn lächelnd an. »Sie haben es auf den Punkt gebracht, wobei die Mafia sicherlich als Metapher gemeint war.«

Wieder schwieg Voss, diesmal lange, bevor er sagte: »Das ist ein verdammt komplexer Auftrag, aber ich übernehme ihn. Wird Sie allerdings eine Stange Geld kosten. Etwas interessiert mich jedoch. Wie sind Sie auf mich gekommen? In Hamburg wimmelt es doch von Privatdetektiven.«

Wieder lächelte Dr. Hartwig verschmitzt. »Wir haben natürlich Erkundigungen über Sie eingezogen und dabei festgestellt, dass Sie in dem Ruf stehen, der beste Privatdetektiv in Hamburg zu sein. Sie arbeiten mit der Polizei zusammen, was für Sie spricht, und Sie sind für Ihre unorthodoxen Methoden bekannt, was in diesem Fall wichtig sein könnte. Kurzum, Sie haben einen hervorragenden Ruf.«

»Das freut mich natürlich, aber auch Detektive mit gutem Ruf müssen essen und dem Finanzamt von ihrer Speise etwas abgeben, also lassen Sie uns über die finanzielle Seite des Auftrags reden.«

Dr. Hartwig lachte. »Wir wissen natürlich, dass Sie teuer sind, aber Sie werden uns nicht kleinlich finden. Schließlich wollen wir ja, dass Sie für uns ermitteln und den Auftrag nicht ablehnen, wenn Sie ein Haar in der Suppe finden, um bei der bildlichen Sprache zu bleiben. Wir wissen auch, dass Sie es sich leisten können, wählerisch zu sein. Doch der Auftrag, den wir … den ich … Ihnen erteilen will, geht noch über die mögliche Brandstiftung und ihre Hintergründe hinaus. Sie sollen auch das Leck finden, durch das unsere vertraulichen Interna nach draußen fließen.«

Als Voss nach einer weiteren Stunde Hartwigs Büro verließ, konnte er nur sagen, dass sich die Versicherung sehr großzügig zeigte. Von jedem Euro, den er für sie einsparte, würden 20 Prozent in seine Tasche fließen – ein Angebot, das ihn hoch motivierte.

Dr. Hartwigs Bemerkung, dass er der beste Privatdetektiv Hamburgs sei, war so falsch nicht. Zwar gab es keine vergleichenden Bewertungskriterien für die Arbeit der Privatermittler, und somit war es nur eine subjektive Feststellung, aber eines war Fakt: Jeremias Voss genoss einen sehr guten Ruf als Privatdetektiv, und das nicht nur in der Öffentlichkeit, sondern auch bei der Polizei. Letzteres lag daran, dass er mit den Ordnungskräften gut zusammenarbeitete.

Wenn man berücksichtigte, dass es nie sein Ziel gewesen war, Privatdetektiv zu werden, war es umso erstaunlicher, dass er innerhalb einer relativ kurzen Zeit in der Bundesliga der Privatermittler mitspielte.

Sein beruflicher Werdegang war ursprünglich ganz anders verlaufen. Nach dem Abitur war er in den Polizeidienst eingetreten, hatte sich seine ersten Meriten auf der Straße und im Kriminaldienst erworben. Dann war er zum SEK der Landespolizei Hamburg gegangen und später zur GSG 9, dem Sondereinsatzkommando des Bundes. Hier war er zum Hubschrauberpiloten ausgebildet worden, und hier hatte er seine Jugendträume erfüllt gesehen.

Doch es sollte anders kommen. Bei einer Geiselbefreiung war er mit dem Hubschrauber abgestürzt und hatte sich etliche Wirbel des Rückgrats gestaucht. Er hatte großes Glück gehabt, denn sein Kopilot war bei dem Absturz ums Leben gekommen. Das ins Cockpit hineingeschleuderte Stück eines Rotorblatts hatte ihn regelrecht geköpft.

Nach monatelangem Krankenhausaufenthalt und verschiedenen Rehabilitationsmaßnahmen war er nur noch für den Innendienst tauglich. Der Innenminister war so fair gewesen, ihm eine Frühpensionierung anzubieten. Diese Möglichkeit hatte er ergriffen, denn hinter einem Schreibtisch zu versauern, wäre eine Katastrophe gewesen. Lange hatte er überlegt, was er in seinem Zustand machen könnte, bis er auf die Idee kam, ein Büro für private Ermittlungen aufzumachen. Auch wenn seine Verletzung ihm nach sieben Jahren noch Probleme machte, schränkte sie ihn doch nicht so sehr ein, dass er nicht recherchieren, Fakten sammeln, nachdenken, beobachten und kombinieren konnte. Über die Jahre hatte er gelernt, mit der Verletzung umzugehen. Dank seiner Erfolge konnte er es sich inzwischen leisten, wählerisch zu sein. Er gehörte zu den teuersten, aber auch erfolgreichsten Privatdetektiven der Hansestadt.

Kapitel 4

Als Voss wieder ins Büro kam, sah Vera Bornstedt neugierig von ihrem Laptop auf.

»Na, Chef, hat sich der Besuch gelohnt?«

Voss kam nicht dazu, zu antworten, denn Nero schoss aus dem hinteren Büro und stürzte sich vor Freude auf ihn. Er musste seine ganze Standfestigkeit aufbieten, um nicht zu Boden geworfen zu werden, denn Nero brachte über 50 Kilo auf die Waage, und davon war kaum ein Gramm Fett.

»Ist ja gut, Nero, ist ja gut, du bist ja mein Bester«, beruhigte er ihn, während er ihn mit einer Hand abwehrte und mit der anderen den massigen Kopf kraulte. Nero knurrte ob dieser Liebesbezeugung selig.

Er wandte sich an Vera, während er weiterkraulte. »Ich glaube, es war ein erfolgreicher Vormittag. Wir haben einen Auftrag. Allerdings ist er nicht ohne. Aber lesen Sie selbst.« Er legte ihr den Vertrag, den Dr. Hartwig selbst am Computer getippt und beide unterschrieben hatten, auf den Schreibtisch.

Während Vera las, wurden ihre Augen immer größer. »Wow, Chef«, war alles, was sie sagte.

»Ist ein ganz schöner Brocken, Vera. Sie dürfen aber nicht nur das Geld sehen. Wenn an dem Verdacht der Versicherung etwas dran ist, dann wird es wohl der schwierigste und auch gefährlichste Auftrag, den wir bisher bearbeitet haben.«

»Gefährlich? Wieso?«, fragte Vera verwundert. Bisher hatte sie noch nie erlebt, dass Voss bei einem Auftrag Gefahren erwähnte.

»Hören Sie gut zu, ich erkläre es Ihnen, weil auch Sie als meine Mitarbeiterin betroffen sein könnten.«

Während der nächsten halben Stunde klärte Voss sie darüber auf, worum es sich bei dem Auftrag handelte und welche Gefahren auf sie zukommen könnten. Für ihn war wichtig, dass sie über alles informiert war, besonders über die Gefahren, die sich aus den Ermittlungen ergeben konnten. Aus reinem Verantwortungsgefühl für ihr Wohlergehen fragte er, ob sie während der Ermittlungen nicht lieber Urlaub nehmen wollte.

Fast empört lehnte sie sein Anliegen ab. Sie wusste, wie wertvoll ihre Arbeit für ihn war, denn sie war nicht nur eine schöne, sondern auch eine intelligente Frau. Sie war einfallsreich, flexibel und verstand es, mit dem Computer umzugehen. Vor allem aber besaß sie die Fähigkeit mitzudenken. Da sie nicht wie Voss in der ersten Reihe der Ermittlungen stand, konnte sie die Ergebnisse mit Abstand bewerten. Sie hatte ihm schon oft wertvolle Hinweise gegeben. Auch wenn Voss sich stets bemühte, die Fakten objektiv zu beurteilen, konnte es im Eifer der Ermittlungen geschehen, dass er sich in eine Idee verrannte, quasi den Wald vor lauter Bäumen nicht mehr sah. Es geschah nicht oft, kam aber vor.

Obwohl sie von Anfang an bei ihm arbeitete, zuerst als Sekretärin, später als seine Assistentin, und sie einen sehr kameradschaftlichen Umgang pflegten, redeten sie sich immer noch mit Sie an. Zwar hatte Voss ihr wiederholt das Du angeboten, doch Vera hatte es jedes Mal abgelehnt, nicht deswegen, weil sie ihn nicht mochte, sondern weil sie ihn zu sehr mochte, glücklich verheiratet war und einen Sohn hatte. Die formelle Anrede war eine Barriere, die sie daran erinnerte, Distanz zu halten, um ihre Ehe nicht zu gefährden. Würde sie sich mit Voss duzen, dann wäre eine erotische Annäherung nur eine Frage der Zeit, und das wollte sie auf jeden Fall vermeiden. Es hatte lange gedauert, bis Voss begriff, dass das, was er als Zurückweisung empfunden hatte, genau das Gegenteil war. Auf diesen Gedanken war er allerdings nicht selbst gekommen, sondern seine langjährige Freundin Silke Moorbach hatte es ihm lang und breit erklären müssen.

»Was haben Sie jetzt vor?«, wollte Vera wissen. »Wie ich Sie kenne, haben Sie bestimmt schon eine Idee.«

»Idee wäre zu viel gesagt. Zunächst werden wir uns einmal schlau machen. Sie werden das Internet durchforsten. Versuchen Sie, so viel wie möglich über Schloss Rotbuchen herauszufinden. Dann informieren Sie sich über den Zuchthengst – sein Name ist Morning Lightning – und versuchen, etwas über einen Pakistani mit Namen Perscherwi herauszufinden. Perscherwi ist der Käufer des Hengstes.«

Vera schrieb die Namen in ihre Kladde für Notizen. Er ging in sein Büro.

»Bleiben Sie jetzt hier?«, rief Vera zu ihm hinüber.

»Nein, ich bin gleich wieder unterwegs. Ich will mich mal umhören, was es Neues auf dem Gebiet des Versicherungsbetrugs gibt. Ich will zunächst zum Hamburger Tageblatt und danach zu Kriminaloberrat Friedel.«

»Wann kommen Sie zurück?«

»Ich denke, am Nachmittag. Wenn ich zum Feierabend nicht zurück sein sollte, fragen Sie Herrmann, ob er sich um Nero kümmern kann«, rief Voss zurück. Nach einem kurzen Augenblick stand er wieder in der offenen Tür.

»Ich hab noch etwas vergessen. Versuchen Sie, auch etwas über einen Dr. Bertram Rusinski herauszufinden. Er ist der Tierarzt, der im Auftrag der Versicherung die Betreuung des Hengstes überwacht.«

»Wie schreibt er sich?«

»Wie man es spricht: Romeo, Uniform, Sierra, India, November, Sierra, Kilo, India«, buchstabierte Voss. Während seiner Zeit als Hubschrauberpilot hatte er sich daran gewöhnt, das NATO-Alphabet zu verwenden.

»Okay, Chef, hab ich.«

Kurz darauf hörte er, wie Veras Finger über die Tastatur des Computers huschten.

Er griff zum Telefon und wählte die Nummer von Knut Hansen. Hansen war Redakteur beim Hamburger Tageblatt, der größten regionalen Zeitung für Hamburg und das Umland. Voss und er waren befreundet, nicht sehr eng, aber immerhin so, dass sie sich duzten. Es war mehr eine Art Symbiose. Jeder profitierte vom Beruf des anderen. Hansen bekam von dem Privatdetektiv Stoff für Storys, und Voss erhielt von dem Zeitungsmann Informationen und Einblicke in die Gerüchteküche der Hansestadt. Es hatte einige Zeit gedauert, bis Voss den smarten, aalglatten Reporter so weit gebracht hatte, nur das zu veröffentlichen, zu dem er sein Okay gegeben hatte.

Als Treffpunkt schlug Hansen das Coffee Fellows im Hauptbahnhof vor. Voss war einverstanden, da es dort guten Kaffee gab. Schließlich warb das Café damit, nur hundertprozentigen arabischen Hochlandkaffee zu servieren.

Voss bestellte ein Taxi, denn um diese Zeit war es um freie Parkplätze in der Nähe des Hauptbahnhofs schlecht bestellt.

Wie immer war er pünktlich und Hansen unpünktlich. Da er etwas von dem Reporter wollte, blieb ihm nichts anderes übrig, als zu warten. Im umgekehrten Fall wäre er nach zehn Minuten wieder gegangen.

Er setzte sich mit seinem Kaffee in eine Ecke und nutzte die Wartezeit, um sich zu notieren, was er bisher wusste und wie er vorzugehen gedachte. Priorität hatten ein Besuch auf dem Schloss sowie Gespräche mit der örtlichen Polizei und der Feuerwehr. Was den Brand anging, dürfte die Frage, ob er durch einen technischen Defekt ausgelöst oder ob er gelegt worden war, verhältnismäßig einfach zu klären sein. Das Motiv für einen möglichen Brandanschlag wäre dagegen schwieriger zu ermitteln. Es konnte ein Feuerteufel am Werk sein, auch ein Racheakt war möglich, genauso wie ein Versicherungsbetrug. Für Letzteren, so konnte sich Voss denken, gab es zumindest zwei Gründe: Ergaunern der doppelten Versicherungssumme oder Vertuschen einer Krankheit, die den Hengst als Zuchthengst ungeeignet werden ließ. Sollte eine solche Krankheit für vor dem Beginn der Versicherung nachgewiesen werden, bräuchte die Versicherung die Vertragssumme nicht auszuzahlen – ein starkes Motiv. Die Frage, wie das Verschwinden des Tierarztes und des Pferdepflegers ins Bild passte, war ebenso zu klären.

Für seine Arbeit hatte Dr. Hartwig gute Voraussetzungen geschaffen. Voss hatte einen Spezialausweis erhalten, der ihn als Sonderermittler der Versicherung auswies und in dem alle Behörden gebeten wurden, ihn bei seiner Arbeit zu unterstützen. Laut Hartwig waren die offiziellen Stellen in der Regel willig, den Versicherungsermittlern bei ihrer Tätigkeit zu helfen, zumindest sie nicht zu behindern. Gleichzeitig hatte Hartwig versichert, dass kein weiterer Ermittler an dem Fall tätig war. Alle örtlichen Agenturen wurden aufgefordert, unter Hintanstellung ihrer eigenen Bedürfnisse jede seiner Forderungen zu erfüllen, und ihnen wurde klargemacht, dass seine Aufträge bei den technischen und administrativen Abteilungen Priorität hatten. Voss war mit diesem Aufwand nicht einverstanden gewesen. Er war sicher, dass ein möglicher Insiderinformant durch solche Maßnahmen gewarnt und dann nicht mehr entlarvt werden könnte. Doch Dr. Hartwig hatte darauf bestanden, weil er befürchtete, dass die Ermittlungen im entscheidenden Moment durch Angestellte verzögert werden könnten. Voss war zwar weiterhin nicht überzeugt, aber auf der anderen Seite würde sich ohnehin schnell herumsprechen, dass jemand von der Versicherung im Fall des verbrannten Zuchthengstes ermittelte. Aus diesem Grund hatte er schließlich zugestimmt.

Mit 40 Minuten Verspätung tauchte endlich der kleine, rundliche Reporter auf. Wie immer machte er einen gehetzten Eindruck. Voss war sich nie klar darüber, ob er aus Imagegründen so wirkte oder ob er tatsächlich so viel zu tun hatte.

»Jerry, alter Freund«, begrüßte er Voss. »Immer wieder eine Freude, dich zu sehen.« Grinsend fügte er hinzu: »Natürlich nur, wenn du eine Story für mich hast.« Über sein Zuspätkommen verlor er kein Wort.

»Moin«, antwortete Voss knapp. »Hast du eigentlich in der Grundschule die meiste Zeit gefehlt?«

Hansen sah ihn verwundert an. »Nee, wieso?«

»Weil du offensichtlich nicht gelernt hast, wie eine Uhr funktioniert.«

Hansen grinste, zeigte aber ansonsten keine Verlegenheit. »'tschuldigung, aber in meinem Beruf kann man nicht nach der Uhr arbeiten. Du hast mich aber sicher nicht hierher bestellt, um zu prüfen, ob ich die Uhr richtig ablesen kann. Also, was gibt's? Hast du wieder eine Story?«

»Möglich«, antwortete Voss vage. »Ich möchte wissen, was es in der Gerüchteküche zu hören gibt über Versicherungsbetrügereien im großen Stil. Gibt es Banden, die sich auf diese Branche spezialisiert haben?«

Das Grinsen auf Hansens Lippen wurde breiter. »Sieh an, unser Sherlock Holmes hat seine Finger wohl in der Rotbuchensache, oder irre ich mich?«

Voss war klar gewesen, dass der smarte Reporter den Braten sofort riechen würde. Also versuchte er gar nicht erst, die Sache zu verheimlichen.

»Du irrst dich nicht.«

»Wir haben in unserer Zeitung zwar über die Tragödie berichtet, aber soweit ich informiert bin, haben wir alles geschrieben, was wir wissen.«

»Kannst du mir etwas über den Besitzer von Rotbuchen sagen?«

»Nur das, was du überall nachlesen kannst. Nichts Spektakuläres. Das Schloss gehört dem Grafen von Mückelsburg. Es ist schon seit Generationen im Besitz der Familie. Die Frau ist gestorben. Es gibt eine Tochter, Henriette, sie studierte Journalismus, war Auslandkorrespondentin und ist jetzt beim Fernsehen. Wirtschaftlich haben sie sich lange Zeit an der Pleite entlanggehangelt. Erst als ein Manager eingestellt wurde, ging es steil bergauf. Mehr kann ich dir auch nicht sagen.«

»Es wird gemunkelt, dass hier im Norden Versicherungsbetrug im großen Stil betrieben wird. Hast du da etwas läuten hören?«, klopfte Voss auf den Busch.

Hansen schüttelte den Kopf. »Ich weiß von nichts. Woher hast du denn die Info?«

Voss machte eine vage Bewegung mit der rechten Hand. »Buschtrommeln – nichts Konkretes. Ich dachte, du könntest mir weiterhelfen.«

»Tut mir leid, aber ich hab null Infos. Wenn du willst, kann ich mich mal in der Redaktion umhören, aber ich glaube, da gibt's nichts, was ich nicht wüsste.«

»Schade, aber wo nichts ist, da ist halt nichts.« Voss überlegte eine Weile, bevor er fragte: »Recherchiert ihr in der Sache weiter?«

»Soweit mir bekannt ist, nein. Es sei denn, es treten neue, interessante Entwicklungen auf. Aber bis dahin ist es für uns

Schnee von gestern. Jetzt habe ich eine Frage: Wie sieht es mit einer Story aus?«

»Nichts zu machen. Dafür sind mir die Auskünfte zu mager.«

»Nun komm schon, spuck was aus.«

»Du kennst doch das Spiel. Eine Hand wäscht die andere – Informationen gegen Tipps.«

»Das ist unfair!«

»Wann ist das Leben schon fair?«

Hansen erhob sich. »Ich muss los. Das Gespräch mit dir ist mir heute nicht lohnend genug.«

»Wem sagst du das? Dafür habe ich fast eine Stunde umsonst gewartet. Mach's gut, und wenn du etwas hast, ruf mich über Handy an oder lass es Vera wissen.«

Ob Hansen die letzten Worte noch gehört hatte, konnte Voss nicht sagen, denn der Reporter war in seiner hektischen Art bereits auf dem Weg zum Ausgang.

Voss war verärgert, wobei er nicht sagen konnte, ob es wegen Hansens Verspätung war und weil er nichts Brauchbares von ihm erfahren hatte, oder weil er nicht wusste, wie er den Fall anpacken sollte. Es kam selten vor, dass ihm nicht sofort klar war, wie er am sinnvollsten vorgehen sollte. Für gewöhnlich kristallisierten sich Ansatzpunkte bereits heraus, während der Auftraggeber noch den Auftrag formulierte. Doch diesmal blieb alles nebulös. Das Einzige, was er machen konnte, war, zum Schloss Rotbuchen zu fahren und mit der Feuerwehr, der Polizei und dem Schlosspersonal zu sprechen und sich ein Bild von den Geschehnissen vor Ort zu machen. Er war nicht wirklich davon überzeugt, dass ihn das weiterbringen würde. Hätte die Polizei etwas Ungewöhnliches gefunden, dann wäre Dr. Hartwig darüber informiert gewesen.

Mit sich unzufrieden, holte er sich noch eine Tasse Kaffee und rief dann im Büro an. Doch auch Vera hatte nicht mehr zu berichten als das, was ihm Knut Hansen über das Schloss erzählt hatte.

»Ich habe noch einen Auftrag für Sie. Knut erzählte mir, dass das Schloss in den Neunzigern plötzlich zu Geld gekommen ist. Versuchen Sie doch mal herauszufinden, was der Grund für diesen Geldsegen war.«

»Chef, ich habe noch nicht einmal den Auftrag von heute Morgen erledigt«, klagte sie. »Heute werde ich das nicht mehr schaffen.«

»Sie packen das schon. Legen Sie mir Ihre Ermittlungsergebnisse auf den Schreibtisch – Stichworte genügen. Ich werde jetzt versuchen, mich mit Kriminaloberrat Friedel zu verabreden. Ich nehme nicht an, dass ich noch vor Feierabend wieder im Büro sein werde. Bitte seien Sie so nett und geben Sie Nero etwas zu trinken, bevor Sie gehen.«

»Chef, wollen Sie mich ärgern? Habe ich das schon jemals vergessen?«

»Lassen Sie mich mal nachden…« Voss hörte nur noch das Freizeichen. Wie er Vera kannte, hatte sie empört aufgelegt.

Sein nächster Anruf galt dem Büro von Kriminaloberrat Hans Friedel. Wie gewöhnlich hatte er Hilde Mertens, Friedels langjährige Sekretärin, am Apparat. Voss kannte sie fast genauso lange, wie sein Freund die Leitung der Abteilung Tötungsdelikte im Landeskriminalamt der Stadt Hamburg innehatte. Sie teilte ihm mit, dass er zu Hause sei, um sein Überstundenpolster abzubauen. Voss rief bei Friedel zu Hause an, erreichte aber nur seine Frau, die ihn für den Nachmittag zum Kaffee einlud. Voss nahm die Einladung dankbar an.

Bevor er den Bahnhof verließ, kaufte er einen Blumenstrauß für Frau Friedel. Anschließend fuhr er ins Büro zurück. Vera war erstaunt, ihn so unerwartet zu sehen, und Nero gebärdete sich wie verrückt vor Freude. Da Vera in der Zwischenzeit nichts Neues herausgefunden hatte, ging Voss, gefolgt von Nero, in seine Wohnung und holte für sich und den Hund je ein fertig gebratenes Schnitzel aus dem Kühlschrank. Als Junggeselle, der für sein leibliches Wohl selbst sorgen musste, hatte er immer einen Stapel fertiger Schnitzel im Kühlschrank liegen. Voss hatte noch nicht einmal Senf auf den Teller getan, als Nero bereits durch lautes Gebell verkündete, dass er seine Mahlzeit verzehrt habe und Nachschlag wollte. Den bekam er jedoch nicht. Voss holte sich ein Bier aus dem Kasten neben dem Kühlschrank und ging mit Teller und Flasche ins Wohnzimmer. Nach dem Essen legte er sich zu einer Mittagsruhe aufs Bett. Nero leistete ihm auf seinem Lieblingsplatz am Fußende Gesellschaft. Bereits nach kurzer Zeit schnarchten beide um die Wette.

Um halb drei Uhr wachte Voss auf, erhob sich, machte kurz Toilette und fuhr zu seinem Freund nach Rissen, dem letzten Hamburger Stadtteil, bevor Schleswig-Holstein begann. Im Sandmoorweg, nicht weit vom Klövensteen – einer grünen Oase, die bis über Hamburgs Grenzen hinaus reichte – hatte Friedel ein hübsches Reihenhaus gekauft.

Voss wurde von Frau Friedel mit aufrichtiger Freude begrüßt. Sie mochte seine charmante Art und den beruhigenden Einfluss, den er auf ihren Mann ausübte. Ihre freundschaftlichen Gefühle wurden von Voss erwidert, denn sie umgab immer eine herzliche und fröhliche Atmosphäre.

Dankbar nahm sie ihm den Blumenstrauß ab und führte ihn ins Wohnzimmer, wo sein Freund in seinem Lieblingssessel saß und die Zeitung las. Die beiden Männer waren so vertraut miteinander, dass Friedel es nicht für nötig befand, sich zur Begrüßung zu erheben.

Der Kaffeetisch war bereits gedeckt, und die Hausfrau bat die Männer, Platz zu nehmen. Während des Kaffees unterhielten sich die drei über allgemeine Themen. Danach zogen sich die Männer in den Wintergarten zurück. Frau Friedel versorgte sie mit einer Thermoskanne Kaffee, und der Hausherr gönnte sich dazu einen Cognac. Voss lehnte ab, da er Auto fahren musste.

»Was hast du auf dem Herzen, Jerry?«, eröffnete Friedel die Unterhaltung. »Du bist doch sicher nicht nur gekommen, um meiner Frau den Kopf zu verdrehen und mit deinen Blumen die Preise zu verderben. Jetzt werde ich die ganze nächste Woche zu hören bekommen: Sieh mal, wie schön die Blumen aussehen, die Jeremias mir mitgebracht hat. Daran könntest du dir ein Beispiel nehmen.«

Voss grinste. »Das solltest du auch.«

»Nun fang du nicht auch noch an, du Einschleimer. Also was gibt's?«

»Ich habe von der Hamburger-Berliner-Versicherungs-AG den Auftrag bekommen, den Brand auf Schloss Rotbuchen zu untersuchen. Du weißt schon – Brandstiftung ja oder nein, Versicherungsbetrug ja oder nein, wenn ja, dann wer, wann, was, wie und warum – das ganze Programm halt.«

»Alle Achtung!« Friedel pfiff anerkennend durch die Zähne. »Da hast du dir ja einen fetten Auftrag an Land gezogen. Was willst du in diesem Zusammenhang von mir?«

Voss überlegte einen Augenblick und sagte dann: »Ich gehe davon aus, dass, wenn es sich bei dem Brand um Versicherungsbetrug handelt, der oder die Täter keine kleinen Pyromanen sind, die gern mal ein Großfeuer sehen wollten, sondern Männer in Nadelstreifenanzügen. Es müssen etliche Personen daran beteiligt sein. Wahrscheinlich gibt es sogar Mitwirkende in der Versicherungsgesellschaft. Das jedenfalls nimmt der zuständige Vorstand für Schadensregulierungen an. Das bedeutet: Wenn ich in diesem Bereich recherchiere, sollte ich mir besser eine schusssichere Weste anziehen und ein Dutzend Leibwächter mieten. Was mich interessiert, ist: Habt ihr Erkenntnisse über kriminelle Organisationen, die im großen Stil in diesem Bereich tätig sind?«

Friedel dachte nach und schüttelte dann bedächtig den Kopf. »Nicht, dass ich wüsste. Auf unseren letzten beiden Besprechungen im Amt wurde nichts davon erwähnt. Worüber wir Erkenntnisse haben, ist eine Zunahme an Geldwäsche, Mädchenhandel aus Osteuropa, Autoschieberbanden und natürlich Drogenkriminalität. Über Versicherungsbetrügereien in der Dimension, wie du sie beschreibst, ist mir nichts zu Ohren gekommen. Aber ich kann gern mal bei meinen Kollegen von der Wirtschaftskriminalität nachfragen.«

»Ein Gespräch mit den Leuten, die sich mit organisiertem Verbrechen befassen, wäre auch nicht schlecht.«

»Ich werde mich mal generell umhören.«

»Kennst du in der Abteilung Wirtschaftskriminalität jemanden, den ich persönlich ansprechen könnte, wenn ich spezielle Fragen auf diesem Gebiet habe? Es müsste allerdings jemand sein, der keine Scheuklappen vor den Augen hat und nicht jeden Privatdetektiv als Feind oder Konkurrenten der Polizei betrachtet.«

»Ich glaube, da hätte ich jemanden für dich. Aber ich möchte erst seine Erlaubnis einholen, bevor ich dir den Namen nenne.«

»Kein Problem. Gib ihn bitte an Vera durch. Ich fahre morgen nach Rotbuchen, um mir ein Bild vor Ort zu machen.«

Kapitel 5

Am nächsten Morgen fuhr Voss zuerst zum technischen Dienst der Versicherung. Es war wichtig, sich dem Leiter persönlich vorzustellen. Die Erfahrung hatte gezeigt, dass sich diese Geste immer auszahlte. Er hatte aber noch einen zweiten Grund, diesen Zweig der Versicherung aufzusuchen, denn er wollte mit eigenen Augen sehen, welche technischen Möglichkeiten das Unternehmen besaß, um seine Ermittlungen zu unterstützen.

Dr. Hartwig hatte gehalten, was er versprochen hatte. Die Abteilung war bereits über ihn informiert, denn er wurde, nachdem er sich ausgewiesen hatte, unverzüglich zum technischen Direktor gebracht.

Dr. Lars Farber war Voss auf Anhieb sympathisch, und es schien ihm, als beruhe das auf Gegenseitigkeit. Manchmal geschah es, dass Menschen aufeinandertrafen, bei denen die Chemie stimmte.

Lars Farber mochte Mitte 40 sein, war mittelgroß und schlank. Sein Gesicht war schmal, mit einer hohen Stirn. Der Kopf war bis auf einen kurz geschnittenen Haarkranz kahl. Auf Voss machte er den Eindruck eines intelligenten, nachdenklich wirkenden Wissenschaftlers.

Als Voss Farbers Büro betrat, begrüßte Farber ihn mit den

Worten: »Hallo, Sherlock, Sie wurden mir schon angekündigt. Wir sollen Gewehr bei Fuß stehend auf Ihre Befehle warten.« Das Lachen in seinen Augen ließ die Worte so wirken, wie sie gemeint waren. Farber wollte offenbar andeuten, dass er auf Förmlichkeiten verzichtete und auf eine unkomplizierte Arbeitsweise Wert legte. Das entsprach zu 100 Prozent Voss' Wünschen. Er bedankte sich für die lockere Begrüßung und bat darum, Jeremias genannt zu werden.

»Ich bin Lars«, sagte Dr. Farber, während sie sich zur Begrüßung die Hände schüttelten. »Auf gute Zusammenarbeit. Ich denke, wir gehen besser in den Konferenzraum, Sie sehen ja selbst, wie es hier aussieht.«

In der Tat war der Schreibtisch übersät mit Diagrammen, Computerausdrucken, Grafiken, Tabellen, Nachschlagewerken. Selbst die Stühle wurden als Ablage genutzt.

Farber führte Voss zurück auf den Flur und in den gegenüberliegenden Raum. Drei Männer saßen an einem Konferenztisch, während ein vierter mit einem Marker Formeln an eine Wandtafel schrieb, die die ganze Stirnseite einnahm.

»Können Sie uns für eine Viertelstunde allein lassen?«, fragte Farber höflich.

»Selbstverständlich«, antwortete der an der Tafel.

»Sie können Ihre Unterlagen ruhig hier lassen. Herr Voss«, er zeigte auf Jeremias, »wird keine Werkspionage betreiben.«

Die Männer lachten und verließen den Raum. Voss gefiel die lockere Atmosphäre, die zwischen Chef und Mitarbeitern herrschte.

Die beiden setzten sich ans andere Ende des Konferenztischs. Bevor Voss sein Anliegen vortragen konnte, ging die

Tür auf, und eine junge Frau trat mit einem Tablett ein, auf dem Kaffee, Kekse und Mineralwasser standen.

»Danke, Susan«, sagte Farber, und zu Voss gewandt: »Sie bedienen sich bitte selbst.«

Nachdem beide einen Schluck Kaffee getrunken hatten, sprach Voss über sein Anliegen. Dr. Farber hörte aufmerksam zu.

»Es war ein guter Gedanke von Ihnen, sich bekannt zu machen. Auch ich mag es, mit Menschen zu arbeiten, die ich persönlich kenne. Es erleichtert die Arbeit ungemein, vor allem, wenn Probleme auftreten oder Kompromisse gefunden werden müssen. Und was Ihren Wunsch betrifft, da machen Sie am besten eine Tour durch unseren Bereich. Ich würde Sie gern selbst führen, aber ich muss zu einer Sitzung des Vorstands. Ich habe aber einen Tour-Guide für Sie ausgesucht, bei dem Sie in besten Händen sind.« Farber holte sein Handy aus der Hosentasche und wählte eine Nummer. »Komm mal in den Konferenzraum. Eine von deinen speziellen Führungen wird verlangt«, sagte er.

Es vergingen einige Minuten, dann trat ein älterer Herr ein. Voss schätzte ihn auf Anfang 60.

Dr. Farber stellte die beiden Männer einander vor. »Herr Pelzig ist unser Methusalem. Er kennt hier jede Schraube mit Vor- und Nachnamen. Er war hier schon Lehrling, als ich gerade geboren wurde.« Dann verabschiedete er sich von Voss, sah auf die Uhr, stöhnte auf und eilte davon.

Die Tour, die Voss bekam, war beeindruckend. Die technische und personelle Ausstattung der Abteilung hätte jede Universität neidisch gemacht. Alles, was er sah, war auf dem letzten Stand der Technik. Ein Forschungslabor allein arbeitete kontinuierlich an Verbesserungen.

Als Voss sich nach zwei Stunden von seinem Fremdenführer verabschiedete, war er überzeugt, dass es nicht an den technischen Möglichkeiten der Versicherung lag, wenn er die Täter nicht überführen konnte. Vorausgesetzt, es lag überhaupt ein Verbrechen vor.

Wieder zu Hause, schaute er als Erstes bei Vera vorbei. Zu seiner Enttäuschung hatte sich nichts Neues ergeben. Er warf einen Blick in die Post, aber auch dort gab es nichts, worauf er hätte reagieren müssen. Danach ging er in sein Apartment, machte für sich und Nero etwas zu essen und legte sich dann für eine Stunde hin.

Er erwachte pünktlich, brühte sich eine Tasse Kaffee auf und trank sie schwarz. Nachdem seine Lebensgeister wieder erwacht waren, packte er eine Reisetasche mit allem, was er für einige Tage an Kleidung und sonstigen Utensilien benötigte. Diesmal steckte er auch seine Pistole mit 16 Schuss im Magazin und zwei Reservemagazine ein. Obenauf legte er griffbereit einen Schlagstock und sein Kampfmesser. Letzteres hatte ihn auf alle Einsätze bei der GSG 9 begleitet und ihm stets gute Dienste geleistet. Nero, der mitkommen durfte, überschlug sich fast vor Freude. Das Einzige, was seine Begeisterung bremste, war, dass er auf dem Rücksitz des SUV angeschnallt wurde. Gegen diese Beschneidung seiner Freiheit wehrte er sich jedes Mal. Erst nach einem scharfen Befehl seines Herrn fügte er sich. Dass er beleidigt war, zeigte er, indem er Voss die Kehrseite zudrehte, soweit es der Sicherheitsgurt zuließ. Als er jedoch das Knistern einer Plastiktüte hörte, war es mit dem Schmollen vorbei, denn das Geräusch verhieß ein Leckerli.

Voss umfuhr die Hamburger Innenstadt und schlängelte sich auf Nebenstraßen durch Winterhude, Barmbek und Wandsbek in Richtung Horn. Hier nahm er die Autobahn bis zum Autobahnkreuz Hamburg Ost und bog auf die A1 in Richtung Lübeck ab. Nach etwa 20 Kilometern bog er beim Autobahnkreuz Bargteheide auf die A21 in Richtung Kiel. In Bornhöved verließ er die Autobahn, um auf der Bundesstraße 430 nach Plön zu fahren. Hier legte er eine Kaffeepause ein, bevor er die B76 in Richtung Kiel nahm. Nach acht Kilometern sagte ihm das Navigationsgerät, dass er erneut abbiegen musste. Die Kreisstraße, auf die er geführt wurde, war in einem schlechten Zustand. Die Frostschäden des letzten Winters waren noch nicht behoben. Offenbar hatte der Kreis Plön dafür kein Geld. Selbst an einem Mittelstreifen hatte man gespart. Zum Glück zeigte das Navi an, dass er diese Schlaglochpiste nach drei Kilometern bei Lepahn Richtung Norden verlassen konnte. Seine Hoffnung, von da an schneller voranzukommen, erfüllte sich jedoch nicht. Für die nächsten neun Kilometer war die Straße nicht mehr als ein besserer Wirtschaftsweg. Rechts und links wurde die Fahrbahn, die nur wenig breiter als sein Auto war, durch Knicks begrenzt. Alle 50 Meter waren sie unterbrochen, so dass landwirtschaftliche Fahrzeuge auf die dahinter liegenden Felder gelangen konnten. Voss hoffte, dass ihm keines dieser Fahrzeuge entgegenkommen würde, denn wie sein SUV an einem Trecker vorbeikommen sollte, war ihm schleierhaft. Er nahm den Fuß vom Gaspedal und ging mit der Geschwindigkeit bis auf 30 Stundenkilometer herunter. *Sicher ist sicher,* dachte er. Neben der Enge der Straße war auch die Sicht schlecht. Nicht wegen der Witterung, sondern weil sich die Straße kurvenreich durch die Felder schlängelte.

Er war vielleicht zwei Kilometer auf der Straße unterwegs, als Nero auf dem Rücksitz unruhig wurde und zu jaulen anfing. Ein deutliches Zeichen, dass er dringend nach draußen musste. Voss hielt bei der nächsten Feldeinfahrt an und ließ den Wagen bis hinter den Knick rollen, um nachfolgende Autos nicht zu behindern. Dann befreite er Nero von seinem Sicherheitsgurt und ließ ihn aus dem Wagen springen. Er schoss erst einmal laut kläffend davon, bevor er sich daran erinnerte, weshalb er an die frische Luft gewollt hatte. Voss nutzte die Pause für den gleichen Zweck. Anschließend setzte er sich an den Rand des Knicks, um Nero Gelegenheit zu geben, sich auszutoben. Dass er den Wagen nicht am Rand der Fahrbahn geparkt hatte, war eine weise Entscheidung gewesen, denn nach einigen Minuten kam ein Kleintransporter die Straße entlang gerast. *So ein Idiot,* dachte er. *Wenn dem einer entgegenkommt, dann muss es krachen.* Kurze Zeit später passierte ihn der nächste Wagen. Diesmal war es ein Fahrzeug, das seinem ähnelte. Auch das fuhr mit überhöhter Geschwindigkeit. *Ich scheine hier in ein Nest von Selbstmördern geraten zu sein,* dachte er und schüttelte den Kopf.

Er blieb so lange sitzen, bis Nero sich ausgetobt hatte und mit hängender Zunge neben ihn setzte.

»Dann woll'n wir mal wieder.«

Voss schnallte den sich sträubenden Hund an und stieg selbst ein. Vorsichtig rangierte er das Auto auf die Fahrbahn zurück und fuhr mit noch langsamerer Geschwindigkeit weiter. Und das war richtig so, denn er war kaum zehn Minuten gefahren und bewegte sich gerade zum x-ten Mal in eine nicht einsehbare Kurve, als er mit einer Reflexbewegung auf die Bremse trat und gerade noch rechtzeitig zum Stehen kam. Vor ihm auf der Fahrbahn lagen mehrere Hohlblocksteine. Zwei waren zertrümmert. Die anderen lagen kreuz und quer auf der Fahrbahn. Wäre er darüber gefahren, hätten sie sein Fahrzeug unweigerlich beschädigt. Wahrscheinlich wäre er sogar auf die Böschung gerast, denn überall war die Straße mit einem Ölfilm überzogen, auf dem die Reifen keinen Halt gefunden hätten.

Voss fuhr den Wagen im Rückwärtsgang um die Kurve zurück und stellte die Warnblinkanlage ein. Er stieg aus, ging um die Kurve und räumte die Steine zur Seite, damit keine anderen Autos an dieser unübersichtlichen Stelle verunglückten.

Wie die Hohlblocksteine auf die Fahrbahn gekommen waren, blieb ihm ein Rätsel, denn er hatte höchstens zehn Minuten hinter dem Knick gesessen, und während der Zeit waren nur zwei Autos an ihm vorbeigefahren. Da er von denen nichts gesehen hatte, mussten die Steine erst nach ihnen auf die Fahrbahn gefallen sein. Es blieb nur die Möglichkeit, dass ein landwirtschaftliches Fahrzeug mit den Steinen beladen aus einer der Knickeinfahrten herausgekommen war.

Seinem kriminalistischen Instinkt folgend suchte er die Umgegend ab, konnte aber nirgends eine frische Autospur von den Feldern kommend entdecken. *Verdammt merkwürdig,* dachte er. Bei genauerem Hinsehen fiel ihm eine ölverschmierte Reifenspur auf, die von einer Straßenseite auf die andere führte. Es sah aus, als wäre ein Fahrzeug durch den Ölfilm ins Schleudern geraten. Er folgte der Spur bis hinter die nächste Kurve. Er hatte sie noch nicht ganz umrundet, als er die Bescherung sah. Ein Geländewagen war offenbar mit hoher Geschwindigkeit gegen die Böschung des Knicks gerast. Er hätte sich der Länge nach überschlagen, wenn ihn nicht die dicht verflochtenen Büsche aufgefangen hätten. Das Dach der Fahrerkabine war eingedrückt, aus dem, was von dem Motorraum übrig war, tropfte Öl, und ein unangenehmer Benzingeruch lag in der Luft.

Voss sprintete vorwärts. Er bückte sich zum Fenster auf der Fahrerseite hinunter. Die Scheibe war zersprungen. Glasstücke lagen auf dem Grasstreifen oder steckten wie Haifischzähne im Rahmen. Eine Frau hing, vom Airbag gegen die Rückenlehne gepresst, in einer merkwürdig verdrehten Haltung mit dem Kopf nach unten im Sicherheitsgurt.

Voss langte in den Wagen, drehte den Zündschlüssel auf Aus und zog ihn heraus. Nachdem die Gefahr eines Entzündens des Benzins gebannt war, holte er das Handy aus der Tasche und rief die Eins-eins-null an. Als die Polizei sich meldete, nannte er seinen Standort in GPS-Koordinaten und gab eine kurze Schilderung der Situation durch. Dann lief er zu seinem Wagen zurück und holte das Warndreieck aus dem Kofferraum, rannte wieder zur Unfallstelle und stellte das Dreieck 50 Meter in der Gegenrichtung auf. Erst dann kümmerte er sich um die verletzte Fahrerin. Blut tropfte von ihrem Gesicht. Er fühlte nach der Halsschlagader. Der Puls ging schwach und unregelmäßig. Er sah auf seine Armbanduhr und zählte die Pulsschläge. 95. Schnell, aber nicht kritisch, dachte er. Da sich die Fahrertür verklemmt hatte, ging er zur Beifahrertür und versuchte, sie zu öffnen. Wider Erwarten ließ sie sich mit einiger Kraft aufziehen. Jetzt konnte er die Fahrerin erreichen. Er versuchte, den Sicherheitsgurt an der Mittelkonsole zu lösen, aber es gelang ihm nicht. Das Schloss musste durch den Aufprall beschädigt worden sein. Wieder rannte er zu seinem Wagen zurück und holte das Kampfmesser aus der Reisetasche. Mit der rasiermesserscharfen Schneide gelang es ihm, den Sicherheitsgurt zu durchtrennen. Er legte den rechten Arm um die Frau und stach mit dem Messer in der linken Airbag, so dass der in sich zusammensackte. Behutsam zog er die Frau über den Beifahrersitz ins Freie. Er nahm sie ohne sonderliche Anstrengung auf den Arm und trug sie ein Stück von der Unfallstelle weg. Als er sicher war, dass sie nicht mehr verletzt werden konnte, wenn trotz der Warnhinweise jemand in die Unfallstelle raste, bettete er sie vorsichtig auf den schmalen Grasstreifen vor dem Knick. Dann zog er seine Jacke aus und schob sie ihr zusammengelegt unter den Kopf. Während er sie nach Knochenbrüchen abtastete, beobachtete er ihr Gesicht. Es ließ keine Anzeichen eines Schocks erkennen. Auch Knochenbrüche konnte er nicht ertasten. Wenn es auch keine inneren Verletzungen gab, war sie bei dem Unfall glimpflich davongekommen. Ihr Auto allerdings nicht. Es war schrottreif.

Voss ging zu seinem SUV zurück und schnallte Nero ab. Dann holte er die Wasserflasche heraus, die er immer für den Hund im Kofferraum aufbewahrte. Auch die Pistole zog er aus der Reisetasche und steckte sie sich in den Hosenbund. Er wollte sie nicht unbeobachtet im Auto liegenlassen.

Wieder bei der Verletzten, goss er Wasser auf sein Taschentuch und rieb der Frau damit das Gesicht ab. Das Blut darauf stammte aus einem Riss an der Schläfe. Er war zwar lang, aber unbedeutend. Wahrscheinlich würde sie noch nicht einmal eine Narbe zurückbehalten, sofern er bald genäht würde.

Nachdem er dreimal das Gesicht und die Handgelenke der Verunglückten mit kaltem Wasser abgerieben hatte, begann die Frau, sich zu bewegen. Sie schlug die Augen auf und schaute sich um. Voss sah an ihren unfokussierten Pupillen, dass sie die Umgebung noch nicht wahrnahm. Nur langsam kam Schärfe in die Augen zurück. Sie blickte um sich, tastete mit den Händen auf dem Boden herum und erblickte dann Voss, der sie mit einem vertrauensbildenden Lächeln ansah. Verwundert starrte sie ihn an.

»Wo bin ich? Wer sind Sie?«, stammelte sie mit heiserer Stimme.

»Mein Name ist Jeremias Voss«, sagte er in beruhigendem Tonfall. »Sie hatten einen Unfall. Haben Sie irgendwo Schmerzen?«

Die Frau – Voss schätzte sie auf Anfang bis Mitte 30 – schloss die Augen. »Ich erinnere mich. Steine auf der Fahrbahn. Keine Zeit zum Bremsen. Ich fuhr darüber, der Wagen brach aus, schleuderte, ich bremste, keine Wirkung, plötzlich war der Wall vor mir, der Wagen prallte hinein.« Sie schilderte den Unfallhergang so, wie sie ihn erlebt haben musste. »Was ist passiert? Was ist mit meinem Auto?«

»Ganz ruhig. Alles ist in Ordnung.« Voss sprach langsam, ruhig und mit überzeugender Stimme. »Zunächst das Wichtigste. Haben Sie irgendwo Schmerzen?« Die Frau streckte sich und bewegte Arme, Beine und Schultern. »Nein, keine Schmerzen, und ich glaube, gebrochen ist auch nichts. Nur mein Kopf tut höllisch weh.«

»Das denke ich auch. Ich habe Sie abgetastet und keinen Bruch feststellen können. Schauen Sie mal auf meine Finger. Wie viele Finger sehen Sie?« Voss hielt ihr in einigem Abstand einen Finger vor die Augen.

»Einen.«

»Sehr gut. Nun folgen Sie der Bewegung des Fingers mit den Augen.«

Er bewegte den Finger nach rechts, links, oben und unten. Die Frau folgte ihm mit den Augen.

»Soweit ist alles bestens. Sie haben keinen Schock, was nach dem Unfall schon erstaunlich ist. Spüren Sie Ihre Zehen und Finger? Ich darf mal?«, fragte er und zog ihr, ohne eine Antwort abzuwarten, die Schuhe von den Füßen und piekste mit seinem Kampfmesser leicht in den großen Zeh.

»Au.«

»Heben Sie einmal die Füße nacheinander an.«

Sie hob erst den rechten, dann den linken Fuß.

»Haben Sie dabei etwas gespürt, tat etwas weh?«

»Nein.«

»Ihre Wirbelsäule und die Nerven scheinen es auch gut überstanden zu haben.«

»Meine Finger sind auch okay«, sagte die Frau.

»Als Dank für meine Hilfe könnten Sie mir den Namen und die Adresse Ihres Schutzengels geben«, scherzte Voss und erntete damit ein Lächeln. »Haben Sie eine Vollkaskoversicherung?«

»Warum fragen Sie?«

»Nur so, aus reinem Interesse.« Voss überlegte, wie er ihr schonend den Zustand des Autos erklären könnte.

»Mein Jeep? Sieht er böse aus?«

»Sie haben meine Frage noch nicht beantwortet«, sagte er immer noch vertrauensvoll lächelnd.

»Hab ich.«

»Na, dann brauchen Sie sich keine Sorgen zu machen, denn ich fürchte, Ihr Auto ist ein Totalschaden.« Er beobachtete, wie sie die Nachricht aufnahm.

»So etwas Ähnliches dachte ich mir schon nach Ihren Fragen.«

»Wie sieht es aus? Können Sie aufstehen und gehen, wenn ich Sie stütze?«

»Natürlich, außer den Kopfschmerzen fehlt mir offenbar nichts.«

»Dann helfe ich Ihnen jetzt hoch. Fassen Sie meine Hände. Ich denke, es ist das Beste, wenn Sie vom feuchten Boden aufstehen und sich in meinen Wagen setzen. Wir müssen auf die Polizei und den Krankenwagen warten. Ich habe sie alarmiert. Ich könnte den Wagen herholen, wenn Ihnen das lieber ist, als zu gehen.«

»Nein, nein, lassen Sie uns gehen.«

Voss zog sie hoch, jederzeit bereit, sie aufzufangen, sollte sie doch zu schwach sein. Doch die Frau erhob sich fast so, als wäre nichts geschehen. Sie machte ein paar unsichere Schritte, dann hatte sie sich gefangen und ging von Voss geleitet zu seinem SUV. Er ließ sie auf der Beifahrerseite einsteigen. Nero schob seinen gewaltigen Kopf neugierig nach vorn.

»Keine Angst, er tut Ihnen nichts.«

»Keine Sorge, ich bin Tierärztin und weiß wahre Schönheit zu schätzen.« Bei den Worten kraulte sie ihn an der Stelle am Kopf, die er mit seinen Pfoten nicht erreichen konnte. Nero, der im Allgemeinen als hässlich oder furchterregend bezeichnet wurde, hatte dagegen nichts einzuwenden, wandte sich hin und her und knurrte vor Wonne.

»Ich will mich, solange wir auf die Polizei warten, ein bisschen umsehen. Ich frage mich, wie die Steine und das Öl auf die Straße gekommen sind. Sie brauchen keine Angst zu haben, während ich weg bin. Ich lasse Nero raus. Er passt auf, dass sich niemand dem Wagen nähert, was ich sowieso nicht glaube. Aber sicher ist sicher. Ruhen Sie sich aus, das wird Ihnen guttun.«

»Das ist sehr fürsorglich von Ihnen, aber ich kann Ihnen versichern, dass ich keine Angst habe. Ich bin hier aufgewachsen und kenne jeden Strauch – oh, entschuldigen Sie, ich habe mich noch gar nicht vorgestellt. Mein Name ist Rusinski, Nele Rusinski und ganz genau *Doktor* Nele Rusinski, Tierärztin von Beruf.«

»Rusinski – Rusinski, den Namen habe ich schon einmal gehört.« Dr. Rusinski wollte etwas sagen, doch Voss bat sie mit einer Handbewegung zu schweigen. »Einen Augenblick bitte, ich komme gleich selbst darauf.« Er schloss die Augen und konzentrierte sich auf seine Erinnerung. Nach nur ein paar Augenblicken öffnete er die Augen wieder und sagte lächelnd: »Ich hab's. Sind Sie mit dem Tierarzt Dr. Bertram Rusinski aus Nettelbach verwandt?«

»Das ist mein Vater. Sie kennen ihn?«

»Nur seinen Namen. Soviel ich weiß, überwacht er im Auftrag der Hamburger-Berliner-Versicherungs-AG einen Zuchthengst auf Schloss Rotbuchen.«

»Stimmt, Morning Lightning ist die Berühmtheit unserer Gegend. Ich war auf dem Weg zu meinem Vater, als mir das hier passierte.«

»War die Berühmtheit.«

»Wie meinen Sie das?«, fragte sie erstaunt.

»Wissen Sie denn nicht, dass er tot ist? Es stand doch groß und breit in den Zeitungen, und auch das Fernsehen brachte es.«

Dr. Nele Rusinski machte ein entsetztes Gesicht. »Morning Lightning – tot? Unmöglich! Wovon sprechen Sie?«

Voss musterte sie prüfend. »Haben Sie wirklich keine Ahnung? Haben Sie nicht gehört, dass auf Schloss Rotbuchen ein Stall abgebrannt ist und dabei acht Pferde umgekommen sind, darunter auch der Zuchthengst?«

Nele Rusinski starrte ihn sprachlos an. Voss sah, wie sie versuchte, die Nachricht zu verdauen.

»Ich habe nicht die leiseste Ahnung. Ich war auf einer Tagung in Hamburg und wollte jetzt für einige Tage meinen Vater besuchen. Seit einer Woche habe ich nicht ferngesehen, sondern mich ganz darauf konzentriert, meine Forschungsergebnisse auf der Tagung zu präsentieren.«

Voss sah sie an. Er versuchte herauszufinden, ob sie noch eine schlechte Nachricht verkraften konnte.

»Dann können Sie mir sicher helfen«, tastete er sich vorsichtig an das heran, was er ihr eröffnen wollte. »Ich muss Ihren Vater sprechen, kann aber keine Verbindung mit ihm bekommen. Wissen Sie, ich untersuche im Auftrag der Versicherung den Brand und den Tod des Zuchthengstes.«

Nele Rusinski sah ihn mit großen Augen an. Angst und Sorge sprachen aus ihnen. Ihre Hände zitterten. Sie versuchte, es zu verbergen. Voss beobachtete sie scharf. Hätte er das mit ihrem Vater nicht sagen sollen? War sie nervlich doch nicht so stark, wie er aus ihrem Verhalten nach dem Autounfall geschlossen hatte? Würde sie jetzt doch noch einen Schock bekommen? Aber eigentlich hatte er ja nichts Ungewöhnliches gesagt, außer dass er ihren Vater nicht erreichen konnte. Dass er seit dem Brand vermisst wurde, davon hatte er nichts erwähnt.

»Ich muss telefonieren«, sagte sie unvermittelt. »Wo ist mein Handy?«, fragte sie. »Es muss im Auto sein«, beantwortete sie die Frage gleich selbst. »Es lag auf dem Beifahrersitz. Ich werde es holen.«

Voss griff in die Innentasche seiner Jacke und zog seines hervor. »Nehmen Sie meins.«

»Danke, ich spreche auch nur kurz.«

Voss musste lachen. »Brauchen Sie nicht, kommt auf die Spesenrechnung für die Versicherung.«

Nele Rusinski wählte. Voss ging einige Schritte zur Seite,

um nicht als neugierig zu gelten. Nach einigen Augenblicken unterbrach sie die Verbindung und winkte Voss wieder heran. In der Ferne waren Sirenen zu hören. *Müssen Polizei und Krankenwagen sein,* dachte er und sah auf die Uhr. *Haben sich ganz schön Zeit gelassen.* Er trat an die Beifahrertür des SUV. Nele Rusinski reichte ihm das Telefon durchs geöffnete Fenster zurück.

»Ich kann meinen Vater weder zu Hause noch auf seinem Handy erreichen. Dass er nicht rangeht, ist sehr ungewöhnlich. Er hat es normalerweise immer bei sich, und wenn er nicht zu Hause ist, werden das private Telefon und das Praxistelefon aufs Handy umgeleitet. Ich muss schnellstens nach Hause und sehen, was da los ist.«

»Ganz ruhig, Frau Doktor. Einige Minuten werden wir wohl noch warten müssen. Ich höre Sirenen näherkommen. Die Polizei will sicher unsere Aussagen zu dem Unfall haben, und der Notarzt wird Sie wahrscheinlich ins Krankenhaus schicken.«

»Keine Chance. Ich bin nicht verletzt. Das Einzige, was ich habe, sind Kopfschmerzen, und ich bin etwas zerschlagen, aber das ist auch schon alles. Könnten Sie mich nicht nach Nettelbach mitnehmen? Sie fahren doch auch dorthin.«

»Mit dem größten Vergnügen, aber zunächst wollen wir abwarten, was der Notarzt meint.«

Aus Voss' ursprünglicher Absicht, sich den Bereich um die Unfallstelle anzusehen, wurde nichts mehr, denn wenig später kam ein Streifenwagen herangerast und kurz dahinter ein Rettungswagen.

Voss ging ihnen bis zur Unfallstelle entgegen. Zwei Streifenbeamte stiegen aus.

»Haben Sie die Polizei alarmiert?«, fragte der mit den zwei bronzenen Sternen auf den Schulterstücken.

»Einen Augenblick«, antwortete Voss und ging zum Rettungswagen, der hinter dem Streifenwagen angehalten hatte.

»Die Fahrerin des Unfallwagens sitzt in dem Geländewagen, der gleich hinter der nächsten Kurve steht«, rief er dem Beifahrer durch das offene Seitenfenster zu. Der hob die Hand zum Zeichen, dass er verstanden hatte, drehte sich zum Fahrer um, und der Rettungswagen setzte sich wieder in Bewegung. Voss ging zu den Beamten zurück.

»Entschuldigen Sie. Mein Name ist Jeremias Voss, und ich bin derjenige, der Sie angerufen hat.«

Er zog sein Portemonnaie aus der Gesäßtasche, holte den Personalausweis heraus und händigte ihn dem Beamten aus. Der gab ihn an seinen Kollegen weiter, der die Daten in sein Notizbuch schrieb. Auf Anfrage schilderte Voss, was er von dem Unfall wusste und was er inzwischen unternommen hatte. Der jüngere Beamte gab ihm den Ausweis zurück und machte sich stichwortartige Notizen. Danach sahen sich die beiden Beamten die Stelle auf der Straße an, an der die Steine gelegen hatten, und machten mit einem Handy Aufnahmen aus verschiedenen Perspektiven. Voss zeigte ihnen, wo die Steine gelegen hatten, die er aus Sicherheitsgründen zur Seite geräumt hatte. Der ältere Beamte bat ihn, die Steine an ihren ursprünglichen Platz zurückzulegen, soweit er sich erinnern konnte. Erneut machte er Fotos von der Situation.

Voss ging danach zu seinem Wagen zurück. Er war neugierig, was der Notarzt zum Zustand der Tierärztin zu sagen hatte.

Er fand sie in lebhafter Diskussion mit dem Arzt. Das Erste, was er hörte, war, wie sie mit erhobener Stimme sagte: »Keine Chance, Doktor, ich fahre nicht mit Ihnen ins Krankenhaus, nur um mir bestätigen zu lassen, was Sie schon festgestellt haben. Ich bin selbst Ärztin, Tierärztin, kann selbst beurteilen, ob mir etwas fehlt oder nicht. Auch wenn Sie an meiner Kompetenz als Ärztin im humanmedizinischen Bereich zweifeln, müssen Sie zugeben, dass ich kaum anders gebaut bin als unsere Sau Jolanda.«

»Auf Ihre Verantwortung!«, sagte der Notarzt. »Dass wir uns da nicht missverstehen.«

»Können wir fahren?«, fragte sie Voss, der bis über beide Ohren grinste.

»Ich frage den Chef.«

»Dann hole ich inzwischen mein Gepäck.«

»Das lassen Sie mal schön bleiben, das mache ich, sofern ich den Kofferraumdeckel aufbekomme.«

»Es ist nur die Reisetasche, die auf dem Rücksitz liegt oder besser gesagt, lag.«

»Ich finde sie schon.«

Voss ging zu dem Zweisternebeamten zurück und fragte ihn, ob er mit Dr. Rusinski abfahren könnte. Der gab die Erlaubnis, da der jüngere Polizist die Aussage der Frau bereits aufgenommen hatte.

Die Reisetasche hatte den Unfall unbeschadet überstanden. Während er sie herauszog, sah er eine Handtasche eingeklemmt zwischen den Sitzen liegen. Er befreite sie aus ihrer misslichen Lage und nahm sie ebenfalls mit, wofür sich Frau Doktor überschwänglich bedankte, denn sie enthielt ihr ganzes Bargeld und ihre Papiere.

Kapitel 6

Dr. Nele Rusinski starrte schweigsam geradeaus. Voss beobachtete sie aus dem Augenwinkel, während er langsam die kurvenreiche Straße entlangfuhr. Es war offensichtlich, dass sie über das, was sie von ihm gehört hatte, nachdachte. Plötzlich sagte sie, ohne den Blick von der Straße zu nehmen: »Stimmt das, was Sie mir erzählt haben?«

Voss war sich nicht sicher, ob es eine rhetorische Frage war oder sie tatsächlich eine Antwort erwartete. Eigentlich war die Frage schon eine Zumutung, denn sie bezichtigte ihn ja unausgesprochen der Lüge. Voss verkniff sich eine scharfe Antwort, denn er hielt ihr zugute, dass sie gerade einen schweren Unfall überstanden hatte und wohl noch nicht ganz wieder Herr ihrer Gedanken war.

»Sicher«, sagte er nur kurz.

Wieder herrschte für eine Weile Schweigen.

»Wenn ich nur wüsste, was mit meinem Vater los ist. Er weiß doch, dass ich heute komme.«

Voss ging auf ihre Bemerkung nicht ein, denn es hörte sich an, als spräche sie zu sich selbst. Er hatte recht vermutet, denn gleich darauf sagte sie: »Oh, entschuldigen Sie. Ich führe Selbstgespräche. Sehr unhöflich von mir, aber ich mache mir Sorgen um meinen Vater, und der Brand, den Sie erwähnten, hat mich geschockt – mehr als mein Unfall.«

»Das verstehe ich. Gerade als Tierärztin muss es Sie sehr betroffen machen.«

»Nicht nur als Tierärztin. Ich bin quasi mit dem Schloss und den Pferden aufgewachsen. Mein Vater ist mit dem Besitzer eng befreundet, und ich habe mehr Zeit in den Ställen des Schlosses verbracht als in Nettelbach. Unter dem neuen Besitzer hat sich das leider geändert.«

»Neuer Besitzer?« Voss wurde hellhörig. »Ich denke, dem Grafen von Dingsda, ich kann mir seinen Namen nicht merken, gehört das Schloss.«

»Bernd Graf von Mückelsburg.«

»Genau den meine ich.«

»Offiziell ja, inoffiziell nein.«

»Was ist denn das für ein Kuddelmuddel?«

»So genau weiß ich es nicht. Ich kann nur wiederholen, was mein Vater mir einmal erzählt hat. Wie ich schon sagte, er ist mit dem Grafen befreundet.«

»Dascha gediegen.« Wenn Voss ins Hamburgische verfiel, dann wussten seine Freunde, dass er aufs Äußerste überrascht war. »Soweit ich weiß, lauten aber die Versicherungspolicen auf seinen Namen und sind auch von ihm unterschrieben.«

»Nach außen hin ist er wohl der Besitzer. Wenn ich ihn jedoch richtig verstanden habe, dann darf der Graf ohne Bartelsmanns Genehmigung keine Geschäfte tätigen. Er muss tun, was der von ihm verlangt.«

»Ich nehme an, Bartelsmann ist der Manager.«

»So ist es. Ein unangenehmer Mensch. Ich möchte ihm nicht nachts begegnen. Cholerisch und despotisch.«

»Dann ist der Graf also ein reiner Strohmann.«

»Ich denke, so könnte man es nennen«, stimmte Dr. Rusinski traurig zu. »Dabei ist er ein so feiner Mann. So gebildet, so höflich, so bescheiden – ein richtiger Gentleman.«

»Sie mögen ihn.«

»Sehr. Wie den Großvater, den ich nie hatte.«

Voss ging auf die letzte Bemerkung nicht ein. »Höchste Zeit, dass ich mit Ihrem Vater spreche.«

»Das wird wohl das Beste sein.« Dann wechselte Dr. Rusinski abrupt das Thema. »Sie sagten, Sie wollen ein paar Tage hier bleiben. Wissen Sie schon, wo Sie unterkommen?«

»Nee, null Ahnung. Wird ja wohl irgendwo einen Gasthof mit Fremdenzimmern geben.«

»Sie sind ganz schön blauäugig, oder?« Dr. Rusinski schien sich ein Lachen zu verkneifen.

»Nur optimistisch. Können Sie mir etwas empfehlen?«

»Kommt darauf an, was Sie für Ansprüche stellen. Wir haben in Nettelbach einen Dorfkrug. Der hatte, als ich nach Köln ging, drei Zimmer zu vermieten. Würde man ihn mit Sternen bewerten, dürfte er mit ein bis zwei Negativsternen noch gut bedient sein. Soweit ich weiß, wurden die Zimmer vor 30 Jahren mal neu tapeziert. Die Dusche befindet sich auf dem Flur, genauso wie die Toilette. Sollten Sie den Wunsch haben, dort zu übernachten, dann empfehle ich Ihnen unbedingt, Fenster und Türen geschlossen zu halten, sonst tragen die Motten Ihnen den ganzen Teppich nach draußen.«

»Weiß der Wirt, dass Sie so fleißig die Werbetrommel für ihn rühren?«

Dr. Rusinski lachte. Voss war verblüfft, wie gut sie den Unfall und den Verlust ihres Wagens verkraftet hatte.

»Ich glaube nicht, und ich hoffe, Sie werden mich nicht verraten. Ich habe es Ihnen auch nur gesagt, weil ich Ihnen mein Leben verdanke.«

»Unsinn! Sie verdanken mir nicht Ihr Leben. Ich habe Sie nur aus dem Wrack gezogen. Aber nachdem Sie mir den Krug so schmackhaft gemacht haben, können Sie mir eine andere Unterkunft empfehlen?«

»Tine Hennings vermietet eine Ferienwohnung. Wenn Sie ihr einen Gruß von mir bestellen, dann nimmt sie Sie bestimmt auf. Sie dürfen sich allerdings nicht über Tine wundern. Sie ist schon ziemlich alt, und sie ist die Kräuterhexe im Dorf. Kennt jede Pflanze mit Vor- und Nachnamen. Mein Vater hat oft Kräuter bei ihr geholt, wenn er keine Chemie bei Tieren einsetzen wollte oder mit herkömmlichen Mitteln nicht weiterkam. Wenn Sie nicht aufpassen, wird sie Ihnen allerdings Brennnesseltee zum Frühstück servieren. Wenn Sie auf Kaffee bestehen, werden Sie ihn bekommen, aber zusammen mit einem Vortrag über Gesundheitsrisiken. Ansonsten ist das Frühstück ausgezeichnet. Genauso ist übrigens auch das Essen im Krug, um auch mal etwas Positives über unser Gemeindezentrum und den Quell aller Gerüchte zu sagen.«

»Und wo finde ich die Kräuterhexe?«

»Ich zeige es Ihnen. Ist schräg gegenüber von uns.«

Nettelbach lag an der Kreuzung zweier asphaltierter Straßen. Die Straße, auf der sie ins Dorf fuhren, führte weiter nach Lütjenburg, die Namen auf den Hinweisschildern der anderen Straße sagten Voss nichts. Es waren wahrscheinlich Dörfer, die Nettelbach ähnelten. Eines der Hinweisschilder wies nach Rotbuchen.

Etwa 500 Meter vor dem Knotenpunkt hörten die Knicks auf, und Einfamilienhäuser säumten die Straße. Die Häuser und Vorgärten machten durchweg einen gepflegten Eindruck. Nur eines der Gebäude wich davon ab. Das Reetdach war an einigen Stellen eingebrochen, die Fenster waren notdürftig mit Holzplatten vernagelt, und im Garten stand das Unkraut kniehoch.

An der Straße nach Rotbuchen befanden sich auf beiden Straßenseiten relativ kleine Giebelhäuser, mit einigem Abstand dazwischen. Frühe fünfziger Jahre, schätzte Voss. Die Grundstücke hatten einen kleinen Vorder- und, soweit er sehen konnte, einen großen Hintergarten.

»Alles sogenannte Kleinsthöfe«, erklärte ihm Nele Rusinski. »Sie wurden nach dem Zweiten Weltkrieg für ostpreußische Flüchtlinge angelegt. Zu jedem Hof gehören oder gehörten zehn Hektar Land. Solche Höfe finden Sie überall in Schleswig-Holstein. Damit wurden die Bauern, die im Osten alles verloren hatten, entschädigt.«

»Davon habe ich gehört«, antwortete Voss. »Da muss den Gutsbesitzern ganz schön das Herz geblutet haben, als sie so viel Land abgeben mussten.«

»Sie taten es freiwillig.«

Voss grinste. »Dass ich nicht lache. Haben Sie schon mal einen Landwirt gesehen, der auch nur eine Schaufel voll Erde freiwillig abgibt?«

»Kennen Sie Fehmarn?«

»Sehr gut sogar. Eine entfernte Cousine hat dort einen Bauernhof. Habe als kleiner Steppke oft meine Ferien dort verbracht.«

»Die Gutsbesitzer haben genauso viel Land abgegeben, wie Fehmarn groß ist – freiwillig.«

Voss sah seine Beifahrerin skeptisch an. »Das kann ich mir beim besten Willen nicht vorstellen – nicht freiwillig.«

»Nun ja«, räumte Nele Rusinski ein, »so ganz freiwillig war es auch wieder nicht. Die Landesregierung hatte Pläne erarbeitet, nach denen Teile der Ländereien zwangsenteignet werden sollten, um die Massen an Flüchtlingen zu versorgen. Als die Schlossbesitzer davon Wind bekamen, sind sie in die Offensive gegangen. Sie haben der Landesregierung das Angebot gemacht, Teile ihres Besitzes abzugeben, und dabei ist es dann geblieben.«

»Dachte ich mir's doch. Sind auf diese Weise ihr unbrauchbares Land losgeworden.«

»Sie scheinen etwas gegen Grundbesitzer zu haben.«

»Eigentlich nicht, nur etwas dagegen, dass man sie als rettende Engel auf ein Podest stellt. Es gibt einige ganz üble Geschichten darüber, wie sie die vor dem Krieg reichen und dann verarmten Verwandten behandelt haben.«

Nele Rusinski zeigte auf ein Gebäude. »Das rote Backsteingebäude an der Kreuzung ist übrigens unser Dorfkrug.« Sie hatte offensichtlich keine Lust mehr, die Geschichtsdiskussion fortzusetzen. »Biegen Sie jetzt links in die Straße nach Lütjenburg ein und nach 50 Metern wieder links. Beim dritten Haus halten Sie bitte an.«

Das Haus, vor dem Voss hielt, war klein und mit Reet gedeckt. Die Fenster, die zur Straße zeigten, waren tief liegende kleine Vierecke, durch die man kaum den Kopf stecken konnte. Gardinen verwehrten Neugierigen den Blick ins Innere. Der winzige Vorgarten war mit kniehohem Unkraut überwuchert.

»Unser Hexenhaus«, sagte Dr. Rusinski.

Voss sah erst das Haus, dann Nele Rusinski skeptisch an. Ihm war nicht klar, wo sich in diesem Winzling eine Ferienwohnung versteckt haben sollte.

Sie ging auf seinen fragenden Blick nicht ein, sondern stieg aus. Voss folgte ihr und überlegte sich, während sie die paar Meter zur Haustür zurücklegten, wie er die Wohnung ablehnen konnte, ohne Dr. Rusinski zu kränken. Das wollte er auf jeden Fall vermeiden, denn schließlich brauchte er sie. Genauso wie die Dorfbewohner, um so viel wie möglich über Schloss Rotbuchen und seine Bewohner zu erfahren. Er beschloss, sich so charmant wie möglich zu geben, aber in der Sache hart zu bleiben.

Links neben der Tür hing ein Metallring und daneben ein Klöppel. Beides diente offenbar als Klingelersatz, denn Dr. Rusinski schlug mit dem Klöppel kräftig auf den Ring. »Mutter Tine hört etwas schwer«, sagte sie.

Es dauerte einige Augenblicke, bevor sie schlurfende Schritte vernahmen. Gleich darauf wurde die Tür geöffnet. Eine Frau, gestützt auf einen Krückstock und bekleidet mit einer Kittelschürze, wie seine Oma sie getragen hatte, stand im Türrahmen. Mit steinerner Miene musterte sie Voss, dann seine Begleiterin. Augenblicklich veränderten sich ihre Gesichtszüge. Ihre Augen strahlten.

»Nele, Deern, bist du es wirklich? Ich hätte dich mit deinen Haaren und den eingefallenen Wangen kaum erkannt. Komm rein, mien Deern. Nee, wat für 'ne Freude!« Dann blickte sie erneut zu Voss. »Und deinen Mann hast du auch mitgebracht. Soll ich wohl begutachten.«

Nele Rusinski lachte. »Nee, Mutter Tine, das ist nicht mein Mann. Ich bin weder verheiratet, noch habe ich einen Freund.«

Gut zu wissen, dachte Voss.

»Das ist ein Gast, der sich deine Ferienwohnung ansehen möchte. Du vermietest doch noch, oder?«

»Muss ja, meine Rente reicht ja hinten und vorne nicht. Aber kommt rein. Ich mach euch eine schöne Tasse Hagebuttentee.«

»Ich hab wirklich keine Zeit, Mutter Tine, ich muss meinen Vater suchen, oder ist er inzwischen wieder aufgetaucht?«

»Nee, Deern, der ist wie vom Boden verschluckt. Aber nun kann er auch noch so lange warten, bist du eine Tasse Tee getrunken hast. Und während ich den Tee aufbrühe und ihn ziehen lasse, kannst du dem Herrn die Wohnung zeigen.«

»Ist hinten auf?«, fragte sie Mutter Tine.

»Weißt du das nicht mehr? Du warst doch oft genug bei mir. Hat sich in der Zwischenzeit nichts geändert.«

»Dann kommen Sie mal mit«, forderte Dr. Rusinski Voss auf.

Sie führte ihn am Haus entlang in den Hof. Überall wucherte das Unkraut.

Voss schüttelte verständnislos den Kopf. »Hat Frau Henning keine Kinder?«, fragte er.

Dr. Rusinski sah ihn irritiert an. »Eine Tochter. Wohnt in Lütjenburg. Warum interessiert Sie das, wenn man fragen darf?«

»Die beiden haben wohl kein gutes Verhältnis miteinander?«

Dr. Rusinski blieb stehen und betrachtete ihn. »Jetzt verstehe ich nichts mehr. Sie sind kaum zwei Minuten hier, und schon wollen Sie die Familiengeheimnisse der Dorfbewohner wissen. Was interessiert Sie denn daran?«

Er deutete auf das wuchernde Unkraut, das sich in jedem freien Winkel ausbreitete. »Ich dachte nur, sie könnte ihrer Mutter helfen, das Unkraut auszureißen. Sieht ja furchtbar ungepflegt aus.«

Dr. Rusinski drehte sich um. In ihrem Gesicht zuckte es. Sie biss sich auf die Lippen. Sobald sie sich wieder in der Gewalt hatte, wandte sie sich ihm zu.

»Ja, das ist schon schlimm mit den Kindern. Aber, wenn Sie Punkte bei Mutter Tine sammeln wollen, machen Sie ihr doch den Vorschlag, ihr beim Unkrautjäten zu helfen. Sie haben ja selbst gesehen, dass sie körperlich nicht mehr so ganz fit ist.«

Voss schüttelte den Kopf. »Ich bin doch nicht zur Gartenarbeit hierhergekommen – schon vergessen?«

»Sie können doch nicht immer Verbrecher jagen. Ein paar Minuten werden Sie doch wohl erübrigen können. Tine hat einen Motorgrubber, mit dem würde es im Handumdrehen gehen. Aber bevor Sie zu ihr gehen, sollten Sie sich die Pflanzen genauer ansehen. Das meiste von dem, was sie so abwertend Unkraut nennen, ist nämlich Tines Schatz. Es sind ihre wertvollen Kräuter.«

Voss grinste. »Da hab ich wohl voll danebengegriffen.«

»Das ist sehr milde ausgedrückt. Aber nun zur Ferienwohnung.«

Die Wohnung lag auf dem Hof in einem Extragebäude. »Der ehemalige Schweinestall«, klärte sie Voss auf.

Das Gebäude sah allerdings nicht mehr nach einem Schweinestall aus, es sei denn, den Schweinen war mehr Luxus vergönnt gewesen als der Besitzerin. Das Häuschen war frisch gestrichen, hatte große Fenster, die sauber geputzt waren, und auch innen sah alles adrett aus. Mutter Tine musste sehr auf Reinlichkeit achten. Unten gab es einen großen Raum mit Pantryküche, einen Esstisch für vier Personen, eine Couch mit zwei Korbsesseln. Eine Tür an der hinteren Wand führte in einen Abstellraum mit einer Waschmaschine und, was Voss verblüffte, sogar einem Trockner. Vom Abstellraum führte eine Stiege nach oben auf den früheren Heuboden. Hier gab es ein kleines Elternschlafzimmer mit einem Doppelbett und zwei winzige Kinderschlafzimmer, dazu ein Duschbad mit Toilette und Waschgelegenheit. Die Möbel waren nicht die neuesten, aber alles machte einen blitzblanken Eindruck. Die vom Haus abgesetzte Lage, dazu die Parkmöglichkeit in dem nicht einsehbaren Hof gefielen Voss, und er entschied sich, das Ferienhaus zu nehmen.

»Nun?«, fragte Dr. Rusinski. »Gefällt es Ihnen?«

Voss nickte. »Sehr. Ich nehme es.«

»Dann lassen Sie uns jetzt zu Mutter Tine gehen, sonst wird der Tee kalt. Mal sehen, womit sie uns heute verwöhnt. Wie immer Ihnen das Gebräu auch schmecken mag, vergessen Sie das Loben nicht.«

Sie führte Voss vom Hof aus in einen schmalen Flur und von dort in eine geräumige Wohnküche, in der Mutter Tine mit einer Teekanne hantierte. In der Mitte des Raumes befand sich ein großer, blank geschrubbter Tisch, um den vier Holzstühle standen. Ein Kohleherd, wie ihn seine Urgroßmutter benutzt hatte – das hatte Voss in den Fotoalben seiner Großmutter gesehen –, stand in einer Ecke. In ihm brannte ein Feuer, das eine angenehme Wärme verbreitete. Neben dem Herd befand sich ein Hocker und daneben ein Küchenschrank, der noch älter zu sein schien als der Herd.

»Setzt euch«, forderte Mutter Tine sie auf und stellte vor jeden Platz einen Becher voll dampfendem Tee. Für Voss' unsensible Nase roch es, als hätte sie eine Handvoll Heu mit heißem Wasser übergossen. Er nahm nur einen winzigen Schluck, nicht nur weil der Tee heiß war, sondern weil er sich vorsichtig an den Geschmack herantasten wollte.

»Nun, junger Mann, haben Sie sich die Ferienwohnung angesehen?«

»Hab ich. Sie ist sehr schön und super sauber. Ich möchte sie mieten, wenn Ihnen das recht ist. Ich möchte mich bei dieser Gelegenheit vorstellen. Mein Name ist Jeremias Voss, und ich arbeite für die Versicherung, bei der Schloss Rotbuchen versichert ist.«

Er hielt es für sinnvoll, nicht inkognito aufzutreten, denn in einem so kleinen Dorf wie Nettelbach würde er ohnehin auffallen wie ein Schimmel in einer Herde von Rappen. Außerdem hoffte er, von den Bewohnern so manchen Tipp zu bekommen, der seine Arbeit erleichtern würde.

Nachdem er den Becher Tee ausgetrunken hatte, stand er auf. Er gab Dr. Nele Rusinski seine Visitenkarte mit der Bitte, ihn anzurufen, sobald sie etwas von ihrem Vater gehört hatte. Dann ging er zu seinem SUV, um das Gepäck aus dem Wagen zu holen. »Shit«, fluchte er, als er die geöffnete Beifahrertür sah, die Dr. Rusinski offenbar vergessen hatte zu schließen. Nero – er hatte ihn nach dem Unfall nicht wieder angeschnallt – hatte die Gelegenheit genutzt, auszubüchsen. Er konnte ihn nirgendwo beim Auto sehen, was ungewöhnlich war. Normalerweise blieb er immer in der Nähe, um das Auto zu bewachen, wenn sein Herr nicht da war. Heute war es jedoch anders. Voss sah die Straße hinunter, doch er konnte seinen Hund nirgends entdecken. *Sonderbar*, dachte er, während er seine Reisetasche holte und sie aufs Zimmer brachte. Danach machte er sich auf den Weg, um Nero zu suchen. Er pfiff, er rief, doch Nero meldete sich nicht. Er ging bis zum Krug, ein Stück in die Straßen hinein, doch wo immer er auch nachsah, von Nero gab es keine Spur. Langsam begann er, sich Sorgen zu machen.

Das Knurren und Bellen seines Handys riss ihn aus den Gedanken. Er holte es aus der Tasche und schaltete es auf Empfang.

»Vermissen Sie Ihren Hund?«, fragte die Tierärztin, nachdem er sich gemeldet hatte. Er hörte an ihrer Stimme, dass sie aufgebracht war.

»Ja, ich bin gerade auf der Suche nach ihm.«

»Brauchen Sie nicht mehr. Er ist bei mir. Besser, Sie holen ihn ab. Das rote Backsteinhaus schräg gegenüber von Mutter Tine ist unseres.«

»Bin gleich da«, sagte Voss erleichtert, denn er hatte sich in seiner Fantasie schon alle möglichen Horrorszenarien vorgestellt. Nero war zwar gutmütig, aber beileibe kein Schoßhündchen.

Das rote Backsteingebäude fand er auf Anhieb. Als er an der Tür klingelte, wurde ihm sofort aufgemacht. Dr. Rusinski hatte offenbar auf ihn gewartet. Auf ihrer Stirn standen Schweißperlen, und ihr Haar wirkte etwas zerzaust.

»Kommen Sie«, sagte sie nur und führte ihn durch einen langen Flur in den Hintergarten. Hier stand ein Stall, ein moderner Zwinger mit mehreren Abteilungen, und ein Freigehege, das mit einem Lattenzaun eingefriedet war, das heißt, es war eingefriedet gewesen, denn jetzt lag der Zaun zum Teil am Boden. An den Bruchstellen der Bretter und Querlatten konnte er erkennen, dass die Zerstörung erst kürzlich erfolgt sein musste. Er ahnte Schlimmes, und er sollte recht behalten. Als er näher trat, sah er Nero, der in friedlicher Eintracht neben einem Münsterländer lag und freudig mit dem Schwanzstummel wedelte, als er seinen Herrn erblickte.

»Nero, komm!«, befahl Voss kurz und scharf. Nero sah den Münsterländer an, dann seinen Herrn, stand zögernd auf und trottete langsam, als könne er sich nur schwer von seinem Freund losreißen, auf ihn zu.

»War *er* das?«, fragte Voss, obwohl er schon ahnte, wie die Antwort ausfallen würde.

»Wer sonst?«

»Kaum zu glauben. Er hat sich noch nie für andere Hunde interessiert.« Voss sah Nero verständnislos an.

»Für Julie offenbar doch, denn sie ist eine Hündin, und außerdem läufig, wie mir Mutter Tine sagte.«

»Ach du Sch… Deshalb hat er auf mein Rufen und Pfeifen nicht reagiert.« Voss sah die Tierärztin mit einem verlegenen Lächeln an. »Hat er?«

»Er hat! Und er kennt offenbar keinen Schmerz. Ich kam gerade nach Hause, als ich sah, wie er Anlauf nahm und gegen den Zaun sprang. Einfach so, als ob er wüsste, dass die Latten unter seinem Gewicht zerbrechen würden.«

»Er weiß es. Bei mir hat er einmal eine Tür eingerannt, als er noch jünger war. Meine Sekretärin hatte ihn in mein Zimmer gesperrt. Ich kam nach Hause, er hörte meine Stimme, die Tür wurde nicht gleich aufgemacht, und so kam er durchs zerborstene Türblatt, um mich zu begrüßen. Es tut mir leid, dass Ihre Münsterländerin nun wahrscheinlich Mutterfreuden entgegensieht.«

»Männer!«, war alles, was Dr. Nele Rusinski sagte.

Kapitel 7

Da es noch hell genug war, fuhr er zur Brandstelle hinaus. Zugleich wollte er Graf Mückelsburg besuchen. Am liebsten hätte er erst mit dem für die Untersuchung zuständigen Staatsanwalt geredet, doch an einem Sonnabend hatte das natürlich keinen Zweck.

Er verfrachtete Nero wieder in den Wagen, ließ ihn aber diesmal auf dem Beifahrersitz Platz nehmen. Auch schnallte er ihn nicht an. Hier auf dem Lande hielt er das nicht für notwendig, zumal er nur bis zum Schloss fahren wollte. Die Straße entpuppte sich als eine wunderschöne Allee. Sie wurde von alten Kastanien und Eichenbäumen gesäumt, deren Kronen so weit ausgeschnitten waren, dass ein LKW ungehindert unter ihnen hindurchfahren konnte. Neben der befestigten Fahrbahn befand sich ein vielleicht drei Meter breiter Grasstreifen. Herausgeworfene Grassoden zeigten, dass dieser Weg von Pferden genutzt wurde.

Kurz vor dem Torhaus, auf das die Straße direkt zuführte, sah er rechts und links einstöckige, gedrungene Häuser. Sie hatten kleine Vorgärten und einen Hintergarten. Soweit Voss erkennen konnte, waren die Gärten ursprünglich für die Selbstversorgung mit Gemüse und Kartoffeln gedacht. Jetzt wirkten sie ungepflegt, genauso wie die Häuser. An der Tür eines dieser Häuser – es waren wohl bessere Katen – lehnten zwei Männer, die sich unterhielten. Ihrem Aussehen nach waren es Nordafrikaner, wahrscheinlich Marokkaner. Demnach handelte es sich bei den Katen um Arbeiterunterkünfte.

Das Torhaus, typisch für Holsteiner Höfe, war aus roten Backsteinen errichtet und bestand aus dem eigentlichen Tor, das mit zwei übereinander liegenden Etagen und einem kleinen, spitz zulaufenden Turm überbaut war. Die erste Etage mochte eine Wohnung enthalten, denn an den Fenstern hingen saubere Gardinen. Der zweite Stock diente wohl als Lagerraum, denn die Fenster waren leer und schmutzig. Rechts und links ans Torhaus schlossen sich Gebäude an, ebenfalls aus rotem Backstein. Wozu sie genutzt wurden, war nicht ersichtlich, da es keine Fenster gab. Insgesamt machte das Gebäude den Eindruck, als hätte man schon lange nichts mehr zur Bauerhaltung getan. Durch das Torhaus führte die Verlängerung der Zufahrtsstraße direkt aufs Schloss zu. Im Gegensatz zur asphaltierten Zufahrtsstraße bestand sie aus Kopfsteinpflaster.

Voss hielt vor dem Torhaus auf der Straße, die nach rechts abbog und den Spuren nach offensichtlich der Hauptwirtschaftsweg war. Er stieg aus, denn er war neugierig, wie es auf der anderen Seite des Tores aussehen mochte.

Der Innenhof, wenn man denn überhaupt von einem Hof sprechen konnte, mochte nach seiner Schätzung an die vier bis fünf Hektar groß sein. Er wurde auf jeder Seite von zwei großen Scheunen begrenzt. Früher waren sie wohl als Ställe und Speicher genutzt worden. Eine Verwendung, die er sich für die heutige Zeit nicht mehr vorstellen konnte. Die grün gestrichenen Scheunentore waren zu schmal und zu niedrig, um moderne Trecker durchzulassen. Genau gegenüber dem Torhaus lag hinter einer mit Bäumen und Büschen eingefassten Rotunde das Schloss. Ein gewaltiger Bau. Er schätzte die Breite auf 50 Meter. Eine Freitreppe führte in den ersten Stock. Der Bereich darunter war wahrscheinlich der Wirtschaftstrakt und dem Gesinde vorbehalten. Darüber gab es drei Stockwerke, wobei die zwei unteren, der Größe der Fenster nach zu schließen, sehr hoch sein mussten. Das Obergeschoss schien wieder normale Zimmerhöhe zu haben. Rechts und links neben dem Schloss sah er die Ausläufer einer Parkanlage.

Voss überlegte, ob er gleich den Schlossherrn aufsuchen oder zunächst den Ort der Tragödie besichtigen sollte. Er entschied sich für die Brandstelle, um das Tageslicht auszunutzen. Er stieg wieder in den SUV und folgte dem Wirtschaftsweg. Nach etwa 300 Metern kam er an ein Areal, das aus sechs mittelgroßen Stallungen bestand, die um einen gepflasterten Hof herum lagen. Der Geruch, der durchs offene Seitenfenster hereinwehte, sagte ihm, dass es Stallungen für Pferde waren. Die Gebäude machten einen alten, aber gepflegten Eindruck. Etwa 50 Meter weiter gab es einen weiteren Stallkomplex, der aus zwei Ställen bestand, wovon einer in Schutt und Asche lag.

Voss fuhr auf den gepflasterten Innenhof, hielt den Wagen an, stieg aus und ging zu der Brandruine hinüber. Sie war mit Signalband der Polizei abgesperrt. Schilder wiesen darauf hin, dass der Zutritt verboten war. Da Voss nicht die Absicht hatte, innerhalb des Brandkomplexes nach Spuren zu suchen – das war eine Aufgabe für Spezialisten –, besah er sich die Brandstelle von außen und machte mit dem Handy Aufnahmen aus verschiedenen Perspektiven. Was er damit genau wollte und wozu sie zu gebrauchen waren, das wusste er im Augenblick noch nicht. Während er um die Brandstelle ging, fragte er sich, woher der Brandstifter wohl gekommen war. Und da gab es eigentlich nur zwei Möglichkeiten. Entweder vom Schloss oder von außerhalb. Dass es ein Angestellter des Schlosses gewesen war, machte für ihn wenig Sinn, denn wer würde schon seinen eigenen Arbeitsplatz gefährden? Natürlich gab es immer das Motiv der Rache, aber dann müsste es jemanden geben, der entweder entlassen worden war oder sich anderweitig benachteiligt gefühlt hatte. Es wäre ein hohes Maß an Wut nötig, einen Stall abzufackeln, in dem die wertvollsten Pferde des Schlosses standen. Wenn jemand fähig war, den Tod von zig Pferden in Kauf zu nehmen, müsste er sich leicht ermitteln lassen. Ein Gespräch mit dem Grafen oder dem Manager müsste ausreichen, um einen kleinen Kreis von Verdächtigen einzugrenzen. Voss hielt diesen Ansatz jedoch für wenig erfolgversprechend, weil er sich einfach nicht vorstellen konnte, dass ein Schlossangestellter der Täter war – wenn es denn überhaupt Brandstiftung war.

Er lehnte sich gegen die Motorhaube seines SUV und dachte nach, während er geistesabwesend die Reste des Stalls betrachtete. Es war natürlich auch möglich, dass jemand aus Nettelbach das Feuer gelegt hatte. Dann wäre es allerdings wahrscheinlich, dass ihn einer der Bewohner der Katen gehört oder gesehen hatte, denn derjenige hätte die Zufahrtsstraße zum Schloss benutzen müssen. Einen anderen Zugang gab es nicht. Aus Voss' Sicht ein gefährliches Unterfangen, weil die Straße lang war und direkt auf die Kreuzung am Krug stieß. Die Wahrscheinlichkeit, dass jemand den Täter gesehen hätte und sich an ihn erinnern würde, war sehr groß. Ein Risiko, das ein halbwegs intelligenter Täter nicht eingehen würde. Blieben nur der Pfleger und der Tierarzt übrig. Beide hätten ein Motiv gehabt. Der Pfleger aus Rache, weil sein Hengst verkauft worden war, und der Tierarzt, weil man ihm die Betreuung der Pferde entzogen hatte. Die Frage, warum sie sich jedoch erst jetzt dafür gerächt hätten, machte diesen Gedankengang illusorisch. Die Art, wie der Täter vorgegangen war – dass er nämlich den Tod der Pferde billigend in Kauf genommen hatte –, sprach gegen den Tierarzt. Sein Verhältnis zu Tieren dürfte so emotional gewesen sein, dass er es nicht übers Herz gebracht hätte, sie wissentlich in Gefahr zu bringen. Das Gleiche galt für den Tierpfleger. Er dürfte den Hengst, den er mit großgezogen hatte, so geliebt haben, dass er niemals dessen Gesundheit aufs Spiel gesetzt hätte.

Voss stand eine ganze Weile bewegungslos an den SUV gelehnt und versuchte, die Frage der Brandstiftung aus allen möglichen Blickwinkeln zu analysieren. Sein Resümee war: *Ich habe keine Ahnung und bin keinen Schritt weitergekommen.* Enttäuscht drehte er sich um und stieg ins Auto. Nero lag auf dem Beifahrersitz und schlief.

Hund müsste man sein, dachte Voss und fuhr zum Torhaus zurück.

Er stoppte dort, rief die Auskunft an und ließ sich die Telefonnummer von Graf von Mückelsburg geben.

Nach dem zweiten Versuch meldete sich eine wohlklingende weibliche Stimme mit: »Von Mückelsburg.«

»Guten Abend, ich bin Jeremias Voss, der Beauftragte der Hamburger-Berliner-Versicherungs-AG. Ich untersuche den Brand Ihres Pferdestalls und würde in diesem Zusammenhang gern den Grafen von Mückelsburg sprechen.«

»Jetzt, um diese Zeit?« Die Stimme klang eine Nuance kühler.

»Ich bin gerade in der Nähe und wäre Ihnen dankbar, wenn Sie ein paar Minuten Zeit für mich hätten.« Als die Dame nicht gleich antwortete, fügte er hinzu: »Es liegt ja in Ihrem Interesse, dass die Umstände, die zum Brand geführt haben, so schnell wie möglich geklärt werden. Sie wissen doch: Je eher daran, desto eher gibt's Geld.«

Ein leises, melodisches Lachen erklang. »Wann können Sie hier sein?«

»In einer Minute. Ich stehe vor dem Torhaus.«

»Kommen Sie. Ich hoffe, Sie finden den Weg.«

Voss lächelte. *Scheint eine Dame mit Humor zu sein.*

Er steckte das Telefon in die Tasche, gab Gas und war in weniger als einer Minute an der Freitreppe.

Im Eingang zum ersten Stock stand eine große, schlanke Frau. Sie trug Jeans und einen Pullover, der formlos an ihr herunterhing wie ein selbst gestrickter Ökopulli. Die Haare waren zu einem Pferdeschwanz zusammengebunden.

»Sie sind zu früh«, rief sie ihm zu, »aber kommen Sie trotzdem rauf. Ihren Wagen können Sie dort stehen lassen. Heute kommt keiner mehr zu Besuch.«

Voss stieg die Stufen empor. Es gab sie schon lange, denn die ausgetretenen Stellen zeigten, dass hier Generationen von Menschen hinauf- und hinuntergestiegen waren.

»Jeremias Voss«, stellte er sich mit einer Verbeugung vor und gab der Frau seine Visitenkarte.

Die nahm und las sie, bevor sie sie in die Tasche ihrer Jeans steckte.

»Ich bin Henriette von Mückelsburg, die Tochter des Hausherrn. Bitte kommen Sie herein.« Sie tat einen Schritt zur Seite und ließ ihn in eine große Halle eintreten.

Voss schätzte, dass sein gesamtes Apartment in diese Halle passen würde. Dem Eingang gegenüber ging eine breite Treppe, quasi eine Verlängerung der Freitreppe, ins obere Stockwerk. In der Mitte des Raumes stand ein runder Eichentisch, für den man einen Gabelstapler benötigt hätte, um ihn zu bewegen. Über dem Tisch hing ein gewaltiger Leuchter, der anstelle der einstigen Wachskerzen mit Glühbirnen in Kerzenform bestückt war.

»Kommen Sie bitte mit«, sagte die wohlklingende Stimme hinter ihm, bevor er sich alle Einzelheiten der Halle einprägen konnte. »Hier ist es kälter als in unserem Eiskeller, und es müsste selbst im Hochsommer geheizt werden.« Sie führte ihn durch die Halle zu einer Tür links neben der Treppe und öffnete die Tür.

Er trat ein und blieb unwillkürlich stehen. Hatten sich in der Eingangshalle alle Möbel mit der Zeit schwarz gefärbt und erzeugten eine düstere Atmosphäre, so war dieser Raum hell und freundlich. Zwei große Fenster – sie mochten an die vier Meter hoch sein – ließen viel Licht in den Raum fluten.

Auf Stores und Vorhänge hatte man verzichtet. Der Raum machte auf Voss einen eher kleinen Eindruck, was aber eine optische Täuschung sein konnte, denn die Deckenhöhe mochte gut fünf Meter betragen. Die Möbel waren aus hellem Holz und wirkten feminin, genauso wie die mit weißem Stoff überzogene, gebogene Couch und die zwei Sessel, die zusammen mit der Couch um einen Glastisch gruppiert waren. Ein moderner, zum Ambiente passender Schreibtisch war mit Illustrierten und Papieren beladen. In der Mitte stand ein Laptop, an dem die Gräfin gearbeitet zu haben schien, denn das Gerät hatte noch nicht auf Standby zurückgeschaltet.

»Nehmen Sie Platz, Herr Voss. Wo immer Sie wollen. Ich habe keinen Stammplatz, wenn Sie vom Schreibtisch absehen«, sagte sie mit einem freundlichen Lächeln und deutete auf die Sitzgruppe.

Voss wählte einen Sessel aus. Während er sich setzte, sagte er: »Ich hoffe, Sie nehmen es mir nicht übel, wenn ich gestehe, dass ich unter Schock stehe.«

Die Gräfin lachte leise und melodisch. Sie konnte sich denken, worauf seine Bemerkung abzielte. »Es geht nicht nur Ihnen so. Jeder erwartet, dass die Einrichtung in diesen altehrwürdigen Mauern noch aus dem Mittelalter stammt, von Generationen gehegt und gepflegt. Sie hätten mit der Annahme sogar recht, wenn Sie von meinem Vater empfangen worden wären und er Sie in unsere Bibliothek geführt hätte. In ihr würden Sie Folianten finden, die noch aus der Zeit Gutenbergs stammen. Aber dies hier ist mein Salon, und ich lebe im Hier und Heute und nicht in der Vergangenheit. Für meinen Vater ist dieses Zimmer übrigens ein Sakrileg, und er vermeidet es, mich hier aufzusuchen.«

Voss setzte sein charmantestes Lächeln auf. »Es war sehr liebenswürdig von Ihnen, Gräfin, dass Sie mich trotz der kurzfristigen Anmeldung empfangen haben, aber ich glaube, ich muss wohl doch zu den alten Büchern, denn, wie ich schon sagte, wollte ich Ihren Vater sprechen.«

»Leider ist das nicht möglich.«

»Ist er nicht im Hause?«

»Das schon, aber ihn hat der Brand so mitgenommen – weniger der Brand als der qualvolle Tod der Pferde –, dass er einen Schwächeanfall erlitt und vom Arzt absolute Ruhe verschrieben bekam. Ich habe ihm heute Abend bereits sein Beruhigungsmittel gegeben, und deswegen wird er schlafen. Ich befürchte also, Herr Voss, Sie müssen mit mir vorliebnehmen.«

»Tut mir leid für Ihren Vater. Auch als Nicht-Pferdezüchter kann ich verstehen, dass der tragische Tod der Tiere ihn sehr mitgenommen hat. Können Sie mir denn Auskunft geben? Waren Sie hier? Haben Sie den Brand miterlebt?«

Henriette von Mückelsburg schüttelte den Kopf. »Ich wünschte, ich wäre hier gewesen und hätte meinen Vater stützen können. Aber ich lebe in Berlin und bin erst gekommen, nachdem er mir am Telefon erzählt hat, was passiert ist. Ich kann Ihnen also nur erzählen, was er mir berichtet hat. Ich bin zwar überzeugt, dass er Ihnen auch nicht mehr sagen könnte, aber Sie müssen selbst entscheiden, ob Sie mit den Informationen aus zweiter Hand etwas anfangen können.«

Voss überlegte einen Augenblick, was er tun sollte. Er wäre gern noch etwas in Gesellschaft der Gräfin geblieben, denn er mochte ihre humorvolle, direkte Art, aus der keine Standesdünkel sprachen, doch er war zum Arbeiten hier und musste schnellstens an Sachinformationen kommen. Schnelligkeit war bei der Aufklärung eines Falls von großer Wichtigkeit. Jeder, der mit Ermittlungen zu tun hatte, wusste, dass je länger sich die Nachforschungen hinzogen, desto kälter die Spuren wurden. Deshalb sagte er mit Bedauern in der Stimme: »Wenn ich Ihren Vater nicht sprechen kann, dann müsste ich mich mit dem Manager unterhalten. Wäre das heute noch möglich?«

Die Gräfin lächelte. Sie hatte offenbar das Bedauern in seiner Stimme herausgehört. »Sie müssen schon mit mir vorliebnehmen. Herr Bartelsmann ist nicht da. Ich habe gesehen, wie er gegen fünf mit seinem Auto weggefahren ist. Er hatte seine Reisetasche bei sich. Ich nehme also an, dass er mindestens über Nacht weg ist.«

»Könnten Sie es trotzdem einmal versuchen – ich meine, bei ihm anrufen?«

Sie machte eine Pause, und als sie antwortete, war das Lächeln von ihren Lippen verschwunden, und in ihre Augen trat ein harter Blick.

»Ich nicht!«, sagte sie bestimmt. »Ich kann diesen Kerl nicht leiden. Er widert mich an mit seiner Höflichkeit, denn sie ist nur gespielt. Aber Sie können es versuchen.« Sie zog ihr Handy aus der Gesäßtasche, tippte eine Nummer ein und reichte es Voss. Der ließ es ein paarmal klingeln, und als sich niemand meldete, gab er es zurück.

»Also bleibe nur ich übrig.«

»Ich hoffe, ich falle Ihnen nicht lästig. Ihr Laptop sieht aus, als wenn er arbeiten will.«

»Dann muss er wohl warten. Doch bevor Sie mich mit Fragen löchern ... Was halten Sie davon, wenn wir uns etwas zu essen machen? Ich habe nämlich Hunger.«

Voss, der seit dem Frühstück nichts Richtiges mehr gegessen hatte – die Kaffeepause in Plön zählte nicht –, nahm das Angebot dankend an.

»Wir müssen es uns allerdings selbst zubereiten. Mein Vater hat der gesamten Dienerschaft übers Wochenende frei gegeben.«

»Das ist okay. Ich bin der perfekte Koch. Ich kann mich nicht daran erinnern, dass mir jemals ein Toast misslungen ist.«

Gräfin von Mückelsburg lachte. »Dann kommen Sie mit. Die Küche ist unten, dadurch ist sichergestellt, dass das Essen, bis es im Speisezimmer ankommt, auch garantiert kalt ist.«

Sie führte Voss in die Küche im Erdgeschoss. Sie war riesig. Als er die Gräfin fragte, ob sie in Berlin nicht die Größe des Schlosses vermisse, lachte sie laut und sagte mit beißender Ironie: »Es ist schon ein Privileg, in einem Schloss zu wohnen. Mit dieser Küche hier könnten Sie eine Kompanie bekochen, da die Haushälterin jedoch nur für meinen Vater und für sich selbst kocht, wird die Kapazität nur zu einem Bruchteil genutzt. Sie sollten mal hier sein, wenn wir Sturm haben. Dann pfeift der Wind so durch die riesigen Fenster, dass man Wetterjacken anziehen muss. Oder besuchen Sie uns einmal im Winter. Ein Wochenende reicht vollkommen. Danach werden Sie nie wieder ein Schloss betreten wollen. Wenn wir das Haus so beheizen würden, dass es überall kuschelig warm ist, benötigten wir gut und gern das Jahresgehalt eines mittleren Beamten. Also werden nur die notwendigsten Zimmer beheizt. Ich bin jedes Mal glücklich, wenn ich in Berlin in meiner kleinen Zweizimmerwohnung bin.«

Voss hatte das Wohnen in einem Schloss nie unter diesem Gesichtspunkt gesehen. Sein Traum, mal in so einem Palast zu leben, wurde dadurch erheblich gedämpft.

Während die Gräfin den Kühlschrank nach Fleisch durchsuchte, das sie als Steak braten konnte, bereitete Voss aus allem Grünzeug, das er fand, sowie Tomaten und Ziegenkäse einen gemischten Salat zu. Der Einfachheit halber aßen beide an dem Küchentisch, der so groß war, dass man darauf ein Schwein hätte schlachten können – was man auch getan hatte, versicherte ihm die Gräfin. Zum Essen tranken sie Bier aus der Flasche. Währenddessen berichtete die Gräfin, was sie von ihrem Vater über den Brand gehört hatte. Wirklich Neues hörte Voss dabei nicht. Auch über den Verbleib des Tierarztes konnte sie nicht mehr sagen, als dass er ihren Vater hatte besuchen wollen, um ihm etwas Wichtiges mitzuteilen. Was das war, wusste der Graf nicht. Dr. Rusinski hatte Nettelbach mit dem Auto kurz darauf verlassen, wie ihr Vater herausgefunden hatte, auf dem Schloss war er jedoch nicht angekommen. Auch von seinem Auto fehlte jede Spur. Von Manfred, dem Tierpfleger, wusste sie nur, dass Dr. O'Heatherby, der irische Tierarzt, ihm Stallverbot erteilt hatte, nachdem Dr. Rusinski gegangen war. Der Grund war angeblich, dass O'Heatherby befürchtete, Manfred könnte aus übertriebener Liebe zu dem Hengst etwas unternehmen, um dem Tier zu schaden. Nach Auskunft des irischen Tierarztes hatte er damit gedroht, dass »sich alle noch wundern« würden. Er könnte der Zeitung »eine große Sensation« erzählen. Sie würden sich alle noch umgucken. So in etwa sei der Wortlaut gewesen. Bartelsmann, der Manager, habe ihn daraufhin fristlos entlassen. Dann habe er versucht, Bartelsmann zu erpressen. Laut Graf von Mückelsburg, der von Bartelsmann über die Entscheidung informiert worden war, wollte er vom Manager 5.000 Euro und drohte, mit seinem Wissen zu Dr. Rusinski zu gehen. Mehr konnte Henriette von Mückelsburg nicht berichten.

Nachdem sie das Geschirr abgewaschen und die Küche aufgeräumt hatten, schlug die Gräfin vor, noch ein Glas Wein zu trinken. Voss, dem die unkomplizierte Adlige immer sympathischer wurde, stimmte zu. Die Gräfin bat ihn, einen Augenblick zu warten. Sie verschwand in dem neben der Küche liegenden Weinkeller und kam erst nach einiger Zeit mit einer verstaubten Flasche Rotwein zurück. Voss erkannte, dass es sich um einen 30 Jahre alten Bordeaux handelte.

Sie bemerkte seinen neugierigen Blick und sagte mit einem schelmischen Lächeln: »Ich musste eine Weile suchen, ehe ich das Versteck fand, in dem Vater seine Kostbarkeiten aufbewahrt. Er räumt nämlich von Zeit zu Zeit um, in der Hoffnung, seine Schätze verbergen zu können. Er denkt, ich wüsste es nicht.«

»Jetzt habe ich ein schlechtes Gewissen. Auf keinen Fall will ich Ihren Vater um seine Kostbarkeiten bringen.«

»Sie brauchen keine Skrupel zu haben. Sie tun ein gutes Werk, denn der Arzt hat ihm das Rauchen und Trinken, insbesondere Rotwein, verboten. Die beste Methode, ihn von seinem Laster abzubringen, ist, seine Rotweinbestände zu vernichten. Womit wir jetzt schon mal anfangen.«

Voss musste ob dieser schelmisch vorgebrachten Begründung lachen.

»Es gibt aber noch einen Grund, der nach einer guten Flasche Wein verlangt.«

»Und der wäre?«

»Sie sind seit einer Ewigkeit der erste sympathische Mensch, den ich hier auf dem Schloss treffe.«

»Ich glaube, jetzt werde ich rot, aber danke für das Kompliment.«

»Dazu besteht absolut kein Grund. Ich bin Journalistin beim Fernsehen und von daher gewohnt, die Dinge beim Namen zu nennen.«

»Journalistin – und dann auch noch beim Fernsehen. Drehen sich da nicht Ihre Ahnen im Grabe um?«

»Ich habe mir sagen lassen, dass man schon gleich nach dem Tod physisch nicht mehr in der Lage ist, sich umzudrehen«, sagte sie mit einem Grinsen. »Doch bevor wir noch in philosophische Gespräche abgleiten, sollten wir lieber nach oben gehen, wo es gemütlicher ist als hier, denn nur drei Türen weiter liegt unsere ehemalige Folterkammer.«

Der Abend, den Voss nun erlebte, gestaltete sich ganz anders, als er gedacht hatte. Die Gräfin war eine charmante und humorvolle und vor allem unkomplizierte Gastgeberin. Das äußerte sich schon darin, dass sie ihm vorschlug, sich zu duzen. Die Anrede »Gräfin« ginge ihr auf die Nerven und komme ihr so antiquiert vor. Sie müsse dabei immer an die Frauen denken, die in der Ahnengalerie an der Wand hingen und ein Gesicht machten, als hätten sie in eine Zitrone gebissen. »Dort möchte ich noch nicht hängen«, sagte sie auf ihre amüsante, ironische Art. Jeremias stimmte nur zu gern zu und bestand darauf, das Ereignis mit einem Kuss zu besiegeln. Der Kuss fiel dann etwas intensiver aus.

Als er gegen halb elf Uhr zu Mutter Tine zurückfuhr und den Abend Revue passieren ließ, stellte er zu seiner Verwunderung fest, dass sie über alles gesprochen hatten, nur nicht über den Brand.

Ursprünglich hatte er vorgehabt, noch an diesem Abend mit Dr. Nele Rusinski zu sprechen, um zu hören, was sie hinsichtlich ihres Vaters herausgefunden hatte, doch dafür war es nun zu spät. Stattdessen unternahm er mit Nero einen Spaziergang durch den Ort.

Bevor er mit dem Hund zu Bett ging, überprüfte er seine Mailbox. Vera hatte zwei Nachrichten hinterlassen, eine betraf das Schloss, die andere Werner Bartelsmann. Beide enthielten nichts Neues.

Kapitel 8

Das Frühstück, das Mutter Tine ihm am Sonntagmorgen servierte, war reichlich. Selbst der Kaffee – den sie so zubereitete, wie es seine Großmutter getan hatte –, war sehr gut. Fasziniert schaute er ihr zu, wie sie die Kaffeebohnen mit einer Kaffeemühle von Hand mahlte, das Pulver in eine Kanne gab, kochendes Wasser darüber goss, ein paarmal umrührte und einen Kaffeewärmer über die Kanne stülpte. Er konnte sich nicht erinnern, dass seine Mutter jemals so ein Ungetüm benutzt hatte. Als sich das Pulver am Boden der Kanne gesetzt hatte, schenkte sie den Kaffee ein. Er war heiß, stark und schmeckte so aromatisch, dass er überzeugt war, noch nie zuvor einen so vorzüglichen Kaffee getrunken zu haben.

Nach dem Frühstück machte er mit Nero seinen Morgenspaziergang und suchte danach Nele Rusinski auf. Nero musste er an die kurze Leine nehmen, denn es zog ihn wieder zu seiner Freundin. Leider war die Tierärztin nicht zu Hause. Es blieb ihm nichts anderes übrig, als später noch einmal wiederzukommen. Um die Wartezeit zu überbrücken, entschloss er sich, einen Frühschoppen im Krug zu trinken.

Als er das Lokal betrat, war die Gaststube zu seinem Erstaunen bereits halb voll. Bis auf eine Frau waren alle anderen Gäste Männer. Die Frau war Nele Rusinski. Sie saß an einem langen Tisch, umgeben von Männern jeden Alters und dem Schild *Stammtisch* vor sich.

Dr. Rusinski blickte auf, als er eintrat, und winkte ihn herüber.

»Rutsch mal einen Stuhl weiter«, forderte sie ihren Nebenmann auf, einen älteren Mann in jagdlichem Grün. Als Voss an den Tisch getreten war, sagte sie: »Meine Freunde, ich möchte euch meinen Lebensretter, Jeremias Voss, vorstellen.« Wie auf ein Kommando blickten ihn alle neugierig und abschätzend an. Die Tierärztin nannte die Namen der am Tisch Sitzenden. Voss nickte jedem freundlich zu, gab sich aber keine Mühe, sich die Namen zu merken. Er würde sie doch gleich wieder vergessen. Wäre jeder eine Nummer gewesen, dann hätte er sie noch nach einem Monat gewusst, denn Zahlen konnte er sich merken, Namen nicht. Warum das so war, wusste er nicht.

»Kommen Sie, setzen Sie sich hierher«, forderte sie ihn auf und deutete auf den Platz, den der Mann in Grün frei gemacht hatte.

Voss klopfte auf den Tisch und grüßte die Runde mit »Moin«, dann wandte er sich an Dr. Rusinski: »Ich wollte Sie weder beim Frühstück noch in dieser Runde stören, sondern nur wissen, ob Sie etwas von Ihrem Vater gehört haben.«

»Dann setzen wir uns an den Nebentisch«, sagte sie.

Sie entschuldigte sich bei den Herren, stand auf und führte ihn zu einem abgelegenen Tisch, an dem sie sich ungestört unterhalten konnten.

»Trinken Sie Bier?«, fragte sie, nachdem sie sich gesetzt und Nero seine Streicheleinheiten verabreicht hatte.

»Neben Kaffee mein Lieblingsgetränk.«

»Hauke, zwei Flens bitte«, rief sie zum Wirt hinüber.

»Kommen«, rief der zurück.

»Über meinem Vater habe ich nichts erfahren. Sicher ist jedoch, dass er nicht vorhatte zu verreisen, denn das Geschirr vom Abendbrot stand noch in der Spüle, und er wäre nie ins Bett gegangen oder verreist, ohne alles aufzuräumen. Er liebte Ordnung um sich herum. Auch dass die Tiere über Nacht nicht in ihren Ställen waren, hätte er niemals zugelassen, dazu schleichen hier zu viele Füchse herum.«

»Ich war gestern noch auf dem Schloss, wollte mit dem Grafen sprechen, aber den hat das Ereignis so umgehauen, dass er mit Beruhigungsmitteln im Bett lag. Ich habe aber seine Tochter getroffen, eine sehr umgängliche Frau. Sie hat mit mir offen über alles gesprochen, hat aber nicht viel mehr gewusst, als schon bekannt ist.« Er berichtete ihr in Stichworten, was ihm die Gräfin über Bertram Rusinski und über den Brand erzählt hatte. »Kennen Sie die Gräfin näher?«

»Henriette? Na klar. Sie ist eine Freundin von mir, auch wenn sie einige Jahre älter ist als ich. Ich wusste gar nicht, dass sie hier ist. Normalerweise steckt sie in Berlin. Ich werde gleich heute Nachmittag zum Schloss fahren … Was ich noch sagen wollte«, wechselte sie das Thema. »Ich war gestern auf dem Polizeirevier und habe mich nach meinem Vater erkundigt – nichts. Er ist wie vom Erdboden verschluckt. Ich habe eine Vermisstenmeldung aufgegeben, damit offiziell nach ihm gesucht wird. Vielleicht findet man ja sein Auto, und ich weiß dann wenigstens, wohin er gefahren ist.« Sie sah Voss sorgenvoll an. »Ich hab so eine innere Unruhe in mir, ich glaube, ihm ist etwas zugestoßen.«

Voss schüttelte den Kopf. »Wir … Sie sollten nicht gleich das Schlimmste annehmen. Wahrscheinlich wird sich alles zu Ihrer Zufriedenheit aufklären«, versuchte er, sie zu beruhigen, obwohl er selbst nicht daran glaubte.

Kurz nach dem Gespräch brach er auf. Ursprünglich hatte er vorgehabt, zur Polizeiwache zu gehen, doch nachdem er mit Nele Rusinski gesprochen hatte, erschien ihm das weniger wichtig. Er ging stattdessen zur Feuerwache, um sich mit dem Bereitschaftsdienst zu unterhalten. Ein Mädchen hielt die Stellung. Voss schätzte sie auf höchstens 18, allerdings tat er sich immer schwer, das Alter von jungen Frauen zu schätzen. Sie war zunächst reserviert, als er sich jedoch ausgewiesen hatte, wurde sie gesprächig. Er hatte das Gefühl, dass sie sich freute, sich unterhalten zu können und die Stumpfsinnigkeit des Bereitschaftsdienstes zu verkürzen.

»Wir sind zu spät alarmiert worden«, erklärte sie. »Als wir am Brandort ankamen, war der Pferdestall schon nicht mehr zu retten. Er stand lichterloh in Flammen. Ein Eindringen in den Stall konnte man vergessen. Das Dach drohte jeden Augenblick einzubrechen. Alles, was wir tun konnten, war, zu verhindern, dass das Feuer auf den anderen Stall übersprang. Das ist uns auch gelungen.«

»War vom Schloss jemand da?«

»Soweit ich gesehen habe, wohl alle. Jedenfalls war der Graf da, Herr Bartelsmann auch, den Tierarzt habe ich auch gesehen und dann diesen brutalen Kerl von Trainer oder Vorarbeiter oder was immer er ist. Die anderen kannte ich nur vom Sehen. Sie waren damit beschäftigt, die vor Angst wiehernden Pferde aus den anderen Ställen zu holen.«

»Sie sagten, ›der brutale Kerl von einem Trainer‹. Was meinten Sie damit?«

»Er ist ein Fiesling. Ich glaube, er kommt wie der Tierarzt aus Irland. Sind beide zur gleichen Zeit hier angekommen. Wenn er etwas getrunken hat, dann sucht er Streit. Er hat einmal einen meiner Feuerwehrkameraden krankenhausreif geschlagen, und der war selbst kein Schwächling. Jetzt hat er Lokalverbot im Krug. Wenn man den sieht, sollte man besser einen anderen Weg nehmen. Ich möchte dem nicht im Dunkeln begegnen.« Die junge Frau schüttelte sich.

»Was denkt man hier bei der Feuerwehr? War der Brand ein Unfall, oder könnte auch Brandstiftung dahinter stecken?«

»Das kann niemand sagen. Die Polizei und die Staatsanwaltschaft ermitteln.«

Die Antwort kam so zögerlich, dass Voss annahm, dass man ihr aufgetragen hatte, nichts anderes über den Brand zu sagen als die offizielle Verlautbarung. Er fragte deshalb nach: »Ich kenne die offiziellen Bekanntmachungen. Was ich gern wissen möchte, ist, was die Fachleute denken, und ihr seid ja die Fachleute. Den Standpunkt der Staatsanwaltschaft hole ich mir morgen direkt an der Quelle. Da höre ich allerdings nur, was der sogenannte Sachverständige meint, und der ist meiner Erfahrung nach nicht immer der Beste. Die werden für die Arbeit so schlecht bezahlt, dass sie meistens zusehen, den Auftrag schnell zu erledigen. Die wirklichen Fachleute, die Feuerwehrmänner, werden in der Regel nicht befragt, oder war es in diesem Fall anders?«

Die Wirkung seiner Worte war genauso, wie er erhofft hatte. Die junge Frau fühlte sich geschmeichelt.

»Nee, niemand hat uns gefragt. Es ist genau, wie Sie gesagt haben. Die Polizei hat die Brandstelle abgesperrt, und dann sind zwei Leute in Zivil gekommen, haben darin herumgebuddelt und sind wieder gegangen, und das war's. Uns hat keiner befragt.«

»Und wie ist eure Meinung?«, bohrte Voss nach.

»Die gehen auseinander. Der eine meint, es war Brandstiftung, der andere, dass es ein tragischer Unfall war.«

»Und Sie, was denken Sie?«

»Ich denke gar nichts. Beides ist möglich. Solange der Brandherd nicht gefunden wird, ist alles möglich. Was mich jedoch wundert, ist, dass wir erst durch den Wirt vom Krug alarmiert wurden, dem der Feuerschein aufgefallen war. Wenn er ihn hier vom Dorf aus gesehen hat, dann hätte ihn jemand vom Schloss erst recht bemerken müssen. Dass das niemand getan hat, kommt mir schon komisch vor.«

Voss bedankte sich für die Auskunft und verließ das Feuerwehrhaus. Er verzichte auf das Mittagsessen. Das Frühstück war so reichhaltig gewesen, dass er noch immer satt war. Nero war mit seinem Entschluss nicht einverstanden und nervte ihn so lange, bis er begriff, dass der Hund nur überleben könnte, wenn er sofort etwas zu fressen bekam.

Nachdem Nero zufriedengestellt war, legte sich Voss aufs Bett und dachte nach. Nero nahm seinen Stammplatz am Fußende ein. Sein gleichmäßiges Schnarchen wiegte auch Voss in den Schlaf. Es war ein leichter, unruhiger Schlaf, denn seine Gedanken wurden durch Träume verzerrt und belasteten ihn wie Albträume.

Ein Klopfen an der Tür erlöste ihn. Nero hob den Kopf, ließ ihn aber gleich wieder entspannt aufs Bett sinken. Ein sicheres Zeichen, dass seine feine Nase den Betreffenden als Freund klassifiziert hatte.

»Die Tür ist offen«, krächzte Voss noch unter dem Eindruck des letzten Traums.

Die Tür ging auf, und Dr. Nele Rusinski trat ein.

»Oh, störe ich? Habe ich Sie bei Ihrer Mittagsruhe unterbrochen? Das tut mir aber leid«, sagte sie verlegen und machte Anstalten, wieder zu gehen.

»Nein, nein, bleiben Sie. Sie haben ein gutes Werk getan. Sie haben mich nämlich aus einem gruseligen Albtraum befreit. Nehmen Sie Platz. Ich bin gleich bei Ihnen.«

Voss stand auf, ging ins Badezimmer, wusch sein Gesicht, betupfte es, nachdem er sich abgetrocknet hatte, mit Rasierwasser und ging in die Stube zurück. Die Tierärztin stand am Fußende des Bettes und kraulte Neros mächtigen Nacken.

»Wie sind Sie bloß an dieses selten schöne Exemplar von Hund gekommen?«, fragte sie und gab Nero einen Kuss auf den Kopf. Dann ging sie, sehr zu Neros Bedauern, zum Tisch und nahm Platz.

»Wollen Sie das wirklich wissen?«, fragte Voss mit einem

hoffnungsvollen Blick. Er tat nichts lieber, als über seinen Hund zu sprechen und dessen inneren Werte herauszustellen, wo doch sein Äußeres alles andere als schön war. Wer ihn ansah, dem drängte sich der Gedanke auf, dass er alle Arten von Straßenkötern in sich vereinigte, wobei eine englische Bulldogge einen dominierenden Einfluss gehabt haben musste. Er war so groß wie ein ausgewachsener Boxer, wog über einen halben Zentner. Sein Kopf war breiter als die Schultern. Das entsprach einer englischen Bulldogge. Er konnte ohne Mühe eine Banane quer verschlucken. Die beiden Reißzähne ragten senkrecht nach oben und gingen ein gutes Stück über die Lefzen des Oberkiefers hinaus. Die dicken Wülste über Nase und Stirn ließen ihn gefährlich aussehen, was durch den keilförmigen, muskulösen Körper, vorn breit, hinten schmal, noch unterstrichen wurde.

»Ich kann Ihnen leider nichts zu trinken anbieten – hab nichts.«

»Um Himmels willen, nein, ich möchte nichts weiter, außer zu hören, wie du zu diesem Hund gekommen bist.« Nele Rusinski sah ihn verlegen an. »Ich darf dich doch duzen? Ich finde es so blöde, wenn man sich mit Vornamen anredet und weiterhin das Sie verwendet. Außerdem duze ich meine Lebensretter immer.«

»Aber selbstverständlich, Nele, ich fühle mich geehrt«, antwortete Voss mit einem Lächeln. Auf den Bruderkuss verzichtete er diesmal, obwohl Nele eine schöne Frau war, aber von einer ganz anderen Schönheit als Henriette von Mückelsburg. Nele strahlte etwas Bodenständiges, Verwurzeltes, Direktes und Kraftvolles aus, während Henriette eher durchgeistigt, burschikos, schlagfertig und humorvoll wirkte.

»Nun erzähl schon, Jeremias. Ich bin gespannt. Kein Wunder, ich bin ja auch Tierärztin.«

»Also gut. Ich war auf einer Dienstreise im Ausland. Hatte einige Stunden Zeit, bevor ich meine Kontaktperson treffen sollte. Um mir die Zeit zu vertreiben, bummelte ich über den Basar. In der Fleischereistraße bewunderte ich gerade das erfolglose Bemühen eines Schlachters, die Fliegenschwärme von seinen abgehäuteten Ziegen fernzuhalten, als ich in einiger Entfernung einen lauten Fluch hörte und sich kurz darauf etwas an meine Beine drängte. Es war der noch kleine und namenlose Nero, wobei *klein* sich auf seine heutige Figur bezieht. Im Vergleich zu seinen Altergenossen war er sicherlich riesig. In seinem Maul hatte er eine Wurst, und zwei weitere Würste hingen an den Seiten herunter. Ein Schlachter kam mit erhobenem Messer hinter ihm her gerannt. Warum der Hund mich zum Rettungsanker erkoren hatte, weiß der Geier, aber er hatte es. Um ihn nicht zu enttäuschen und seine Psyche nicht für die Zukunft zu schädigen, gab ich dem Fleischer den fürstlichen Preis von 20 Euro für seine Würste. Natürlich in nationaler Währung. Als ich das tat, wusste ich noch nicht, was passieren würde. Ich erkundigte mich, wem das Tier gehöre, und bekam zur Antwort: niemandem. Dann versuchte ich, ihn loszuwerden, aber keiner wollte ihn haben. Erst als ich eine Zugabe von 50 Euro versprach, übernahm ihn einer. Der Glückliche nahm Hund und Geld, und ich marschierte weiter, verärgert, dass ich 70 Euro für nichts losgeworden war. Auf der anderen Seite freute es mich, ein gutes Werk getan zu haben. Als ich nach einiger Zeit, nachdem ich kreuz und quer durch den Basar gestreift war, eine vierspurige Hauptverkehrsstraße überquerte, hörte ich hinter mir ein Keuchen. Ich drehte mich um und sah den Hund mit heraushängender Zunge hinter mir herkommen. Wie er es geschafft hatte, mich zu finden, ist mir ein Rätsel. Seitdem hat sich eine richtige Männerfreundschaft zwischen uns entwickelt. Aber im Ernst, heute würde ich ihn für keinen Betrag mehr hergeben.«

»Du bist schon ein Teufelskerl«, sagte Nele zu Nero. Sie war während Voss' Erzählung aufgestanden, hatte sich ans Fußende des Bettes gestellt und Nero gestreichelt, was dieser mit einem dankbaren, tiefen Knurren würdigte.

Einige Augenblicke lang schwiegen beide. Voss beobachtete, wie Nele den Hund verwöhnte und seinen Bericht überdachte.

»Ich mag Menschen, die sich um Tiere in Not kümmern. Es zeugt von einem guten Charakter. Es ist schön, wenn ein Mensch nicht selbstsüchtig ist. Das denkst du doch auch – nicht, Nero?« Sie gab ihm einen liebevollen Klaps aufs Hinterteil und ging zum Tisch zurück. »Ich habe dich jedoch nicht in deiner Mittagsruhe gestört, um mich über Nero zu unterhalten, sondern ich wollte dir mitteilen, dass man das Auto meines Vaters gefunden hat. Es steht am Hamburger Flughafen in einem Parkhaus. Die Parkdauer war begrenzt, deshalb ist es aufgefallen. Der Sicherheitsdienst hatte die Polizei verständigt, die hat den Halter feststellen lassen und bei mir angerufen.«

»Das freut mich. Dann waren ja die Sorgen umsonst.«

»Natürlich bin ich erleichtert, und auch wieder nicht. Eins steht fest. Mein Vater ist Hals über Kopf abgereist, denn zu Hause hat er alles stehen und liegen gelassen, wie ich dir heute Morgen schon sagte. Auch hat er seine Tiere unversorgt gelassen, für ihn ein Unding. Außerdem wusste er, dass ich am Wochenende kommen wollte. Er würde nie abreisen, ohne mir Bescheid zu geben. Das hat er aber nicht getan. Weder auf meinem Anrufbeantworter, noch auf der Mailbox oder im Postfach der eMails befindet sich eine Nachricht. Ich kann einfach nicht glauben, dass er weggeflogen ist.«

»Klingt schon gediegen. Ich kenne deinen Vater natürlich nicht, aber dass ein Tierarzt nicht für seine Tiere sorgt, das ist schon merkwürdig – sehr merkwürdig.«

»Und für seine Tochter nicht? Zählt die nicht?«, fragte Nele pikiert.

Voss lächelte. »Dass Frauen immer alles gleich mit sich in Verbindung bringen müssen, das wird ein Mann nie begreifen. Im Ernst. Du bist ein erwachsener Mensch, selbstständig, gewöhnt, für dich zu sorgen. Bei dir ist es unwahrscheinlich, dass du verdurstest oder verhungerst, die Tiere aber sind auf die Versorgung durch den Menschen angewiesen. Insofern besteht schon ein Unterschied.«

»Du hast ja recht, entschuldige. Die Frage ist, was soll ich machen? Darüber grüble ich, seit ich die Nachricht bekommen habe.«

»Willst du hören, was ich in deinem Fall tun würde?«

»Ja, deshalb bin ich herübergekommen.«

»Nichts – warten. Du kannst derzeit nichts anderes tun. Es hat auch keinen Sinn, die Polizei verrückt zu machen. Jetzt, nachdem das Auto am Flughafen gefunden wurde, wird sie nichts unternehmen, sondern ebenfalls abwarten, ob dein Vater in den nächsten Tagen wieder auftaucht. Ich werde mal meine Verbindungen spielen lassen und versuchen, ob er in der Namensliste einer Airline auftaucht. Ich kann dir aber nicht versprechen, dass das klappt. Die Airlines sind mit solchen Auskünften sehr zurückhaltend.«

»Ich glaube, du hast recht. Es hilft schon, wenn man in so einer Situation mit einem Unbeteiligten spricht. Der kann verhindern, dass man sich in etwas hineinsteigert und dadurch das Wesentliche aus den Augen verliert.«

»Das ist richtig. Bei mir ist dafür meine Assistentin zuständig. Ich hätte aber noch einen Vorschlag für dich. Mach die Tierarztpraxis wieder auf, das hält dich beschäftigt, lenkt dich ab, und du machst dich nicht verrückt durch Grübeln.«

Nele lächelte ihn an. »Danke für deinen Rat. Genau das hatte ich morgen vor. Und nun werde ich mich wieder in die Menagerie begeben. Tschüss und danke, Jeremias.«

Auch Voss verließ zusammen mit Nero die Wohnung. Er hatte sich über Google Earth die Landschaft um das Schloss in 3D angesehen und festgestellt, dass es westlich vom Schloss einen See von etwa 25 Hektar Größe gab. Eine Schotterstraße führte zu einer aufgelassenen Kiesgrube, und von dort ging ein Fußweg, oder wie es auf dem 3D-Bild ausgesehen hatte, mehr ein Trampelpfad zum See. Wie er von Mutter Tine erfahren hatte, gehörte der See zum Besitz des Schlosses. Da er über eine schöne Badebucht verfügte und ein beliebtes Ausflugsziel für Einheimische war, hatte der Graf ihn für die Öffentlichkeit freigegeben.

Sobald Voss die Schotterstraße erreicht hatte, ließ er Nero von der Leine. Der begab sich sofort auf Erkundung, blieb aber immer in Sichtweite seines Herrn.

***

»Er hat seine Wohnung verlassen und befindet sich auf dem Weg zur Kieskuhle.« Der Mann, der die Meldung über Handy durchgegeben hatte, schwieg, während die Antwort durchkam. Dann sagte er: »Okay«, steckte sein mit zehnfacher Vergrößerung ausgestattetes Nachtglas in das Futteral, schob es auf den Rücken, stieg auf einen Elektroroller und fuhr geräuschlos davon.

***

Voss ging in Gedanken versunken die ausgefahrene Schotterstraße entlang. Menschen begegnete er nicht. Nur einmal überholte ihn ein in die Jahre gekommener VW Golf. Aus dem heruntergedrehten Seitenfenster des Fahrers winkte ihm jemand zu. Auf dem Rücksitz saß ein Münsterländer, der genauso aussah wie die Hundedame, die Nero beglückt hatte.

Er winkte Nele beim Vorbeifahren fröhlich zurück, war aber schon gleich wieder in Gedanken vertieft. Nero hatte inzwischen die Lust am Herumtoben verloren und trottete wie gewöhnlich neben ihm her.

Sie mochten etwa weitere zehn Minuten gegangen sein, als sich der Schotterweg zur stillgelegten Kiesgrube hin weitete. Vor ihm lag ein kreisförmiger Platz, der nach drei Seiten durch eine fast senkrecht in die Höhe ragende Wand aus Sand und Steinen begrenzt wurde. Zu seiner Rechten gab es eine verfallene Wellblechhütte und davor die Relikte einer LKW-Waage. Gleich daneben in Richtung der Sandwand war der Blick frei zum knapp 100 Meter entfernten See, umgeben von hügligen Weizen- und Rapsfeldern. Überall waren noch Spuren des einstigen Kiesabbaus zu sehen. Ein verrosteter Abbaubagger stand mit erhobener Schaufel einsam vor der steil aufragenden Wand. In der Mitte des Platzes hatte man Findlinge, die im Kies gesteckt haben mochten, zu einem Haufen zusammengeschoben. Sie waren Zeugen der gewaltigen Kraft, mit der die Gletscher der letzten Eiszeit die Landschaft im Osten Holsteins geformt hatten. Regen, Sturm und Frost hatten die Wand brüchig werden lassen. Unten lagen Steine unterschiedlichster Größe, die ausgewaschen worden waren, während es oben, unter einer nicht allzu dicken Mutterbodenschicht, wo Wind und Regen besonders aggressiv wirken konnten, gefährliche Überhänge gab. An einer Stelle war so ein Überhang abgebrochen und in die Tiefe gestürzt.

Voss betrachtete die bis zur Hälfte aufgearbeitete Endmoräne mit einem beklemmenden Gefühl. Sie wirkte wie eine Bedrohung. Obwohl sie einem Steinbruch ähnelte, war sie wesentlich gefährlicher, denn sie bestand aus sich leicht lösendem Material.

Er betrachtete das Areal und besonders den VW Golf, der gleich hinter der verfallenen Waage parkte. Offenbar hatte Nele den gleichen Gedanken gehabt wie er und wollte ihrer Jagdhündin am See und in den angrenzenden Feldern Platz zum Auslauf geben. Den alten Golf musste sie sich geliehen haben, oder es war der Zweitwagen ihres Vaters.

Nero ließ sich von der gedrückten Stimmung nicht anstecken. Er stromerte, die Nase auf dem Boden, kreuz und quer übers Areal. Voss sah ihm amüsiert zu. Offenbar verfolgte er die Spur der läufigen Hündin. Ab und zu blieb er stehen, streckte die Nase in die Luft und schnüffelte, um sie gleich wieder auf den Boden zu halten. Je länger er den Hund beobachtete, desto deutlicher wurde, dass er etwas ganz Bestimmtes suchte und den Ort, wo er es vermutete, langsam einkreiste. Neugierig verfolgte er Nero mit dem Blick. Sein Ziel schien die Stelle zu sein, an der der Überhang in die Tiefe gestürzt war, Sand und Steine aus der Wand mitgerissen und am Fuß zu einem Wall aufgetürmt hatte. Er bekam Angst um den Hund, denn der war sich der Gefahr, die von oben drohte, nicht bewusst. Nero rannte unruhig an dem Wall aus Erde, Sand und Steinen entlang. Mal scharrte er in der Erde, um gleich wieder weiterzulaufen und woanders zu scharren, und dabei winselte und bellte er abwechselnd. So unruhig hatte Voss ihn selten erlebt.

Er wollte ihn gerade zurückpfeifen, um ihn aus der Gefahrenzone zu holen, als ihm eine Reifenspur auffiel. Sie war nicht so alt wie die anderen, deren Konturen schon fast verwischt waren, aber auch nicht so neu wie die von Neles Golf. Sie mochte ein paar Tage alt sein, war noch deutlich zu erkennen, aber die Eindrücke, die das Profil verursacht hatte, waren an den Rändern schon eingebrochen. Was ihn nachdenklich machte, war, dass sie schnurstracks auf die heruntergestürzten Erdmassen zulief, ein paar Meter an dem Erdhaufen entlang ging, dann einen Bogen machte und wieder zur Schotterstraße zurückführte. Das Verhalten des Fahrers machte keinen Sinn, es sei denn, jemand hatte sich die Abbruchstelle aus nächster Nähe ansehen wollen.

Voss folgte der Spur. Die Stelle, an der der Wagen gestanden hatte, war deutlich zu erkennen. Die Reifen hatten sich dort tiefer ins weiche Erdreich eingegraben. Auch gab es Stiefelabdrücke. Nach seiner Schätzung waren hier zwei Männer ausgestiegen, denn die Abdrücke waren unterschiedlich groß. Die Profile der Sohlen waren deutlich zu erkennen. An einer Stelle hatten sie sich tiefer eingedrückt als an anderen Stellen. Das Merkwürdigste war jedoch, dass die Spuren zu dem aufgeschütteten Wall liefen, jedenfalls zeigten die Fußspitzen in diese Richtung und kamen wieder zurück. »Dascha gediegen – ganz gediegen«, murmelte er und stieg auf den Erdwall. Vergessen war die Beklemmung, die er am Eingang gespürt hatte. Sein Jagdinstinkt hatte von ihm Besitz ergriffen.

Er hörte ein Geräusch hinter sich. Er drehte sich um und sah, dass sich ein kohlkopfgroßer Stein aus der Wand gelöst hatte und sich überschlagend und Sand und andere Steine mitreißend in die Tiefe stürzte. Er traf auf den Boden, prallte ab und flog keinen Meter entfernt an Voss vorbei. Das alles war so schnell gegangen, dass Voss keine Zeit zur Flucht gehabt hatte. Ein weiteres, lauteres Geräusch ließ ihn erneut nach oben blicken. Er sah, wie sich im Zeitlupentempo ein etwa zehn Meter breites Stück Überhang löste und in die Tiefe zu stürzen begann. Jetzt reagierte er sofort. »Nero, weg!«, schrie er und drehte sich, um vom Wall zu springen.

Doch er rutschte auf der feuchten Erde aus und fiel hin. Noch bevor er auf dem Boden aufschlug, spürte er einen Schlag im Kreuz, dann prasselten die Erdmassen auf seinen Körper und begruben ihn unter sich.

Kapitel 9

Neles Ziel war der See. Der Trampelpfad, der um das ganze Gewässer herumführte, war ihre Joggingstrecke. Schon seit ihrer Zeit auf dem Plöner Gymnasium joggte sie hier, immer begleitet vom jeweiligen Jagdhund ihres Vaters. So bekamen sie beide den nötigten Auslauf.

Als sie Jeremias auf dem Weg zum See sah, war ihr erster Impuls, anzuhalten, um ihn mitzunehmen. Doch dann kamen ihr Skrupel, dass er es falsch verstehen und sie für aufdringlich halten könnte. Sie beschränkte sich deshalb darauf, ihm nur fröhlich zuzuwinken.

Sie parkte den Golf, das alte Arbeitspferd ihres Vaters, wie gewohnt hinter der alten Kieswaage. Den neun Jahre alten Wagen abzuschließen, diese Mühe machte sie sich nicht. Erstens würde niemand den Karren stehlen, und zweitens trieb sich um diese Jahreszeit hier selten jemand herum.

Julie, die Münsterländerin, stürmte, sobald sie ihre Freiheit erlangt hatte, davon, ohne sich darum zu kümmern, wo ihre Herrin sich befand. Nele ließ sie laufen. Da keine Jagdsaison war, würde hier niemand mit einem Gewehr herumspazieren. Sie brauchte also nicht zu befürchten, dass ein übereifriger Jäger sie für einen Fuchs halten und erschießen würde. Außerdem kannten alle den Jagdhund des Tierarztes.

Die Hündin würde ohnehin kein Tier reißen, dazu war sie viel zu gut erzogen. Auch darauf, dass sie läufig war, brauchte Nele keine Rücksicht zu nehmen. Nachdem Nero sich an ihr vergriffen hatte, dürfte sich die Frage der Nachkommenschaft, anders als beim Menschen, erledigt haben. Denn bei Hunden hieß es in der Regel: First come, first serve.

Als sie einige Minuten gelaufen war, kamen ihr Bedenken. Vielleicht hatte sie falsch gehandelt, als sie an Jeremias Voss vorbeigefahren war. Vielleicht empfand er es als unhöflich und war nun eingeschnappt, hielt sie für undankbar, weil sie ihn nicht mitgenommen hatte. Und Enttäuschung war das Letzte, was sie in seinen Augen sehen wollte. Kurzentschlossen drehte sie um und lief zurück. Um Julie brauchte sie sich nicht zu kümmern. Spätestens zur Fütterungszeit würde sie mit hängender Zunge und dreckigem, verfilztem Fell wieder vor der Stalltür stehen.

Sie war etwa 100 Meter von der Stelle entfernt, an der der Trampelpfad eine Biegung machte und man das Kieswerk sehen konnte, als sie das Poltern eines Steins hörte. Sie dachte sich nichts dabei, denn es war nichts Ungewöhnliches, dass Felssteine aus der Wand herausfielen, und jedermann wusste, dass man sich von der Wand fernzuhalten hatte. Schon den kleinen Kindern, die zum Baden an den See gingen, wurde es eingebläut, und so war es auch noch nie zu einem Unfall gekommen. Das Verbotsschild *Privatbesitz – Betreten verboten – Lebensgefahr*, das am Eingang zur Kiesgrube stand, beachtete schon lange niemand mehr. Früher war noch ein Absperrband über die Straße gespannt gewesen, doch das hatten Jugendliche, die mit ihren Autos zum See wollten, vor Jahren abgebaut, und es war vom Schloss nie ersetzt worden.

Gleich nach dem Steingepolter hörte sie Ächzen und Krachen. Sie bog um die Kurve und sah, wie die weit überhängende Kante oberhalb der Steilwand abriss. Es geschah nicht, wie sie es schon einmal erlebt hatte, dass nämlich an einem Ende ein Riss entstand, der sich langsam über den gesamten Erdstreifen fortsetzte. Jetzt senkte sich die gesamte Breite von ungefähr zehn Metern mit einem Mal ab und stürzte nach unten.

Ihr blieb fast das Herz stehen, als sie sah, wie Nero, instinktiv die Gefahr erkennend, zur Seite sprang und Voss strauchelte. Er versuchte, sich abzufangen, rutschte aber aus, fiel hin und wurde unter den Erdmassen begraben. Wie lange sie bewegungslos verharrte, wusste sie nicht. Ihr kam es viel zu lange vor, obwohl es nur zwei Sekunden gewesen sein mochten. Dann sprintete sie zu der Stelle, an der Jeremias unter den Erdmassen verschwunden war. Als sie bei dem Erdrutsch ankam, war Nero schon dabei, wie wild nach seinem Herrn zu buddeln.

Sie folgte seinem Beispiel und grub mit bloßen Händen den Sand und das Geröll aus dem Weg. Sie achtete nicht auf die Gefahr, die ihr von oben drohte. Sie merkte auch nicht, dass sie sich die Fingerkuppen am Geröll aufriss, bis sie bluteten. Sie grub wie wahnsinnig und schob den Auswurf zur Seite.

Nach einer Ewigkeit erfasste sie den Stoff einer Jeans.

»Was ist denn hier los?«, fragte eine weibliche Stimme von hinten.

»Jeremias Voss ist verschüttet«, rief sie, ohne sich umzudrehen oder darüber nachzudenken, dass die Fragerin gar nicht wissen konnte, wer Jeremias Voss war.

»Mein Gott«, rief die Frau und sprang vom Pferd.

***

Gräfin Henriette hatte den ganzen Vormittag bei ihrem Vater in der Bibliothek gesessen und mit ihm über Geschäfte gesprochen. Der Graf machte heute einen ganz anderen Eindruck, als sie ihn gestern Jeremias Voss beschrieben hatte. Ganz gegen die sonstige Gewohnheit waren sich Vater und Tochter diesmal nicht einig. Die Tochter machte ihm den Vorwurf, dass er sie nicht in seine Pläne eingeweiht hatte. Sie hielt das Geschäft, das er eingegangen war, für zu risikoreich und unberechenbar. Ihr Vater verteidigte es als eine Gelegenheit, die er sich auf keinen Fall hatte entgehen lassen können. Außerdem hatten die Geschäftspartner auf eine schnelle Entscheidung und rasches Handeln gedrängt. Ihm war nichts anderes übrig geblieben, als sofort zu handeln. Zu langen Rückfragen war einfach keine Zeit gewesen. Trotz all dieser berechtigten Hinweise fühlte sich Gräfin Henriette nicht wohl in ihrer Haut. Sie war überzeugt, dass sie manches klarer sah und Risiken besser einschätzen konnte als er. *Doch was hilft alles Lamentieren?*, dachte sie. *Das Kind ist in den Brunnen gefallen, und nun gilt es, schnellstens alle Maßnahmen einzuleiten, um zu retten, was zu retten ist.* Und eines stand fest. Nur wenn die gleichberechtigten Geschäftspartner, nämlich Vater und Tochter, zusammenhielten, konnte das Schlimmste verhindert werden.

Ein Telefonanruf unterbrach die Diskussion. Sie griff zu ihrem Handy, sah auf das Display und nahm den Anruf entgegen. Sie hörte schweigend zu, gab ihre Anweisungen und beendete das Gespräch.

»Wer war das?«, fragte ihr Vater argwöhnisch, denn die Anweisungen, die sie gegeben hatte, waren zweideutig gewesen.

»Nichts, was dich interessieren sollte«, antwortete sie gleichgültig. »Es war Berlin. Ich soll die Moderation einer Nachrichtensendung übernehmen und habe meine Assistentin beauftragt, mir Hintergrundmaterial zu beschaffen.«

»Klang dafür aber ziemlich eigenartig.«

»Ja, was glaubst du denn, wie wir unsere Informationen beschaffen? Da läuft nicht alles nach Recht und Gesetz. Da ist Fantasie und Wagemut gefordert. Wer nicht bereit ist, das Recht zu dehnen und es, wenn erforderlich, zu ignorieren, der ist in dem Job fehl am Platz.« Sie sah ihn mit ihren blauen Augen treuherzig an. »Ich glaube, Paps, über das Geschäft gibt es im Moment nichts mehr zu sagen. Uns bleibt nur übrig, die Entwicklung abzuwarten und dann situationsabhängig zu handeln. Jetzt brauche ich erst einmal frische Luft. Ich werde ausreiten, und du solltest dir auch den Wind um die Nase wehen lassen und dich nicht gleich wieder hinter deinen verstaubten Folianten verkriechen. Davon bekommst du nur eine Staublunge und eine Milbenallergie.« Sie winkte ihm zu und verließ die Bibliothek.

Sie ging zurück in ihren Salon, das Zimmer, in dem sie mit Jeremias Voss Bruderschaft getrunken hatte. Sie setzte sich vor den Laptop und arbeitete eine Weile an dem, was sie sich aus Berlin mitgebracht hatte. Nach einer Weile wurde sie müde und legte sich auf die Couch. Ins Bett zu gehen, hatte sie keine Lust. Die gebogene Couch war nicht bequem, aber sie musste genügen. Sie verfiel in einen unruhigen Schlaf, aus dem sie immer wieder aufwachte. Wenn sie wach wurde, schaute sie auf die Uhr und ließ sich in den Schlaf zurückfallen. Als sie schon nicht mehr damit gerechnet hatte, kam endlich der erwartete Anruf. Sie war sofort hellwach. Als der Anrufer aufgelegt hatte, rief sie im Stall an und befahl auf Arabisch: »Ich reite aus. Sattle mir meine Stute. Ich bin in einer halben Stunde beim Stall.« Dann ging sie in ihr Schlafzimmer, erfrischte sich, wechselte die Unterwäsche und zog ihren Reitdress an, in dem sie aussah wie eine Turnierreiterin. Sie ging zum Stall. Ihre Stute stand fertig gesattelt und angebunden bereit, trippelte nervös im Stand, denn sie war schon ein paar Tage nicht bewegt worden. Der Brand hatte die Routine durcheinandergebracht. Wieder sah sie auf die Uhr, stellte im Kopf eine Berechnung an, schwang sich in den Sattel und ritt im leichten Trab in die Felder.

Sie folgte ihrem gewöhnlichen Reitweg, der sie zu ihrem Lieblingsplatz führte. Er lag auf einem Hügel inmitten eines Weizenfelds. Er war nicht groß, nur einige Meter im Durchmesser, und wurde von einer Esche markiert. Diese Fläche war dem Pflug nicht zum Opfer gefallen. Zwei gewaltige Findlinge aus Granit machten sie für die Landwirtschaft unbrauchbar, ein Umstand, über den sie sich immer wieder freute. Das Areal war nur durch das Weizenfeld zugänglich und nicht einsehbar. Dadurch war es für Liebesabenteuer geradezu ideal, und von denen hatte sie während ihrer Schulzeit einige erlebt. Ein anderer Vorteil war, dass man von hier aus einen fantastischen Blick über den See und die Landschaft hatte.

Sie hielt das Pferd an, nahm ein Opernglas aus der Jacke ihres Reitanzugs und ließ den Blick über die Landschaft schweifen. Sie sah, wie Jeremias Voss in die Kiesgrube schritt und die Steilwand betrachtete. Als er zu dem Platz ging, an dem die Erde abgestürzt war, setzte sie die Stute wieder in Bewegung und verfiel, sobald es der Weg erlaubte, in Galopp.

Als sie die Kiesgrube schließlich erreichte, war sie verwundert, Nele Rusinski und den Hund wie verrückt in der Erde wühlen zu sehen.

»Was ist denn hier los?«, fragte sie, denn die Letzte, die sie hier erwartet hatte, war ihre Freundin Nele.

»Jeremias Voss ist verschüttet«, schrie Nele in Panik, ohne ihre Arbeit zu unterbrechen.

»Mein Gott!«, entfuhr es der Gräfin entsetzt. Sie sprang vom Pferd und packte mit an.

Nero hatte inzwischen einen Arm freigebuddelt. Er packte den Stoff mit seinem gewaltigen Maul und zerrte daran. Mit seiner enormen Kraft gelang es dem Hund, den Körper seines Herrn zu bewegen. Die Frauen sprangen hinzu und schaufelten mit den Händen Sand und Geröll zur Seite. Dadurch war es Nero möglich, Voss ganz aus der Erdmasse herauszuziehen.

Mit vereinten Kräften schleiften ihn die Frauen aus der Gefahrenzone. Erst jetzt wurde Nele bewusst, dass sie nicht daran gedacht hatte, dass noch weitere Erdmassen herabstürzen konnten. Sie zog ihre Jacke aus und schob sie unter Jeremias' Kopf. Dann fühlte sie seinen Puls an der Halsschlagader. Henriette war inzwischen dabei, Mund und Nase von Erde zu befreien, damit er atmen konnte.

»Der Puls ist ruhig und stark. Er hat verdammt viel Glück gehabt«, rief Nele.

»Zwei Engel – ich bin im Himmel«, krächzte Voss gerade und spuckte Sand aus. Noch während Nele seinen Puls fühlte, hatte er die Augen aufgeschlagen. Es dauerte ein paar Sekunden, bis die Benommenheit wich und er realisierte, dass er nicht mehr verschüttet war. Er griff sich an den Hinterkopf, an dem sich eine Beule formte. Ein Stein hatte ihn dort getroffen, und er war ohnmächtig geworden, noch bevor ihn die Erde verschüttet hatte. Durch die Bewusstlosigkeit hatte er weder mitbekommen, dass er unter dem Geröll lag, noch dass die Frauen und Nero ihn ausgegraben hatten. Erst als sie ihm das Gesicht abwischten, erwachte er ganz aus der Ohnmacht.

Da er in einer Reflexbewegung die Arme über den Kopf gerissen hatte, hatte sich zwischen den Unterarmen und dem Oberkörper ein Hohlraum gebildet. Die Luft darin hatte ihm das Leben gerettet. Sie hatte ausgereicht, bis ihn die Retterinnen ausgebuddelt hatten.

Die Frauen glaubten, ihren Augen nicht zu trauen, als er sich erhob, sich schüttelte und sie angrinste.

»Jetzt habe ich doch tatsächlich meine eigene Beerdigung verpasst. Kannst du mir mal den Stein rechts neben deinen Füßen reichen?«, sagte er zu Henriette. »Ich bin noch etwas wackelig und will mich nicht bücken.«

Henriette gab ihm den Stein, und er hielt ihn sich zum Kühlen an die Beule.

»Es ist kaum zu glauben, Nele. Wegen dieses Witzbolds habe ich meine Fingernägel abgebrochen.« Henriette umarmte Nele. »Wir haben uns schon einen ungewöhnlichen Ort und eine noch unpassendere Zeit für ein Wiedersehen ausgesucht. Besuch mich doch mal auf dem Schloss. Vater würde sich gewiss sehr freuen, dich wiederzusehen. Jetzt überlasse ich dir unser Sorgenkind zur weiteren Betreuung. Ich reite nach Hause und werde dafür sorgen, dass die Kiesgrube abgesperrt wird. So etwas wie heute darf nicht wieder passieren.« Sie ließ ihre Freundin los und drehte sich zu Jeremias um. »Wenn du dich wieder erholt hast, hoffe ich, dich ebenfalls auf dem Schloss zu sehen.«

Sie gab ihm einen kameradschaftlichen Klaps auf die Schulter, ging zu ihrem Pferd, schwang sich elegant in den Sattel und galoppierte davon.

Nele hatte sich inzwischen von der Angst um ihren Lebensretter erholt. Die Leichtigkeit, mit der er seinen Beinahetod wegsteckte, schockierte sie. Fast ärgerlich sagte sie deshalb: »Bist du immer so kaltschnäuzig, oder spielst du nur den Macho?«

Er lächelte verlegen. »Reiner Galgenhumor, Nele. Es ist meine Art, nicht in Panik zu geraten. In meinem Job bei der GSG 9 konnte ich mir das nicht erlauben. So ein Verhalten hätte mein Leben und das meiner Kameraden gefährdet.«

»Mag ja sein, trotzdem verstehe ich es nicht. Vielleicht zwei oder drei Minuten länger unter der Erde, und du wärst tot gewesen. Schockiert dich dieser Gedanke nicht?«

»Ich mache mir nie solche Gedanken. Sie führen zu nichts, außer dass sie die Entschluss- und Tatkraft hemmen.«

Nele schüttelte den Kopf. »Ich verstehe es nicht – ich verstehe es einfach nicht.«

Jeremias trat dicht an sie heran, nahm sie in die Arme und küsste sie. »Doch, Nele, das tust du, oder hast du auch nur eine Sekunde gezögert, mich mit den bloßen Händen auszugraben?«, flüsterte er ihr ins Ohr. »Ich bin dir unsagbar dankbar für deine Hilfe, und ich weiß, ohne dich wäre ich jetzt mit Sicherheit tot. Hab Dank, Nele.«

Sie stand wie gelähmt da. Diese Reaktion war das Letzte, was sie von ihm erwartet hätte. Sie dachte an den Kuss und wie angenehm sie ihn empfunden hatte. Sie wünschte, er würde es noch einmal tun.

Doch er tat es nicht. Er sah sich stattdessen suchend nach seinem Hund um. Der war, sobald sein Herr wieder gestanden hatte, zum Wall gelaufen. Die Nase am Boden, rannte er nervös hin und her. Er scharrte mal hier, mal da in dem Geröll, das jetzt den alten Wall überdeckte.

»Komm, ich fahre dich zurück«, sagte Nele. »Hier hält mich nichts mehr, und du könntest auch Ruhe gebrauchen.«

»Ich muss erst noch etwas erledigen. Nero ist so unruhig, er wittert etwas, und ich will wissen, was es ist. Vielleicht ist da noch etwas verschüttet. Hast du einen Spaten oder eine Schaufel im Auto?«

»Das meinst du doch jetzt nicht im Ernst.« Nele sah ihn mit großen Augen an.

»Ich meine es sogar todernst.«

»Bist du sicher, dass du durch den Unfall nicht doch etwas verwirrt bist?«

Ihr ärztlicher Blick musterte ihn kritisch, aber sie konnte keine ungewöhnlichen Merkmale erkennen. Weder zitterten seine Hände, noch zwinkerte er zu schnell mit den Augenlidern. Auch hatte er eine gesunde Gesichtsfarbe. Mit ihm schien körperlich alles in Ordnung zu sein. Und doch hielt sie sein Verhalten nicht für normal.

»Hast du, oder hast du nicht?«

»Ich weiß nicht. Es ist der Wagen meines Vaters. Ich sehe mal nach«, antwortete sie zögernd und ging kopfschüttelnd zum Auto. Gleich darauf kam sie mit einem Klappspaten wieder.

»Das ist alles, was ich gefunden habe.« Als sie sah, wie Jeremias verschüttet wurde, hatte sie in ihrer Panik nicht daran gedacht, dass sich ein Spaten im Auto befinden könnte.

»Bestens.« Jeremias nahm ihr den Spaten aus der Hand. »Tust du mir ein Gefallen?«

»Natürlich.«

»Während ich am Wall grabe, würdest du bitte die Wand im Auge behalten und mich warnen, wenn etwas herabstürzt?«

»Du willst tatsächlich dort graben? In deinem Zustand? Gerade erst dem Tod von der Schippe gesprungen … Hast du denn nirgends Schmerzen?«

»Ich fühle mich bestens. Na ja, mein Kopf scheint zu platzen, und mein Rücken schmerzt da, wo mich ein Stein getroffen hat, aber sonst ist alles okay.«

Er ging mit dem Spaten zu der Stelle, an der Nero wie

wild buddelte, und grub eine vielleicht 30 Zentimeter breite Schneise quer zum Wall. Das Geröll vom Erdrutsch ließ sich leicht beiseite räumen. Nero folgte ihm schnüffelnd. Dann fing er plötzlich an zu knurren und wie wild zu scharren.

»Aus! Sitz!«, befahl Voss. Nero reagierte sofort, und Voss grub dort ein Loch, wo der Hund gescharrt hatte. Erstaunlicherweise ließ sich auch die Erde vom alten Abbruch leicht ausheben. Er war vielleicht einen halben Meter tief in den Wall vorgedrungen, als er mit dem Spaten auf etwas stieß, das sich anders als Sand oder Geröll anfühlte. Nero begann zu winseln und wollte mit dem Kopf an ihm vorbei in das Loch. Voss gab ihm erneut einen Befehl, den er nur zögernd befolgte. Voss kniete sich an den Rand des Lochs und griff hinein. Zunächst fühlte er nur Sand und Steine. Als er jedoch mit den Fingern in der Erde hin und her scharrte, ertastete er Stoff. Er war glatt und fest, wie eine Wind- oder Wetterjacke. Er kratzte mit den Fingern das Erdreich weg, soweit es möglich war, und fühlte dabei etwas Raues. *Ein Reißverschluss,* fuhr es ihm durch den Kopf. Die Befürchtung, die ihn beschäftigt hatte, seit Nero an dem Wall gescharrt hatte, schien sich zu bestätigen.

Er erhob sich und klopfte Sand von der Hose.

»Hast du was gefunden?«, fragte Nele.

Voss hatte nicht bemerkt, dass sie hinter ihm stand.

»Ich weiß es nicht«, sagte er so beiläufig wie möglich. »Am besten lassen wir die Polizei einen Blick darauf werfen. Schließlich befinden wir uns auf Privatgelände und haben eigentlich kein Recht, hier zu graben.«

Nele sah ihn argwöhnisch an. Sie ließ sich von den beiläufig gesprochenen Worten nicht ablenken.

»Die Polizei? Was soll die denn hier?« Dann sah sie ihm in die Augen und fragte noch einmal, diesmal mit autoritärer Stimme: »Was hast du gefunden, Jeremias?«

»Wir sollten von hier weggehen«, antwortete er und ging ein paar Schritte in Richtung des Schotterplatzes.

Nele folgte ihm nicht. Sie kniete sich stattdessen nieder, blickte in das Loch.

»Mein Gott«, rief sie entsetzt.

»Komm, Nele, wir gehen zu deinem Wagen. Besser, du setzt dich, während wir warten.« Er fasste sie an der Schulter, zog sie sanft hoch, nahm ihren Arm und führte sie zu ihrem Golf. Er öffnete die Beifahrertür und ließ sie auf den Sitz gleiten.

***

Die Gräfin war in vollem Galopp auf direktem Weg zum Schloss geritten. Es störte sie nicht, dass ihre Stute den Weizen und Raps niedertrampelte. Vor der Freitreppe sprang sie ab, nahm sich nicht die Zeit, die Stute anzubinden, sondern stürmte die Treppe hoch und betrat ohne anzuklopfen die Bibliothek. Sie war außer Atem, als sie auf den Schreibtisch zueilte.

Ihr Vater saß wie gewöhnlich an seinem Lieblingsplatz und blätterte in einem dicken, ledergebundenen Buch. Verärgert über die ungehörige Störung blickte er auf.

»Ach du bist es«, begrüßte er seine Tochter, als ob er sie

heute zum ersten Mal sähe. »Was hat dich denn so echauffiert, dass du deine Erziehung vergisst?« Er musterte sie von oben bis unten. »Und dann dieser Aufzug. Du bist ja überall schmutzig. Tochter, so läuft eine Gräfin von …«

»Vater, lass den Quatsch«, unterbrach sie ihn rüde. Sie wusste, es war die einzige Methode, den gleich folgenden Vortrag über den Respekt, den sie ihrem Stand und insbesondere ihrem Namen schuldete, zu unterbinden. Bevor er seine Empörung über ihren Tonfall zum Ausdruck bringen konnte, fuhr sie hastig fort: »Es ist etwas passiert. Der Ermittler von der Versicherung ist in der Kiesgrube verschüttet worden. An der Nordseite – verstehst du?«

»Ich bin zwar alt, aber nicht senil. Natürlich verstehe ich es. Tot?«

»Nein, er lebt. Wir haben ihn noch rechtzeitig ausgegraben.«

»Wir?«

»Ja, Nele und ich.« Und dann berichtete sie ihm, was geschehen war. Zum Schluss sagte sie: »Du musst dem Trainer sofort Anweisungen geben, den ganzen Bereich abzusperren. Wenn ich ihm den Befehl gebe, dann wird er wieder renitent. Diese Afrikaner können sich einfach nicht daran gewöhnen, dass auch Frauen das Sagen haben.«

Noch während sie sprach, hatte ihr Vater zum Telefon gegriffen. Er ließ es mehrere Male klingeln, ehe er eine andere Nummer wählte. Erst bei der dritten Nummer erreichte er den Trainer. Die Anweisungen, die er gab, waren knapp und klar und passten so gar nicht zu seinem sonst so zögerlichen, ein wenig weltfremden Gehabe.

Eine halbe Stunde später war ein Pritschenwagen mit Pfählen, Zaunrollen und Werkzeug beladen und brach mit sechs Mann auf.

Die Gräfin hatte das Beladen überwacht und fuhr mit dem Range Rover ihres Vaters hinterher. Als sie in die Kiesgrube einfuhren, fand sie zu ihrer Überraschung Nele und Jeremias noch vor Ort. Beide saßen im Golf und schienen offenbar auf etwas zu warten. Sie fuhr mit dem Range Rover neben den Golf und stieg aus. Aus Höflichkeit folgten Nele und Jeremias ihrem Beispiel.

»Was macht ihr denn noch hier? Ich dachte, ihr seid längst zu Hause. Ich habe meine Leute aufgescheucht, damit sie den Bereich absperren. Das hätte mein Vater längst tun sollen, aber du kennst ihn ja. Wenn der ein altes Buch zwischen die Hände bekommt, dann vergisst er alles.« Die letzten Worte waren an Nele gerichtet.

»Ich glaube, du solltest mit den Arbeiten noch etwas warten.«

Die Gräfin sah Voss erstaunt an. »Warten? Wieso? Wir haben schon viel zu lange gewartet.«

»Wir haben etwas gefunden, was sich die Polizei ansehen sollte«, entgegnete Voss.

»Was habt Ihr gefunden?«

»Keine Ahnung, um ehrlich zu sein. Es fühlt sich wie eine Wetterjacke an«, antwortete Voss, bevor Nele etwas sagen konnte.

»Verdammt«, rief die Gräfin. »Da haben die Kerle doch die Sachen, die wir aussortiert hatten, nicht zur Kleidersammlung gebracht, sondern hier vergraben. Und ich hatte meinem Vater ausdrücklich gesagt, dass er darauf achten soll, dass hier nichts vergraben wird. Wir können damit in Teufels Küche kommen.« Sie rief nach dem Trainer, der gleichzeitig die Funktion eines Vorarbeiters einzunehmen schien, und fuhr ihn auf Arabisch an. Er stand mit stoischem Gesichtsausdruck da und warf nur ab und zu ein Wort ein.

»Ihr müsst nämlich wissen, dass wir die Kiesgrube dem Kreis als ökologische Ausgleichsfläche gemeldet haben und der ausdrücklich angeordnet hat, dass bis zur Renaturierung nichts verändert werden darf. Nicht einmal Bioabfall dürfen wir hier abladen. Deshalb hat sich mein Vater wohl auch nicht mehr um die Grube gekümmert.« Verärgert sah sie auf ihre Arbeiter, die um den Pritschenwagen herumlungerten. »So ein Mist«, murmelte sie vor sich hin, »das gibt Ärger.« Dann schien sie einen Einfall zu haben. Sie wandte sich an die beiden.

»Macht es euch etwas aus, wenn ihr jetzt nach Hause fahrt? Wenn ihr nichts seht, könnt ihr auch nichts bezeugen.« Sie sah die beiden mit einem Grinsen an und zwinkerte ihnen zu, was wohl so viel bedeuten sollte wie: *Ihr könnt euch schon denken, was ich vorhabe.*

Nele sah fragend Jeremias an. Der schüttelte den Kopf.

»Ich fürchte, dazu ist es bereits zu spät. Ich habe nämlich schon die Polizei verständigt.«

Die Gräfin sah ihn wütend an, nur für einen Augenblick, dann waren ihre Gesichtszüge wieder entspannt und sie lächelte so freundlich wie zuvor.

»Noch sind sie nicht da. Vielleicht schaffen wir es, bevor sie kommen. Die Schnellsten sind sie sowieso nicht.«

Sie gab ihren Männern einen kurzen Befehl, und die eilten auf die von Voss ausgehobene Schneise zu. Der Vorarbeiter folgte mit dem Pritschenwagen. Als er ihn geparkt hatte, verdeckte er die Sicht zum Fundort vollständig.

»Und wir?«, fragte Nele Rusinski.

»Ich werde mal hinübergehen und sehen, was sie zutage fördern.«

Voss schlenderte betont gelassen in Richtung Pritschenwagen. Die Gräfin, die die beiden nicht aus den Augen gelassen hatte, kam ihm entgegen. Jetzt, wo ihre Schulfreundin nicht dabei war, lächelte sie ihn liebevoll an und hakte sich bei ihm ein.

»Schade, Jeremias, ich hatte mir unsere nächste Begegnung ganz anders vorgestellt«, sagte sie mit einem verlegenen Lächeln. »Um ehrlich zu sein, ich hatte gehofft, du würdest zum See kommen, und ich hatte in meiner Satteltasche eine Flasche Champagner und etwas zu essen. Ich wollte dir meinen Lieblingsplatz zeigen. Er liegt nicht weit von hier, und man hat von dort eine fantastische Aussicht über den See und die Felder. Vielleicht hätten wir *diese* Aussicht aber auch gar nicht genossen.« Sie drückte seinen Arm und lächelte ihn schelmisch an. »Dass du mit einer anderen Frau ausgehst, konnte ich ja nicht wissen.«

»Bin ich auch nicht. Ich bin mit einem Mann ausgegangen. Frau Dr. Rusinski habe ich erst gesehen, als ihr mich ausgebuddelt habt.«

»Du bist mit einem Mann ausgegangen? Ich habe keinen gesehen. Ist er etwa auch verschüttet? Ist es das, weswegen du die Polizei gerufen hast?«

»Nee.« Voss lächelte sie an. »Mein Begleiter hat euch bei der Arbeit geholfen.«

»Da war nie …« Jetzt begriff sie, was er meinte, und gab ihm einen Knuff in die Seite. »Du bist mir vielleicht ein Scherzkeks. Kannst du niemals ernst sein?« Sie tat, als wäre sie verärgert, und versuchte Voss, der zur Grabungsstelle gelangen wollte, mit sanftem Druck davon abzuhalten.

Er wollte gerade eine Bemerkung fallen lassen, als ein Streifenwagen der Polizei in die Kiesgrube fuhr. Der Wagen hielt kurz vor ihnen, und eine Polizistin stieg aus, während ein männlicher Beamter hinter dem Steuer sitzen blieb.

»Ist hier jemand mit Namen Jeremias Voss?«, fragte sie.

»Ich bin Voss«, meldete er sich.

»Sie haben angerufen und einen nicht identifizierten Fund gemeldet, der für die Polizei wichtig sein könnte.«

»Das ist richtig.«

»Dann berichten Sie mal, was das zu bedeuten hat.«

Die Beamtin war, wie Voss an ihrem Dienstgradabzeichen erkannte, eine Oberwachtmeisterin. Sie führte ihn ein Stück zur Seite, damit die Gräfin nicht hören konnte, was er zu sagen hatte.

»Vielleicht wäre es sinnvoll, wenn Ihr Kollege, während ich Sie informiere, zu den Männern hinter dem Pritschenwagen geht, denn die sind gerade dabei, meinen Fund auszugraben.«

Die Polizistin überlegte einige Augenblicke, winkte dann ihren Kollegen heran und erzählte ihm, was Voss vorgeschlagen hatte. Der Beamte nickte und ging zur Ausgrabungsstätte.

Voss erzählte ihr, was er seit Betreten der Kiesgrube getan und erlebt hatte. Die Beamtin nahm danach seine Personalien auf und überprüfte die Legitimation von der Versicherung. Dann gingen sie zusammen zu den Männern, die noch immer damit beschäftigt waren, Erde beiseitezuschaffen. Auch Nele Rusinski hatte sich inzwischen zu ihnen gesellt. Sie hatte die Hand vor den Mund geschlagen und starrte in die Grube. Deutlich war eine menschliche Gestalt zu erkennen. Sie lag auf dem Bauch. Trotzdem erkannte Nele an der Kleidung, dass es ihr Vater war. Voss, der genau das vermutet hatte, legte tröstend den Arm um ihre Schultern. Die Gräfin stand auf der anderen Seite der Grube. Ihre Lippen waren zusammengekniffen, und in ihren Augen spiegelte sich Entsetzen.

Kapitel 10

»Soll ich dich nach Hause bringen?«, fragte Voss.

»Nein, ich bleibe. Ich will mit Sicherheit wissen, ob es mein Vater ist. Schließlich tragen hier viele solche Barbor-Jacken und Jeans«, gab sie schroff zur Antwort. Gleich darauf fügte sie mit weicher Stimme hinzu: »Entschuldige, Jeremias, ich wollte dich nicht anblaffen. Ich stehe nur so unter Spannung.«

»Kein Grund, sich zu entschuldigen. Ich kann dich verstehen. Es ist ja auch eine Ausnahmesituation.«

Die Gräfin war ebenfalls zu ihr getreten. Sie nahm sie in den Arm.

»Es ist schrecklich, Nele, ich bin genauso entsetzt wie du. So viele Jahre ist nichts passiert, und nun zwei Unfälle in wenigen Tagen – schrecklich, einfach schrecklich. Hätte ich doch nur darauf bestanden, dass mein Vater die Kiesgrube absperrt. Ich könnte mit dir weinen. Dein Vater war immer wie ein Onkel zu mir. Ich liebte ihn fast wie meinen Vater.«

»Ich danke dir, Henriette. Aber mit *wennste oder hättste* können wir nichts mehr anfangen. Es bleibt mir nichts anderes übrig, als tapfer zu sein«, sagte Nele mit Tränen in den Augen.

Die Polizei hatte inzwischen das Kommando übernommen. Bis auf zwei Arbeiter mussten alle weit zurücktreten. Sie hatten einen Arzt und den Leichenwagen angefordert.

Der Graf war ebenfalls eingetroffen. Seine Tochter schien ihn per Handy alarmiert zu haben. Jetzt ging sie zu ihm und erzählte ihm, was passiert war. Auch er schien schockiert zu sein. Er kam zu Nele Rusinski und sprach ihr sein Beileid aus.

»Wenn ich oder Henriette irgendetwas für dich tun können, sag es uns. Wir helfen dir, wo wir können. Falls du heute nicht zu Hause übernachten willst, kannst du gern zu uns kommen.«

Nele bedankte sich herzlich für sein Mitgefühl und für das Angebot. Ein wenig störte es sie, dass sowohl Henriette als auch der Graf es als selbstverständlich annahmen, dass der Tote ihr Vater war, obwohl er noch nicht identifiziert war.

In diesem Augenblick trat die Oberwachtmeisterin auf sie zu.

»Sie sind doch Frau Dr. Rusinski?«, fragte sie, obwohl sie inzwischen wissen musste, dass sie es war. Offenbar folgte sie nur ihren Vorschriften.

»Ja.«

»Wären Sie bereit, sich den Toten anzusehen und ihn zu identifizieren?«

Wieder antwortete sie nur mit: »Ja.«

Zusammen mit der Polizistin ging sie zum Pritschenwagen und verschwand dahinter. Wenige Minuten später kam sie zurück. Voss sah sie fragend an, obwohl er an ihrem starren Blick und den zusammengekniffenen Lippen erkennen konnte, wie ihre Antwort ausfallen würde.

Sie nickte nur und ging schweigend an ihm vorüber zu ihrem Auto. Voss folgte ihr.

Sie setzte sich in den Wagen.

»Ich kann mir vorstellen, wie traurig das Ganze für dich ist. Trotzdem hilft es niemandem, wenn du hier sitzt. Ich fahre dich nach Hause«, sagte er.

»Das ist lieb von dir, aber ich möchte so lange hier bleiben, bis auch mein Vater fährt … weggebracht wird.«

»Das kann ich verstehen. Aber versprich mir, dass du nicht allein wegfährst, sondern dich von mir fahren lässt.«

Sie sah ihn dankbar an. »Versprochen.«

»Ich gehe noch mal rüber. Mal sehen, was ich erfahren kann«, sagte Voss, streichelte mitfühlend über ihre Wange und ging zu den beiden Streifenpolizisten. Bei ihnen standen der Graf und seine Tochter.

»Wie hat sie es aufgenommen?«, fragte Bernd von Mückelsburg.

Voss zuckte mit den Schultern. »Schwer zu sagen. Sie gibt sich stark. Die eigentliche Reaktion wird erst kommen, wenn sie allein zu Hause ist und sie dort alles an ihren Vater erinnert. Ich werde mal nach ihr schauen.«

»Ja, Jeremias, tu das«, sagte die Gräfin mitfühlend. »Was sie jetzt braucht, ist menschliche Wärme und jemand, der ihr nur zuhört. Vielleicht komme ich auch noch vorbei. Allerdings erwarte ich einen wichtigen Anruf aus dem Ausland und weiß nicht, wann er kommt. Sagst du ihr, dass ich mich gern um sie gekümmert hätte, nur ...?« Sie ließ den Satz unvollendet und sah ihn erwartungsvoll an.

»Wird erledigt.« Dann wandte er sich an den männlichen Beamten, einen Hauptwachtmeister. »Wie beurteilen Sie die Situation. Irgendetwas ungewöhnlich?«

Der Beamte schüttelte den Kopf. »Ich will dem offiziellen Bericht nicht vorgreifen, aber wie ich das sehe – besonders nach Ihrem Unfall –, halte ich es ebenfalls für ein tragisches Unglück. Das ist meine persönliche Meinung, damit wir uns richtig verstehen, aber es wird so auch in meinem Bericht stehen.«

»Natürlich war es ein Unfall. Was soll die Frage? Wollen Sie hier irgendetwas hineininterpretieren?«, mischte sich der Graf ein.

Er wurde von seiner Tochter rigoros unterbrochen. »Vater, beruhige dich. Selbstverständlich will Herr Voss nichts hineininterpretieren, nicht wahr, Jeremias?«

»Natürlich nicht«, versicherte Voss. »Warum sollte ich?«

»Komm, Vater, wir fahren. Hier können wir nichts mehr tun.« Die Gräfin zog ihren Vater mit sanfter Gewalt vom Unglücksort fort.

Es dauerte noch eine Weile, bis der Arzt und kurz darauf der Leichenwagen eintrafen.

Beerdigungsinstitut Beermann, Lütjenburg, las Voss an der Seite des Wagens.

Er merkte sich den Namen und ging zu Nele zurück. Sie war ausgestiegen und zur Ausfahrt der Kiesgrube gegangen. Voss stellte sich neben sie und legte freundschaftlich den Arm um ihre Schultern.

Als der Leichenwagen an ihnen vorbeifuhr, hob sie die Hand zum letzten Abschied. Tränen liefen ihr über die Wangen, aber sie sagte keinen Ton, und ihr Körper zitterte auch nicht. Voss neigte aus Respekt vor dem Toten den Kopf. Dann forderte er sie mit sanftem Druck zum Umkehren auf, öffnete die Beifahrertür und ließ sie einsteigen. Zu einem anderen Zeitpunkt hätte er gelacht, denn auf dem Rücksitz saßen die Münsterländerin und Nero friedlich beieinander.

Während der Rückfahrt sagte Nele kein Wort. Und auch als sie ausstieg, tat sie es schweigend.

»Du solltest jetzt ein heißes Bad nehmen, Nele. Dann ziehst du dir etwas Schönes an. In einer Stunde hole ich dich ab, und wir fahren nach Lütjenburg und essen dort zu Abend. Keine Widerrede. Denn trotz des tragischen Ereignisses müssen wir meine Wiedergeburt feiern, und bei dieser Geburt warst du die Hebamme.«

Sie sagte nichts, sondern lächelte ihn nur an.

***

Voss hatte daran gezweifelt, dass sie mit ihm nach Lütjenburg fahren würde, und sich darauf vorbereitet, sie überzeugen zu müssen. Er war daher überrascht, dass sie zum Ausgehen bereit aus dem Haus trat, als er mit dem Auto vorfuhr. Trotz ihrer Trauer sah sie verführerisch schön aus. Das marineblaue Kleid mit der dunkelgrauen Jacke darüber und der schwarze Schal, den sie locker um den Hals trug, standen ihr gut.

»Das ist das einzig Dunkle, was ich im Haus finden konnte«, entschuldigte sie die etwas ungewöhnliche Farbkombination, »aber in Jeans und Pullover wollte ich nicht gehen.«

»Ich weiß gar nicht, was du hast. Du siehst super aus.«

Sie machte Anstalten, ihm zu erklären, was alles nicht zusammenpasste, sagte dann aber nur: »Männer.«

Sie lotste ihn nicht nach Lütjenburg, sondern entführte ihn in die *Wildnis* nach Hessenstein, einem kleinen Ausflugsziel etwa sechs Kilometer von Lütjenburg entfernt. Auf einem Felsen, dem Hessenstein, stand ein weithin sichtbarer Aussichtsturm, und daneben lag das Forsthaus Hessenstein.

»Die Küche ist ausgezeichnet«, erklärte sie Voss, als sie in dem romantischen Restaurant saßen. »Den ersten Stern, der in Schleswig-Holstein vergeben wurde, erhielt der hiesige Koch, und er kocht auch heute noch, und zwar für uns.«

Der Abend verlief sehr harmonisch. Sie unterhielten sich angeregt, und Voss versuchte zu vermeiden, auf die tragischen Ereignisse des Tages zu sprechen zu kommen. Aber es ließ sich nicht ganz vermeiden. Nele wollte von ihm wissen, was er vom Tod ihres Vaters hielt, denn für sie war es unverständlich, dass er in der Kiesgrube, deren Tücken er genau kannte, verunglückt sein sollte.

Voss überlegte, ob er ihr sagen sollte, was er dachte, nein, wovon er überzeugt war. Als sie ihn weiter bedrängte, konnte er die Fakten nicht länger verschleiern.

»Nele, ich bin wie du der Meinung, dass der Tod deines Vaters kein Unfall war. Es war Mord. Definitiv Mord, oder ich habe die Gabe verloren, Fakten richtig zu deuten.«

Nele sah ihn mit großen Augen an. »Ich denke es ja auch, aber was macht dich so sicher?«

»Das Auto deines Vaters.«

»Was ist damit?«

»Wenn er einen Unfall gehabt hätte, dann stünde das Auto hier oder zumindest irgendwo in Fußgängerentfernung von der Kiesgrube. Da es aber in Hamburg ist, muss es jemand dorthin gefahren haben. Folglich sollte es versteckt werden. Das Versteck für deinen Vater war gut gewählt. Niemand hätte ihn hier gefunden, wenn nicht Nero eine verdammt gute Nase hätte und ich ohnehin schon argwöhnisch gewesen wäre. Im Gegensatz dazu war das Versteck des Autos dilettantisch. Wenn man es auf dem Parkplatz für Langzeitparker abgestellt hätte, dann wäre möglicherweise viel Zeit bis zur Entdeckung verstrichen. Auf einem Platz mit begrenzter Parkdauer hingegen musste es schnell gefunden werden.«

»Wieso warst du argwöhnisch? Dafür gab es doch gar keinen Grund.«

»Und ob es einen Grund gab. Angeblich wollte dein Vater an dem Abend den Grafen aufsuchen. Er wurde auch gesehen, wie er in die Straße zum Schloss einbog. Dort ist er jedoch nicht angekommen. Es hat auch niemand gesehen, dass er zurückgekommen ist. Also hat er sich auf der Straße zum Schloss in Luft aufgelöst. Und das geht nicht.«

»Ich verstehe es nicht. Wer sollte meinem Vater etwas Böses wollen? Er war die Liebenswürdigkeit und Hilfsbereitschaft in Person, kam mit jedem gut aus. Ich kenne niemanden, der sein Feind hätte sein können.« Sie sah Voss verständnislos an. Der legte beruhigend die Hand auf ihren Arm.

»Da ich ihn nicht kannte, kann ich das nicht beurteilen, aber ich glaube dir. Hast du aber mal daran gedacht, dass er von der Versicherung, für die ich ermittle, als Tierarzt eingesetzt war und dafür sorgen sollte, dass der Hengst gesund war und blieb? Was nun, wenn der Hengst ein Leiden hatte, das ihn für den neuen Besitzer wertlos machte und das man verschleiern wollte? Soweit wir wissen, hatte dein Vater dem Hengst Blutproben entnommen. Vielleicht hat er im Blut etwas gefunden, was er unbedingt dem Grafen mitteilen wollte. In diesem Fall sind die, die etwas verschleiern wollen, seine Feinde, und da eine ungeheure Summe Geld im Spiel ist, wäre das ein Motiv.«

Nele Rusinski nickte, obwohl sie entsetzt war. Wenn es stimmte, was er gerade gesagt hatte, bedeutete es, dass die Mörder vom Schloss kommen mussten. Der Gedanke war unvorstellbar. Sie sagte ihm das auch, wenn auch zögerlich.

»Nicht unbedingt«, antwortete Voss. »Denkbar wäre auch, dass der Pferdepfleger – ich habe seinen Namen vergessen – sich an deinem Vater gerächt hat. Vielleicht war er es ja, der wusste, dass mit dem Hengst etwas nicht stimmte, und wollte es verhindern. Denkbar wäre es.«

»Aber, du glaubst nicht wirklich daran.«

»Nicht so recht. Einen Mord zu begehen, einen Menschen kaltblütig zu töten, ist keine Kleinigkeit. Dazu ist nicht jeder fähig. Anders sieht es natürlich aus, wenn es im Streit geschieht, also keine Tötungsabsicht vorliegt. So etwas kann jedem von uns passieren, aber dann ist es Totschlag oder etwas in diese Richtung. Doch nun sag mal, Nele, hast du dir schon überlegt, was du machen wirst? Hier bleiben oder zurück nach Köln?« Mit dieser Frage versuchte er, die Unterhaltung von der Tragödie wegzulenken.

Nele erkannte seine Absicht und ging darauf ein. »Natürlich habe ich mir darüber schon Gedanken gemacht. Um ehrlich zu sein, ich weiß es nicht. Für die nächste Zeit werde ich auf jeden Fall hier bleiben, denn es gibt sicher viel zu erledigen.«

Auf dem Nachhauseweg war sie sehr schweigsam. Voss spürte, dass sie etwas bewegte. Er beobachtete sie eine Weile. Als das Kauen und Lutschen auf ihrem Mittelfinger intensiver wurde, fragte er sie: »Woran kaust du, außer an deinen Nägeln?«

Sofort senkte sie ihre Hand und wurde rot. »Wie peinlich!«, rief sie. »Hast du mich etwa beobachtet?«

»Nicht direkt, aber ich spüre förmlich, wie die Räder in deinem Kopf rasen und du sie nicht abstellen kannst. Spuck es aus, was bewegt dich?«

»Wenn es einfach wäre, es auszusprechen, dann hätte ich es längst getan.«

»Verstehe ich nicht. Du bist erwachsen, ich bin erwachsen, du bist eine gestandene Frau, und ich bin es auch – äh, wollte natürlich sagen: Mann. Also, wovor scheust du dich?«

»Du hast leicht reden. Du bist ein Mann …«

»So weit waren wir schon. Nun raus damit, sonst kriegst du noch Magengeschwüre.«

Nele druckste noch einige Augenblicke herum, dann hatte sie sich offenbar entschieden, denn sie sagte: »Ich möchte heute nicht zu Hause schlafen. Könnte ich nicht bei dir auf der Couch übernachten? Ich weiß, dass man die in der Stube ausziehen kann.«

»Und deswegen hast du so lange herumgedruckst, dass ich fast die Kontrolle über den Wagen verloren hätte? Natürlich kannst du. Bettwäsche ist auch vorhanden, wie ich gesehen habe. Allerdings machen wir eine Änderung. Du schläfst im Bett und ich auf der Couch.«

Voss spürte, wie erleichtert sie war.

Da die Couch auch zum Schlafen gedacht war, schlief Voss völlig entspannt. Nur einmal wurde er geweckt, als sie plötzlich gegen zwei Uhr zu ihm unter die Decke schlüpfte und sich an ihn kuschelte. »Ich brauche nur körperliche Wärme, um ruhig zu werden«, sagte sie leise, wobei die Betonung auf dem »nur« lag. Für Voss war die nächste halbe Stunde eine Härteübung, denn Nele war nackt, genauso wie er. Gentleman, der er war, machte er keine Anstalten, die Situation für sich auszunutzen, sondern legte seinen Arm um sie, und sagte sich lautlos: *Ich bin ganz ruhig und entspannt.* So, wie er es einst beim autogenen Training gelernt hatte.

***

An Morgen wachte er früh auf. Der Platz neben ihm war leer. Nero schnarchte am Fußende der Couch. Er horchte, ob Nele vielleicht im Bad war, aber es war kein Geräusch zu hören. Da er selbst früh loswollte, stand er auf und schlurfte zum Bad. Auf dem Tisch in der Stube lag ein Zettel.

Du bist ein richtiger Gentleman, danke! Nele.

Irgendwie freute er sich über die Nachricht und dass sie wohl seinen inneren Kampf bemerkt hatte.

Er wusch sich, bereitete Neros Frühstück zu und ging zu Tina in die Küche. Sie war nicht da, aber das Frühstück war hergerichtet, und den Kaffee brauchte er nur aufzubrühen.

Danach lud er Nero ins Auto, schnallte ihn nach einigem Gerangel an und fuhr los. Sein Ziel war die Staatsanwaltschaft in Kiel. Wie er im Internet gesehen hatte, war sie im Landgericht untergebracht. Das Gebäude war in dem für Norddeutschland typischen roten Backstein erbaut und lag am Schützenwall, Ecke Harmsstraße. Parken konnte er direkt hinter der Justizvollzugsanstalt.

Voss musste innerlich grinsen, als er bemerkte, dass der »Kunde« hier bestens betreut wurde. Anklage, Urteil, Knast, alles in fußläufiger Entfernung.

Er ging zum Haupteingang und erkundigte sich beim Empfang, welcher Staatsanwalt den Brand auf Schloss Rotbuchen, Besitzer Graf von Mückelsburg, bearbeitete. Er wies sich mit den Papieren aus, die er von Dr. Hartwig erhalten hatte.

»Oberstaatsanwalt Ludwig, Zimmer 212«, sagte ihm der Beamte hinter der Sicherheitsglasscheibe.

Voss ging in den zweiten Stock zu Zimmer 212. Ein Schild an der Tür verwies ihn auf Zimmer 211. Hier klopfte er kurz und trat ein. Es war ein typisch behördliches Vorzimmer, in dem eine grauhaarige Frau an einem Computer arbeitete. Auf ihrem Schreibtisch stapelten sich Schnellhefter unterschiedlicher Stärke, und die geöffneten Aktenschränke zeigten, dass sie sich über Arbeitsmangel nicht beklagen konnte.

Voss stellte sich vor und informierte sie, weswegen er den Staatsanwalt sprechen musste.

Die Frau – Voss schätzte sie auf Mitte 50 – sah auf die Uhr. Es war zwanzig vor neun.

»Sie sind zu früh. Die Besucherzeit beginnt erst um neun. Und auch dann sieht es schlecht aus. Oberstaatsanwalt Ludwig hat um zehn Uhr einen Termin bei Gericht und muss dazu noch letzte Vorbereitungen treffen«, sagte sie mit einem bedauernden Lächeln.

Auf Voss machte das Lächeln einen aufrichtigen Eindruck, und so nutzte er seinen ganzen Charme, um sie zu überreden, ein paar Minuten von der Zeit des Staatsanwalts für ihn abzuzweigen. Die Frau griff zu ihrem Handy, und nach einem kurzen Gespräch, bei dem sie mehr oder weniger das wiederholte, was Voss Augenblicke zuvor gesagt hatte, wandte sie sich ihm wieder zu.

»Fahren Sie mit dem Fahrstuhl ins Tiefgeschoss und wenden Sie sich rechts. Geradeaus liegt die Kantine. Oberstaatsanwalt Ludwig trägt zu einem grauen Anzug einen grünen Schal.«

Voss bedankte sich überschwänglich. Im Nachhinein fragte er sich, ob er es nicht etwas übertrieben hatte, doch dann sagte er sich, dass Frauen Komplimente selten auf ihren Wahrheitsgehalt prüften.

Die Kantine machte ganz den Eindruck, den man von einer Behördenkantine erwartete, und strahlte so viel Gemütlichkeit aus wie die Bahnhofsrestaurants in seiner Jugend. Es waren nicht viele Gäste anwesend, fast alles Männer. Sicher alles Junggesellen, die zu faul waren, sich das Frühstück zu

Hause selbst zuzubereiten. Oberstaatsanwalt Ludwig war nicht schwer zu identifizieren. Er war der Einzige, der einen grünen Schal über seiner Jacke hängen hatte. Er saß an einem Vierertisch und unterhielt sich mit einem Herrn gleichen Alters, der neben ihm stand. Offensichtlich erzählten sie sich Witze, denn beide lachten herzhaft.

Voss ging zu ihnen hinüber.

»Guten Morgen, meine Herrn, ich bin Jeremias Voss«, grüßte er forsch.

Die beiden Herren erwiderten seinen Gruß, und der Stehende verabschiedete sich. Der Oberstaatsanwalt musterte ihn eingehend und sagte dann zu Voss' Verblüffung: »Das also ist der sagenumwobene Meisterdetektiv aus Hamburg.« Mit der Hand lud er ihn ein, Platz zu nehmen.

»Sie sehen mich sprachlos, Herr Oberstaatsanwalt«, antwortete Voss und bemühte sich, nicht vor Erstaunen zu stottern. »Ich kann mich nicht erinnern, Sie schon einmal kennengelernt zu haben.«

Der Oberstaatsanwalt lächelte. Er schien sich über die Verständnislosigkeit, die Voss ins Gesicht geschrieben war, zu amüsieren.

»Haben Sie auch nicht. Aber ich kenne Sie dafür umso besser. Ich will Sie jedoch nicht auf die Folter spannen, dafür fehlt uns die Zeit. Wir beide haben einen gemeinsamen Freund, und dieser Freund lobt Sie in den höchsten Tönen.«

»Freund? Loben? Nicht, dass ich etwas dagegen habe, wenn ich gelobt werde, aber ich verstehe kein Wort.«

»Unser Freund heißt Hans Friedel und ist Kriminaloberrat

und Leiter der Abteilung für Tötungsdelikte im Landeskriminalamt in Hamburg.«

»Ludwig, Ludwig.« Voss wiederholte den Namen nachdenklich. Ihm schwante etwas. »Würden Sie mir Ihren Vornamen verraten?«

»Sicher, ich heiße Karl, Karl Ludwig.«

»Und Sie sind ein Tenniscrack?«

»Na ja, so schlimm ist es auch wieder nicht.«

»Dann sind Sie, oder besser waren, Hans' Tennispartner, den er immer zu schlagen versuchte und es nie schaffte.«

»Sagen wir mal, selten.«

»Dann kenne ich Sie genauso gut wie Sie mich. Ich bin sehr erfreut, Sie nicht als Mythos, sondern als Person kennenzulernen.«

Voss reichte dem Oberstaatsanwalt die Hand, die dieser herzlich drückte. Er sagte: »Das Vergnügen ist ganz auf meiner Seite. Doch nun zum Geschäft. Weswegen wollten Sie mich sprechen?«

»Es geht um den Brand auf Schloss Rotbuchen, bei dem die Scheune vernichtet wurde und einige Pferde verbrannt sind. Ich ermittle im Auftrag der Versicherung. Und ich möchte wissen, wie weit die offiziellen Ermittlungen gediehen sind.«

Der Oberstaatsanwalt zögerte, bevor er sagte: »Das ist in wenigen Worten gesagt. Unsere Sachverständigen haben nichts gefunden, was auf eine Brandstiftung hindeutet. Bei der Größe der Scheune wäre das auch ein Wunder gewesen. Die Pferde interessieren uns nicht. Auch wenn es tragisch ist, laut Gesetz sind sie eine Sache und damit ein Sachschaden, verursacht durch den Primärschaden. Wir werden den Fall demnächst abschließen.«

»Haben Sie schon etwas gehört von dem toten Tierarzt, der in der Kiesgrube des Schlosses gefunden wurde?«

»Ich habe davon im Internet gelesen. So wie es dort geschildert wird, dürfte es sich um einen Unfall handeln – wobei es Ihnen ja fast genauso ergangen ist. Das habe ich ebenfalls aus dem Internet.«

»Kann ich dann davon ausgehen, dass die Staatsanwaltschaft sich zurzeit nicht in die Ermittlungen einschaltet und sie, bis es konkrete Hinweise auf ein Verbrechen gibt, der örtlichen Polizei überlässt?«

Der Oberstaatsanwalt überlegte, bevor er antwortete: »Alles, was ich sage, ist nicht offiziell, sondern nur unter Vorbehalt. Und ich sage es auch nur, weil Hans Ihre Integrität immer wieder herausgestellt hat. So wie es aussieht, wird es weder einen Fall Scheune noch einen Fall Rusinski geben.« Er sah auf seine Uhr. »Verdammt, schon so spät. Ich muss los. Es war mir ein Vergnügen, Sie kennengelernt zu haben. Grüßen Sie Hans von mir. Er soll mich mal in Kiel besuchen. Wir könnten einen Segeltörn machen.« Er erhob sich und wollte gehen.

Auch Voss hatte sich erhoben. »Werde ich ausrichten. Aber ich hätte noch eine Bitte. Ich brauche die Genehmigung, dass wir – die Versicherung – den Brandherd mit unseren eigenen Sachverständigen untersuchen dürfen. Das Gleiche gilt für die Pferde, und wir möchten eine Autopsie an der Leiche des Tierarztes durchführen. Selbstverständlich gehen alle entstehenden Kosten zu unseren Lasten. Bevor die Versicherung die Unsumme an Euro auszahlt, möchte sie absolut sichergehen, dass kein Verbrechen vorliegt.«

Voss begleitete den Oberstaatsanwalt bis zum Fahrstuhl und fuhr mit ihm in den zweiten Stock. Vor seinem Zimmer blieben sie stehen. »Ich brauche eine offizielle Genehmigung.«

»Bekommen Sie.«

»In der Zwischenzeit hätte ich gern Ihre mündliche Zusage, dass wir mit den Arbeiten anfangen können. Sie wissen ja selbst, wie schnell Spuren verwischen.«

Wieder überlegte der Oberstaatsanwalt einen Augenblick. Dann öffnete er die Tür zu seinem Vorzimmer.

»Frau Zilke, setzen Sie folgendes Schreiben auf. Die Staatsanwaltschaft blablabla erhebt keine Einwände dagegen, dass die Versicherung blablabla den Brand der Scheune auf Schloss Rotbuchen sowie den Fall der getöteten Pferde und des verschütteten Tierarztes blablabla mit eigenen Experten untersucht. Die Pferdekadaver und die Leiche des Dr. Bertram Rusinski sind somit freigegeben. Das Untersuchungsergebnis ist der Staatsanwaltschaft Kiel unverzüglich in schriftlicher Form mitzuteilen. Ein offizieller Antrag der Versicherung wird nachgereicht. Im Entwurf gezeichnet blablabla … Tut mir leid, Herr Voss, aber ich muss rasen.«

Er eilte in sein Büro. Gleich darauf schlug die Tür zum Flur heftig zu, und es erklangen hastige Schritte.

Mit dem Schreiben in der Tasche verließ Voss das Landgerichtsgebäude und ging zu seinem SUV.

***

Ein Mann, der ebenfalls auf dem Parkplatz der Justizvollzugsanstalt geparkt hatte, stieg in seinen Ford. Er ließ Voss die Vorfahrt und fuhr nach ihm auf die Faeschstraße.

Voss beachtete ihn nicht. Er war damit beschäftigt, die Freisprechanlage einzuschalten und auf den lebhaften Verkehr zu achten.

Sobald er aus dem Gewühl der Landeshauptstadt heraus war, wählte er die Telefonnummer der technischen Abteilung der Versicherung.

Eine Sekretärin, die er noch nicht kennengelernt hatte, meldete sich. Er sagte seinen Namen und verlangte Dr. Farber, den Direktor der Abteilung, zu sprechen. Offenbar war sie angewiesen worden, seine Wünsche unverzüglich auszuführen, denn sie sagte ihm, dass sie Farber sofort an den Apparat holen werde.

Voss musste dennoch eine Weile warten, bis sich Farber meldete.

»Guten Morgen, Jeremias, den Fall schon gelöst?«, begrüßte ihn der Direktor.

Voss ging sofort auf den lockeren Tonfall ein. »So gut wie. Ein paar Restarbeiten habe ich für Sie aufgehoben. Ich brauche dringend Brandspezialisten, die den Brandherd untersuchen. Von der Staatsanwaltschaft haben wir nichts zu erwarten. Haben Sie Brandexperten? Wenn nicht, muss ich sie mir anderswo beschaffen.«

»Nun werden Sie nicht gleich nervös. Natürlich habe ich Experten. Einen kennen Sie bereits. Es ist unser Methusalem, der Pelzig. Der Mann, der ihm etwas vormachen will, muss erst noch geboren werden. Dr. Bernhardi wird ihn begleiten. Er ist Physiker und ebenfalls Brandexperte.«

»Sehr gut. Nur ist Herr Pelzig nicht schon zu alt für den Job? Wenn es Brandstiftung war, dann ist uns das Umfeld naturgemäß nicht sehr wohlgesonnen.«

»Keine Angst. Pelzig ist seiner Aufgabe voll gewachsen. Schließlich soll er nach einer Brandursache suchen und keinen 100-Meter-Lauf absolvieren. Sind die rechtlichen Voraussetzungen geklärt, oder muss ich mich darum kümmern?«

»Das ist alles in trockenen Tüchern. Komme gerade von der Staatsanwaltschaft und habe die schriftliche Genehmigung für die Untersuchung in der Tasche. Aber ich brauche Ihre Jungs so schnell wie möglich hier. Nicht, dass uns jemand etwaige Spuren verwischt.«

»Vollkommen klar. In einer Stunde fliegen sie mit dem Hubschrauber los. Wo können sie Sie treffen?«

»Sie sollen in Nettelbach im Krug auf mich warten. Vielleicht schaffe ich es nicht pünktlich zu ihrer Ankunft. Ich bin jetzt außerhalb Kiels und fahre nach Lütjenburg weiter. Dort will ich zum Polizeirevier, denen das Schreiben von der Staatsanwaltschaft zeigen und einen Mann zur Sicherheit Ihrer Leute anfordern. Danach muss ich noch zu einem Beerdigungsunternehmen und dafür sorgen, dass sie die Leiche des Tierarztes zur Obduktion herausgeben.«

»Ich hab's im Internet gelesen. Gute Arbeit. Aber dass Sie deswegen gleich verschüttet gehen – ich glaube, Sie nehmen Ihre Nachforschungen zu genau.«

Voss lachte und legte auf.

Sein nächster Anruf galt Professor Dr. Silke Moorbach. Sie war an der Universität und hielt eine Vorlesung. Ihre Sekretärin versprach ihm, persönlich dafür zu sorgen, dass die Professorin zurückrief.

Bevor er den nächsten Teilnehmer auf seiner mentalen Liste wählen konnte, knurrte und bellte das Handy. Voss drückte auf die Sprechtaste der Freisprechanlage.

»Moin, Vera. Wie war Ihr Wochenende?«

»Chef, ich habe fast einen Herzinfarkt bekommen, als ich im Internet las, Sie seien verschüttet worden. Was machen Sie bloß für Sachen? Sind Sie verletzt?«

An der Geschwindigkeit, mit der sie die Fragen herausschoss, erkannte Voss, wie sehr sie sich um ihn gesorgt hatte. Er war gerührt. Mit seiner burschikosen Art überspielte er die Gefühle.

»Nun mal langsam, Vera. Es ist weiter nichts passiert. War 'ne doofe Situation, aber Nero und gleich zwei Frauen haben mich herausgezogen. Und damit Sie sehen, dass ich okay bin: Ich war heute Morgen schon in Kiel und bin jetzt auf dem Rückweg nach Nettelbach.«

Bevor sie antworten konnte und um sie zu beruhigen, erzählte er ihr in Stichworten, was bisher passiert war und welche Schritte er als Nächstes plante.

»Chef, auch ich habe etwas für Sie. Ich war das ganze Wochenende über am Computer und habe gegoogelt.«

»Vera, Sie sollen sich am Wochenende ausruhen und nicht auch noch für mich arbeiten. Wie oft habe ich Ihnen das eigentlich schon gesagt?«

»Zu oft, und deshalb könnten Sie es eigentlich auch lassen. Da mein Mann mit Sohnemann zum Fußballspiel nach Berlin gefahren war, war ich dankbar, mich mit etwas Sinnvollem beschäftigen zu können. Passen Sie auf, jetzt kommt's. Ich hab nochmals nach Werner Bartelsmann geforscht und bin fündig geworden. Bartelsmann ist bei seinem Stiefvater auf einem Bauernhof aufgewachsen. Da dieser auch Pferde züchtete, hat er das Geschäft von der Pike auf gelernt. Er ist in der Nähe von Flensburg auf ein Internat für Jungen und Mädchen gegangen und hat dort sein Abitur gemacht. Und raten Sie mal, wer noch auf dem Internat war. Nicht nur auf dem Internat, sondern auch in derselben Klasse.«

»Keine Ahnung – machen Sie es nicht so spannend.«

»Gräfin Henriette von Mückelsburg.«

Voss war sprachlos. »Dascha gediegen«, sagte er nach einer Weile. »Sind Sie sicher?«

»Sie sind zusammen auf einem Foto der Abiturklasse abgebildet.«

»Sie sind ein Genie, Vera – super!«

»Danke, Chef, das höre ich immer gern. Es geht jedoch noch weiter. Er hat nach dem Abitur Wirtschaftswissenschaften in Köln und an der Sorbonne in Paris studiert. Die Gräfin hat zur gleichen Zeit Journalismus in Köln und an der Sorbonne studiert.«

»Und mir hat sie gesagt, sie könne Bartelsmann nicht leiden. Ich fasse es nicht.«

»Ist sie schön?«

»Was soll denn die Frage?«

»Ich wollte nur wissen, ob ich Sie wieder einmal vor sich selbst beschützen muss. Bei Frauen sind Sie immer so vertrauensselig. Kaum hat eine schlanke Beine und kurvenreiche Formen, schon schmelzen Sie dahin und erkennen nicht die Gefahr, in die Sie geraten.«

»Vera!«, fuhr er sie durchs Telefon an. »Das geht entschieden zu weit.«

Vera, die ihren Chef besser kannte als er sich selbst, lachte. »Hab ich ins Schwarze getroffen?«

»Gibt es noch etwas?«, fragte er betont ernst.

»Ja, nach seinem Studium ist er als Manager zu einem großen Gestüt bei Köln gegangen. Dort hielt man große Stücke auf ihn. Allerdings nahm man ihm übel, dass er deutsche Arbeiter gegen Marokkaner austauschte. Als ihm der Besitzer die Erlaubnis, Personal zu entlassen und einzustellen, entzog, hat er gekündigt und ist nach Rotbuchen zum Grafen von Mückelsburg gegangen. Das ist alles, was ich herausgefunden habe.«

»Ich kann mich nur wiederholen, Vera, das haben Sie fantastisch gemacht. Gehen Sie mit Ihrer Familie in das teuerste Restaurant Hamburgs, lassen Sie sich mit allem verwöhnen und chargen es mit der Firmenkreditkarte, auch das Trinkgeld. Ach, noch etwas: Schicken Sie mir die Fakten, nur die wesentlichen, per E-Mail.«

»Chef, jetzt bin ich platt. Das nehme ich gern an und bedanke mich auch im Namen meiner Familie. Sie sind ein Schatz! Mail kommt in 30 Minuten.«

Kapitel 11

»Dascha gediegen, Nero, da denke ich, die Gräfin ist meinem Charme erlegen, und dabei scheint sie mich nur zu benutzen.«

Nero, der daran gewöhnt war, Ansprechpartner bei Selbstgesprächen zu sein, hob nicht einmal ein Augenlid, sondern schlief weiter. *Benutzen, wofür?*, fragte sich Voss. *Sehe ich vielleicht schon hinter jedem Baum Gespenster?* Schließlich hatte sie ja nicht gesagt, dass sie Bartelsmann nicht kannte, sondern nur, dass sie ihn nicht mochte. Verblüffend war jedoch, dass sie nicht erwähnt hatte, mit ihm zur Schule gegangen zu sein. Und dann das Studium an den gleichen Universitäten. Für jemanden, der den anderen nicht mochte, war das schon ein ungewöhnlicher Zufall. Auf der anderen Seite konnte es dafür ganz plausible Erklärungen geben. Vielleicht war die Antipathie gegen Bartelsmann erst während des Studiums aufgetreten. Gründe dafür konnte es etliche geben. Möglicherweise waren sie nur Schulkameraden gewesen, die in der fremden Umwelt einer Universität nicht allein sein wollten. Vielleicht hatte Bartelsmann mehr gewollt, als die Gräfin bereit war zu geben, oder er hatte sie mit anderen Studentinnen betrogen, oder bestimmte Sexualpraktiken stießen sie ab, oder er war gewalttätig geworden oder, oder,

oder. Voss wälzte das Problem in seinem Kopf hin und her. Er konnte sich einfach nicht vorstellen, dass die Gräfin, die so aktiv mitgeholfen hatte, ihm das Leben zu retten, Hintergedanken gehabt haben könnte, als sie ihm erzählte, dass sie Bartelsmann nicht mochte. Das Knurren und Bellen des Telefons unterbrach seine Gedanken. Auf dem Display sah er, dass Professor Moorbach zurückrief.

»Moin, Silke, hier kommt zunächst ein fröhlicher Morgengruß, dann die Frage: Wie geht es dir? Und dann: Danke, dass du zurückrufst.«

»Schleimer! Was willst du?«

»Ich brauche dich.«

»Dagegen ist nichts einzuwenden. Komm her.«

»Doch nicht so!«

»Da geht er hin, der Traum. Zerplatzt wie eine Seifenblase. Also, worum geht es?«

»Ich benötige deine Hilfe, deine professionelle Hilfe.«

Voss erklärte ihr, dass er an dem toten Tierarzt eine Autopsie durchführen lassen wollte, weil die Ermittlungen von Staatsanwaltschaft und Polizei im Sande verlaufen waren.

»Ich möchte jede Möglichkeit ausschließen, dass es sich bei der Brandsache um mehr als einen Unglücksfall handeln könnte. Nach meiner Auffassung könnte der Tod des Tierarztes mit dem Brand in Zusammenhang stehen. Kannst du mir helfen?«

»Das kann ich. Setzt voraus, dass die rechtliche Seite abgesichert ist. Wo befindet sich die Leiche?«

»Zu deiner ersten Bemerkung: Die Rechtslage ist geklärt. Ich komme gerade von der Staatsanwaltschaft Kiel und habe die schriftliche Erlaubnis, den Toten obduzieren zu lassen. Ich bin jetzt auf dem Weg nach Lütjenburg, dort liegt die Leiche. Die Adresse des Beerdigungsinstituts sende ich dir per Mail. Ich informiere die dortige Polizei, dass die Leiche abgeholt wird. Kannst du das Abholen organisieren? Ich möchte nicht, dass der Beerdigungsunternehmer im Vorfeld darüber informiert wird, denn ich will verhindern, dass die Leiche plötzlich verschwindet oder sonst an ihr manipuliert wird.«

»Auch das noch. Kostet aber eine Stange Geld.«

»Kosten spielen keine Rolle. Ich stelle mir den Abtransport so vor und werde das auch mit der Polizei absprechen: Wen immer du mit der Abholung beauftragst, er meldet sich zuerst auf dem Polizeirevier in Lütjenburg. Zusammen mit einem Polizisten fährt er dann zum Beerdigungsinstitut und verlangt die Herausgabe der Leiche. Der Polizist hat die Leiche zu identifizieren. Erst dann schafft ihr sie fort. Denkst du, das kann so laufen?«

»Wenn du die Vorarbeit erledigst, dann geht der Rest schon klar.«

»Ich wäre dir sehr dankbar, wenn …«

»Ich weiß schon, Meisterdetektiv, du brauchst die Ergebnisse bereits gestern.«

»Ich danke dir, und den nächsten Rotwein bringe ich mit.«

Auf dem Polizeirevier verlief nicht alles so nach Plan. Vor allem das Abstellen eines Beamten bei der engen Personallage und zwei Ausfällen wegen Krankheit bereitete den Polizisten Schwierigkeiten. Erst ein Rückruf bei der Staatsanwaltschaft, die wiederum mit der vorgesetzten Polizeibehörde sprach, führte dazu, dass der leitende Beamte in Lütjenburg zustimmte, wenn auch fluchend.

Von Lütjenburg fuhr Voss nach Nettelbach zurück. Die technische Crew von der Versicherung war bereits eingetroffen, wie er an dem Hubschrauber, der auf dem Sportplatz gelandet war, ersehen konnte. Voss hielt direkt vor dem Krug und betrat die Wirtsstube. Außer den angekündigten Technikern und dem Wirt war niemand anwesend. Das war Voss sehr recht, denn dann hatte sich die Neuigkeit, dass die Brandstelle nochmals überprüft werden sollte, noch nicht herumgesprochen.

Nach einer freundlichen Begrüßung drängten die Sachverständigen darauf, anfangen zu können, denn der Wetterbericht versprach für den Nachmittag Regen mit Sturmböen bis zu Windstärke sieben.

Voss war einverstanden. Er bot dem Team an, sie zur Brandstelle zu fahren. Obwohl bereits ein Auto beim Wirt organisiert worden war, nahmen sie das Angebot an, und so waren sie keine zehn Minuten nach Voss' Ankunft mit zwei Autos auf dem Weg zum Schlosshof. Ein Polizeibeamter erwartete sie bei der abgebrannten Scheune. Voss erklärte ihnen die Aufgabe des Beamten, und die Sachverständigen unter Führung von Methusalem waren über seine Anwesenheit sehr erfreut, denn seine Präsenz versprach ein ungestörtes Arbeiten. Voss versicherte ihnen, den Grafen über die laufende Untersuchung durch die Versicherung zu informieren. Danach fuhr er zurück, um mit Nele zu sprechen, denn von ihr benötigte er die Einwilligung zur Obduktion ihres Vaters.

Während der Rückfahrt nach Nettelbach rief er vom Auto aus auf dem Schloss an und ließ sich von der Haushälterin mit dem Grafen verbinden.

Der war wenig erbaut, dass auf seinem Gelände erneut Fremde herumkrochen, wie er sich ausdrückte. Er sah aber ein, dass die Versicherung handfestes Material brauchte, bevor sie die horrende Millionensumme auszahlte.

Nele war nicht zu Hause. Er warf einen Blick in den Garten, sah aber nur die Münsterländerin in ihrem provisorisch reparierten Gehege. Nero, der ihn begleitete, stürmte bereits voran und wollte zu seiner Freundin. Was einmal funktioniert hatte, würde auch ein zweites Mal klappen, dachte er offenbar. Ein scharfer Befehl seines Herrn ließ ihn im Lauf herumfahren und zurücktrotten.

Da die Mittagszeit inzwischen fast vorüber war, ging er zunächst zum Krug, um noch vor Küchenschluss und Nachmittagsruhe etwas zu essen. Er betrat den Schankraum und sah zu seiner Freude die Tierärztin bei einem Schnitzel mit Kartoffelsalat und einer Flasche Flens an einem Vierertisch in der Nähe der Theke sitzen.

»Ist die Küche noch geöffnet?«, fragte er den Wirt.

»Wenn Sie mit einem Schnitzel und Kartoffelsalat oder Schweinskopfsülze mit Kartoffelsalat oder einem Wurst- und Käseteller zufrieden sind.«

»Bin ich. Bringen Sie mir bitte ein Schnitzel mit Kartoffelsalat und auch ein Flens.«

»Hallo, du Nestflüchter«, begrüßte er Nele. Dass sie errötete, amüsierte ihn. »Danke für die Notiz. Ich habe mich darüber gefreut.«

Die Farbe auf ihren Wangen wurde noch etwas intensiver. »Komm, setz dich, dann brauche ich nicht zu dir aufzuschauen. Es reicht, wenn ich es gedanklich tue. Ich muss mich bei dir entschuldigen. Ich weiß selbst nicht, was heute Nacht in mich gefahren ist. Mein Verhalten war wirklich skandalös, aber ich hatte solche Sehnsucht nach menschlicher Wärme, und ich hatte großes Vertrauen in dich, und du hast es nicht enttäuscht. Ich danke dir, Jeremias, mein Freund.«

Voss sah, wie Tränen in ihre Augen traten, während sie sprach. Um sie nicht in eine rührselige Stimmung abgleiten zu lassen, sagte er betont burschikos: »Hör auf mit dem Gesülze. Unter Freunden hilft man sich aus. Schluss damit. Ich habe etwas anderes mit dir zu besprechen. Ich benötige von dir ein Schreiben, dass du dich mit der Obduktion deines Vaters einverstanden erklärst. Ich habe heute Morgen bei der Staatsanwaltschaft alles geklärt und für die rechtlichen Voraussetzungen gesorgt. Da aber nach polizeilichen Ermittlungen kein Verbrechen vorliegt, ist dein Einverständnis nötig. Die Autopsie selbst wird in Hamburg durchgeführt, und zwar von einer lieben Freundin von mir. Sie heißt Dr. Moorbach, lehrt als Professorin an der Uni in Hamburg Forensik, hat ihr eigenes Institut und ist die Kapazität, wenn es um forensische Medizin geht. Inzwischen dürfte ein Fahrzeug in ihrem Auftrag nach Lütjenburg unterwegs sein, das deinen Vater in ihr Institut überführen wird.«

»Wow! Das hast du alles heute Morgen in die Wege geleitet?« Sie sah ihn mit großen Augen an. Nachdem sie die Informationen verdaut hatte, fragte sie, diesmal mit sorgenvoller Miene: »Und die Kosten? Das Unternehmen dürfte so viel kosten, dass es weit über meine Gehaltsklasse hinausgeht.«

»Keine Sorge, Nele, lehn dich zurück. Die Kosten übernimmt die Versicherung. Sie weiß es zwar noch nicht, aber ich regle das schon. Von dir wird kein Cent benötigt. Also, vergiss es. Ich habe noch etwas anderes, was ich mit dir besprechen möchte.«

Sie sah ihn interessiert an, sagte aber nichts, denn in diesem Augenblick brachte der Wirt das Essen. Auch Voss wartete, bis er wieder gegangen war. Er nahm einen kräftigen Schluck und sagte dann mit gedämpfter Stimme, so dass nur Nele ihn verstehen konnte: »Ich hätte gern, dass du den Hengst untersuchst. Könntest du das tun?«

»Du meinst, ich soll eine Art Autopsie an ihm durchführen?«

»Genau. Die Kadaver der Pferde sind ja wohl noch nicht entsorgt worden.«

»Das muss ich überprüfen. Was erhoffst du dir von so einer Untersuchung?«

»Gar nichts oder viel, je nachdem. Da wir immer noch nicht wissen, ob wir es mit Brandstiftung zu tun haben, folge ich jeder Spur, auch der kleinsten. Ich könnte mir zum Beispiel vorstellen, dass der Hengst irgendein Leiden hatte, das ihn für den neuen Besitzer unbrauchbar machte. Ist dieses angenommene Leiden nach Versicherungsabschluss und Zahlung der Prämie aufgetreten, dann müsste die Versicherung zahlen. Ist es jedoch davor aufgetreten, dann wäre die Versicherung fein raus. Ein solcher Fall wäre ein starkes Tatmotiv. Auch wenn der Hengst ein Betäubungsmittel verabreicht bekam, wäre das ein Indiz für Brandstiftung.«

Nele nickte. »Das Erste verstehe ich. Das mit der Betäubung ergibt jedoch für mich keinen Sinn. Warum den Hengst erst betäuben, wenn er ohnehin verbrannt werden soll? Der Rauch hätte ihn wahrscheinlich schon getötet, bevor ihn die Flammen erreicht hätten.«

»Es wäre denkbar, dass der Täter ihn aus Tierliebe betäubt hat. Vergiss nicht, dass der Pfleger verschwunden ist. Er hat den Hengst geliebt und wird nicht gewollt haben, dass er verkauft wird. Er könnte aus Rache oder sonst einem Motiv gehandelt haben. Ist er aber der Täter – immer vorausgesetzt, wir haben es mit Brandstiftung zu tun –, dann hätte er den Hengst bestimmt vorher betäubt, wenn nicht gar getötet, bevor er Feuer gelegt hat. Er hätte den Hengst niemals Todesqualen ausgesetzt.«

Während Nele über seine Argumentation nachdachte, befasste sich Voss mit seinem Schnitzel.

»Mein Junggesellenessen«, sagte er mit einem Lächeln.

»Wie meinst du das? Du isst doch sicher nicht nur Schnitzel?«

»Zu Hause schon. Ich kaufe mir immer zehn fertiggebratene Schnitzel, packe sie in den Kühlschrank, und wenn Nero und ich Hunger haben, dann reicht ein Griff in denselben, und schon ist unsere Not behoben.«

Nele schüttelte sich. »Das klingt ja grauslich. Hast du noch nichts von gesunder Ernährung gehört?«

Voss lachte. »Ist aber praktisch und macht wenig Arbeit.«

»Sicher nimmst du auch nur einen Pappteller, um dir den Abwasch zu sparen«, sagte sie ironisch.

»Wo denkst du hin? Ich bin doch kein Umweltsünder. Pappteller, igitt. Ich esse es meistens aus der Hand.« Dann wurde er wieder ernst. »Du hast mir noch nicht gesagt, ob du dir das zutraust.«

»Natürlich traue ich es mir zu«, antwortete sie fast empört. »Was glaubst du denn, was ich in der Forschung anderes mache?«

»Schon gut. Ich wollte nicht an deiner fachlichen Qualifikation zweifeln, könnte mir aber vorstellen, dass ihr Schwierigkeiten haben könntet, einen Pferdekadaver auf euren Labortisch zu bekommen.«

Jetzt musste Nele lachen. »Da hast du ja noch mal gut die Kurve gekriegt, aber du hast recht. Die Größe und das Gewicht sind schon ein Problem. Da die Kadaver jedoch in einem ehemaligen Kühlhaus liegen, hoffe ich, dass es auch einen Flaschenzug gibt. Außerdem nehme ich nur Proben. Die eigentliche Untersuchung führe ich in meinem Labor hier durch. Ich werde gleich dafür sorgen, dass die Kadaver nicht zur Entsorgung abtransportiert werden.«

»Einen Augenblick«, sagte Voss, als er sah, dass sie zu ihrem Handy griff. »Die ganze Sache sollte so geheim wie möglich durchgeführt werden. Ich möchte nicht, dass ein möglicher Täter erfährt, welche Spuren ich verfolge.«

»Ich verstehe. Ich werde mit dem Schlachter sprechen.«

»Kennst du ihn?«

»Ziemlich gut. Mein Vater natürlich noch besser. Er machte dort die Fleischuntersuchungen. Aber ich glaube, jetzt schlachtet er nicht mehr selbst, die Anforderungen an die Hygiene sind einfach zu hoch und damit zu kostspielig. Schade, wir verlieren dadurch alle unsere kleinen Hausschlachtereien und natürlich auch die Hausschlachtungen bei den Bauern. Ein Stück altes Kulturgut geht verloren.«

»Bevor du hingehst, melde dich bei der Polizei an. Ich hab es so mit ihnen abgesprochen.«

»Okay.«

Während Nele mit der Schlachterei telefonierte, beendete Voss sein Mittagsmahl. Wie angekündigt zahlte Nele das Essen. Danach verließen sie zusammen den Krug.

Sie musste sich beeilen, um die Praxis für die nachmittägliche Sprechstunde zu öffnen. Sie hatte sich entschieden, die Tierarztpraxis bis zu einer endgültigen Entscheidung weiterzuführen.

Voss befreite Nero aus dem SUV, ging mit ihm in seine Wohnung und richtete ihm sein verspätetes Mittagsmahl her, über das der Hund wie am Rande des Verhungerns herfiel. Nach drei Minuten war der Napf leer.

Jetzt endlich fand Voss Zeit, Dr. Hartwig anzurufen. Sein Assistent, Thomas Meyer, meldete sich. Voss bat darum, ihn zum Vorstand für Schadensermittlung durchzustellen. Er erfuhr, dass Dr. Hartwig nicht im Hause war, seine Nachricht aber auf Band aufgenommen und wortgetreu an Dr. Hartwig weitergeleitet würde. Voss gefiel das Verfahren nicht sonderlich, er entschloss sich dann aber doch, die wichtigsten Dinge, die erledigt werden mussten, auf Band zu sprechen. Nachdem er geendet hatte, schaltete sich Meyer wieder in die Leitung. Er hatte mitgehört und versprach, den

Antrag an die Staatsanwaltschaft sofort zu erstellen. Von den geplanten und zum Teil schon in Ausführung begriffenen Unternehmungen erwähnte Voss nur die Autopsie der Leiche, wer sie durchführte und dass die Kosten zu Lasten der Versicherung gingen.

Meyer versuchte, Voss in ein Gespräch zu verwickeln. Da der Privatdetektiv die feminine Art des Assistenten nicht mochte, war er kurz angebunden und beendete es rasch.

Dann ging er ins Bad und löste sich zwei Aspirin auf. Sein Kreuz schmerzte, seit ihn ein Stein genau im Zentrum seiner alten Verletzung getroffen hatte. Außerdem brummte ihm der Schädel, was wohl auf die taubeneigroße Beule am Hinterkopf zurückzuführen war. Er spülte mit einem Schluck Bier nach und legte sich zum Entspannen ins Bett. Da ihm zu viele Gedanken im Kopf herumwirbelten, versuchte er mit Hilfe von autogenem Training das Gehirn abzuschalten. Wie fast immer gelang es ihm, und ehe er noch bei der letzten Übung angekommen war, schlief er bereits entspannt.

Nach einer Stunde wachte er auf. Die Schmerzen im Rücken und das Brummen im Schädel waren verschwunden.

Frisch geduscht verließ er mit Nero die Wohnung. Sie gingen zum SUV. Nero machte wie üblich seine Sperenzien, als er angeschnallt wurde. Das erste Ziel war die Brandstelle. Die Sachverständigen waren bei der Arbeit, der Polizist und zwei Marokkaner sahen ihnen zu. Die beiden dunkelhäutigen Männer stammten vom Schloss; sie waren am Ausgraben des Tierarztes beteiligt gewesen.

Herr Pelzig, der Methusalem, kam zur Absperrung, als er Voss aussteigen sah.

»Nun, Herr Pelzig, wie sieht es aus?«, fragte Voss. »Schon irgendwelche Erkenntnisse?«

»Bis jetzt noch nicht, aber wir sind ja erst am Anfang. Wir gehen systematisch vor und dokumentieren alles auf Film. Sehen Sie die Bänder, die über die Brandstelle gespannt sind?«

»Sieht aus wie auf einer Ausgrabungsstätte.«

»Sie erfüllen auch den gleichen Zweck. Sie ermöglichen uns, die fotografierten Fundstücke ihrer Lage nach präzise zuzuordnen. Anhand der Fotos können wir später den Verlauf des Brandes nachvollziehen. Jedenfalls hoffen wir das. Wir brauchen mindestens noch bis morgen, wahrscheinlich bis übermorgen, um alles aufzuzeichnen. Aber schauen Sie heute Abend mal im Krug vorbei. Wir haben uns in dieser lausigen Absteige für die Nacht einquartiert und werden die Fotos, die wir heute aufgenommen haben, dort analysieren.«

Voss machte ein skeptisches Gesicht. »Ich hatte gehofft, Sie werden heute noch fertig, denn jetzt besteht die Gefahr, dass über Nacht an der Brandstelle manipuliert wird.«

»Herr Voss, wir sind Profis. Bevor es zu dunkel wird, nehmen wir die ganze Brandstelle mit einer Videokamera auf. Wenn wir morgen mit der Untersuchung fortfahren, vergleichen wir alles Quadrat für Quadrat mit der Video-Aufzeichnung und können so schnell feststellen, ob etwas verändert worden ist. Stimmen Video und Brandstelle nicht überein, dann wissen wir, dass etwas faul ist, und werden die Unstimmigkeiten genauestens untersuchen. Sie glauben nicht, wie oft wir durch solche Verfahren schon herausgefunden haben, wo und wie der Brand entstand.«

Voss war mit der Antwort zufrieden und hatte wieder etwas gelernt, was er abrufbar in seinem Gedächtnis speicherte. Er fuhr zurück nach Nettelbach, hielt aber nicht bei Mutter Tine an, sondern fuhr weiter und bog nach einigen 100 Metern zur Kiesgrube ab.

Kapitel 12

Die Steilwand, aus der ursprünglich der Kies abgebaut worden war, hatte man inzwischen weiträumig mit einem Zaun abgesperrt. Oben drauf war zusätzlich S-Draht gespannt worden. Dieser Draht hatte bei der Bundeswehr den bei der Wehrmacht üblichen Stacheldraht ersetzt. Er war mit unzähligen scharfen und scharfkantigen Eisenplättchen besetzt, die ein Übersteigen oder Durchdringen ohne Hilfsmittel unmöglich machten.

Voss befahl Nero aufzupassen, und ging zu der Stelle am Zaun, an der der Tierarzt gefunden worden war. Seine Aufmerksamkeit galt jedoch nicht der Unglücksstelle, sondern dem oberen Teil der Steilwand. Er ging zurück zu seinem SUV und nahm die elektronische Kamera aus dem Handschuhfach. Er hatte sie immer dabei, zusammen mit einer zusätzlichen Speicherkarte, da er nie wissen konnte, wann er Ermittlungen durch Bilder unterstützen musste. Durch die starke Zoomoptik betrachtete er jeden Zentimeter der oberen Kante und nahm sie anschließend auf. Die Abbruchstelle war deutlich zu sehen und zeigte, dass der herabgestürzte Überhang nur durch die Grasnarbe gehalten worden war. Er hätte jederzeit abstürzen, aber auch mit wenig Aufwand von oben gelöst werden können.

Voss beschloss, sich das von oben anzusehen. Er rief Nero herbei und folgte der Steilwand nach Westen, bis der Zaun aufhörte und die Wand sich Richtung See neigte. Hier krabbelte er empor und ging entlang der Oberkante, bis er die Unglücksstelle fast erreicht hatte. Ein Grünstreifen, der zwei Felder trennte, lief direkt auf sie zu. Fußspuren und heruntergetretenes Gras auf dem Grünstreifen und über der Unfallstelle deuteten darauf hin, dass sich hier mehrere Personen aufgehalten hatten. Voss betrachtete die Fußspuren genauer. Sie stammten eindeutig von Männerstiefeln. Da das Gras sich inzwischen wieder unterschiedlich weit aufgerichtet hatte, kam er zu dem Schluss, dass sie zu unterschiedlichen Zeiten entstanden waren. Der Größe der Abdrücke nach mussten es mindestens zwei Männer gewesen sein. An manchen Stellen waren sie erheblich tiefer eingedrückt als an anderen. Entweder waren die Männer sehr kräftig gewesen, oder sie hatten eine Last getragen. Vier Reifenspuren kamen aus dem Grünstreifen zwischen den Feldern. Er folgte den Spuren ein Stück weit. An einer sandigen Stelle waren sie besonders deutlich zu erkennen. Er bückte sich, untersuchte sie genauer und stellte fest, dass die Reifenabstände von jeweils zwei Spuren immer den gleichen Seitenabstand hatten. Eine der parallel verlaufenden Spuren hatte sich tiefer in die Erde gegraben als die andere. Nicht viel, aber doch merklich.

Er setzte sich an den Feldrand und ließ die Spuren auf sich wirken. Nach einer Weile glaubte er, erkannt zu haben, wodurch sie entstanden waren. Bei dem Fahrzeug musste es sich um ein Quad gehandelt haben, denn für ein Auto war der Abstand der Räder zu eng. Ein Motorrasenmäher zum Sitzen wäre auch eine Option, doch was hätte ein solches Fahrzeug hier zu suchen? Einen Rasen gab es nicht, nur Getreidefelder. Die tieferen Eindrücke der Reifen deuteten darauf hin, dass das Fahrzeug beladen gewesen war und später nicht mehr. In der Kiesgrube musste etwas abgeladen worden sein. Da es zwischen dem Abbruch und dem Feldrand nichts außer Gras gab, konnte es nur in die Kiesgrube geworfen worden sein.

Er nahm seine Kamera und fotografierte die Spuren und die Profilabdrücke der Reifen. Bei der Kiesgrube nahm er auch die Fußabdrücke auf. Dann folgte er der Spur, die zur Abbruchkante führte.

Nero, der ein Gespür für die Gefahr zu haben schien, jaulte, als Voss zu dicht an den Abgrund trat. Voss hatte längst gelernt, dem Instinkt seines Hundes zu folgen. Er legte sich auf die Erde und schob sich neben der Fußspur zur Kante vor. *Gut,* dachte er, *dass ich in meiner Jugend Karl May gelesen habe.* So wusste er wenigstens, wie Old Shatterhand und Kara Ben Nemsi sich angeschlichen hatten. Immer wenn er in gefährlichen Situationen war, kamen ihm abwegige Gedanken. Doch so idiotisch sie auch klingen mochten, sie hatten ihre Berechtigung, vertrieben sie doch aufkommende Ängste. Und Angst hatte nicht nur den Vorteil, zur Vorsicht anzuhalten, sondern auch den gravierenden Nachteil, dass man zögerlich wurde, wo tatkräftiges Handeln erforderlich war. Die Muskeln verkrampften sich, die Geschmeidigkeit ging verloren, und Psyche und Geist wurden so beeinflusst, dass man die Fähigkeit zum schnellen Handeln verlor. Ausschalten konnte man die Angst aber auch nicht. Und so zog er sie durch absurde Gedanken ins Lächerliche, damit sie ihre Wirkung verlor. Der größte Feind der Angst war Lachen, egal ob laut oder innerlich. Diese Losung hatte ihm geholfen, so manche kritische Situation unbeschadet zu überstehen.

»Nero, wir sollten dir eine Feder suchen und ins Fell stecken. Dann wärst du jetzt Winnetou«, sagte er. Nero hatte für die Späße kein Verständnis, sondern umsprang ihn nervös. Wahrscheinlich dachte er, dass nur ein Mensch so verrückt sein konnte, sich freiwillig in Gefahr zu begeben.

Voss hatte sich so weit vorgeschoben, dass er über die Kante hinunterschauen konnte. Die Grasnarbe hing noch immer gut zwei Handbreit in der Luft. Vorsichtig schob er das nach unten hängende Gras zur Seite. Er sah nichts Ungewöhnliches. Erst als er mit den Fingern die Kante entlangfuhr, fühlte er eine glatte, kleine, nach unten verlaufende Einbuchtung in der Erde. Er schob sich noch ein Stück vor, bis er den Kopf so weit nach unten beugen konnte, dass er die Einbuchtung erkennen konnte. Sie sah aus, als hätte hier ein etwa zwei Zentimeter dicker, runder Gegenstand gesteckt. Ganz langsam zog er die Kamera vom Rücken und schob den Riemen zwischen die Zähne, damit sie, falls sie ihm aus der Hand rutschen sollte, nicht nach unten fiel. Er streckte die Arme aus und machte in der Art eines Selfies ein paar Aufnahmen von der Auswölbung. Dann schob er sich zurück und stand auf. An zwei anderen Stellen unternahm er die gleiche Aktion, weil auch hier Fußspuren hinführten. Eine Einkerbung wie an der ersten Stelle fand er nicht.

Als er sich am Feldrand niederließ und prüfte, ob die Fotos auch das zeigten, was er hervorheben wollte, hörte er das laute Geknatter eines Motorrads. Dem Geräusch nach schien es sich um eine dieser leichten Off-Roader zu handeln, wie sie für Geländerennen verwendet wurden. Das Geräusch kam schnell näher, und schon nach wenigen Minuten sah er ein Geländemotorrad zwischen den Feldern herauskommen. Eine schlanke Gestalt mit einem schwarzen Helm saß darauf und hielt direkt vor ihm. Der Fahrer nahm den Helm ab und schüttelte die langen Haare aus.

»Hier also treibst du dich herum. Kein Wunder, dass ich dich in Nettelbach nicht finden kann«, sagte Henriette von Mückelsburg, während sie abstieg und die Maschine aufbockte.

»Ich bin genauso überrascht wie du, denn dich hätte ich an diesem unwirtlichen Ort nicht erwartet, und dann noch auf einem Motorrad. Ist das nicht gegen Sitte und Anstand des gräflichen Standes?«, gab Voss zurück – und fragte sich zugleich, was sie hierher geführt haben mochte.

»Der gräfliche Stand, mein Lieber, hat sich in den letzten Jahren gewandelt. Und wenn du es genau wissen willst: Ich bin in meiner Jugend Cross-Country-Rennen gefahren.«

»Alle Achtung! Und wie hast du deine Grafenkrone unter den Helm gekriegt?«

Sie setzte sich zu ihm und zog die Motorradjacke aus. Darunter trug sie nur ein T-Shirt, keinen BH, so dass sich die Brustwarzen bei jeder Bewegung abzeichneten. Voss, der gegen weibliche Reize nicht immun war, merkte, dass sie nicht ohne Wirkung blieben.

»Versuchst du zu ergründen, warum der Überhang abstürzte und dich unter sich begrub?«, fragte sie lächelnd. »Oder genießt du nur die Aussicht von hier oben?«

Voss umging die Antwort mit einer Gegenfrage: »Du hast nach mir gesucht? Das muss ich mir notieren. Meine Enkel werden entzückt sein, wenn sie einst hören, dass eine echte Gräfin nach ihrem Opa gesucht hat. Darf man auch erfahren, warum?«

»Kannst du dir das nicht vorstellen?«

»So weit reicht meine Fantasie nicht.«

»Dann werde ich es dir zeigen.«

Sie rückte noch näher an ihn heran, legte ihm den Arm um den Hals, zog seinen Kopf etwas herunter und küsste ihn. Durch sein dünnes Sommerhemd spürte er ihre Brüste, als wären sie beide nackt, was ihn so erregte, dass sie die Auswirkungen fühlen musste.

Sie küsste hart und mit zunehmender Leidenschaft. Ihre Zunge drang in seinen Mund, und Voss nahm das Angebot an. Die Erregung ergriff jede Faser seines Körpers. Seine Hände zogen ihr das T-Shirt aus der Hose und über den Kopf. Dann glitten sie über den Rücken, der sich wie Samt anfühlte, und bewegten sich nach vorn. Er umfasste ihre Brüste und massierte sie, mal sanft, mal hart. Die Finger strichen über die harten, sich emporreckenden Brustwarzen. Henriette stöhnte unter seinen Berührungen. Sie hatte ihm das Hemd aufgeknöpft und vom Körper gestreift. Mit den Fingernägeln zog sie ihm rote Striemen über die Brust. Der Schmerz erhöhte seine Erregung. Er fummelte an der Hose, und sie half ihm beim Abstreifen.

Nero, der ihn bislang ruhig, aber argwöhnisch gemustert hatte, kam das sich drehende und windende Paar zunehmend unheimlich vor. Er schien nicht zu wissen, ob sein Herr in Gefahr war. Sicherheitshalber erhob er sich und begann vorsichtig an den nackten Oberkörpern zu lecken. Erst bei seinem Herrn, und als der nicht reagierte, fuhr er mit der breiten Zunge über die Lende der Gräfin. Er mochte den Salzgeschmack offenbar und leckte intensiver. Dann fuhr er mit der Zunge über ihre Brüste, die Voss freigegeben hatte, um die unteren Regionen zu erkunden. »Igitt«, fuhr Henriette auf und versuchte Neros Kopf wegzudrücken, doch das war unmöglich. Nero, der den Ausruf des Ekels als Aufforderung zum Fortfahren auffasste, intensivierte das Lecken. »Jag das Vieh weg«, rief Henriette, sprang auf und starrte sowohl Voss als auch die Lustbremse wütend an.

»Platz, Nero, Platz!«, fuhr er den Hund an, der sich, irritiert durch den harschen Ton, sofort neben ihn fallen ließ.

Voss zog Henriette wieder zu sich herunter. Er legte sich auf den Rücken, so dass sie auf seiner Brust zu liegen kam. Das wiederum erschien Nero als deutlicher Angriff auf seinen Herrn. Er sprang auf, raste um die beiden herum, bellte, und als sich durch diese Drohung nichts änderte, sprang er zu Henriettes Hosenbein, packte die Jeans mit den Zähnen, stemmte die Hinterbeine in die Erde und begann zu ziehen und den mächtigen Kopf zu schütteln. Henriette, deren Hose noch nicht richtig geöffnet war, wurde hin und her geworfen. Ihr verzweifelter Versuch, sich an Voss' Schultern festzuhalten, scheiterte kläglich. Neros Kraft hatte sie nichts entgegenzusetzen. Langsam, aber sicher wurde sie von Voss heruntergezogen. Sie versuchte, sich hochzustemmen und abzurollen, doch auch das misslang. Sie konnte nur noch die Augen schließen, als sie mit dem Gesicht über Voss' inzwischen nicht mehr so leidenschaftlich aufgerichtetes Glied gezogen wurde und zwischen seinen Schenkeln mit der Nase auf die Erde fiel. Nero hörte weder auf ihr Fluchen noch auf die Befehle seines Herrn. Er ließ von Henriettes Hosenbein erst ab, als Voss ganz von ihr befreit war. Dann trabte er zu seinem Kopf, leckte ihm das Ohr und wartete auf das verdiente Lob.

Die Gräfin hatte sich inzwischen aufgerappelt, stammelte wütend auf Voss ein und warf Nero, dem Retter, Blicke zu, die ihn auf der Stelle hätten töten können. Voss, der die ganze Aktion als passiver Beobachter verfolgt hatte, setzte sich auf und begann zu lachen. Tränen traten ihm in die Augen. Je lauter er lachte, desto wütender wurde die Gräfin. Sie riss ihre Kleidung an sich, setzte sich, ohne sie anzuziehen, aufs Motorrad und raste mit bloßem Busen davon.

Als Voss sah, wie ihre Brüste durch die Unebenheiten der Strecke auf und ab hüpften, war das nur neue Nahrung zum Lachen, und er tat es, bis Bauschmerzen dem ein Ende setzten. Er kraulte Neros mächtigen Kopf; der Hund lag zufrieden knurrend neben ihm.

Als Voss sich von seinem Heiterkeitsanfall erholt hatte, zog er sich an und ging mit Nero zum Auto zurück.

In Nettelbach hielt er bei der einzigen Gärtnerei des Ortes. Neben einem umfangreichen Angebot an Gartenpflanzen gab es auch eine kleine Abteilung für Schnittblumen. Hier bestellte er einen Strauß aus zwölf gelben Rosen, der am nächsten Tag zum Schloss Rotbuchen an Gräfin Henriette von Mückelsburg geliefert werden sollte. Auf eine Karte schrieb er:

Liebe Henriette, ich entschuldige mich für Nero und das Ungemach, das du durch ihn erlitten hast. Er ist darauf dressiert, mich in kritischen Lagen zu verteidigen. Leider habe ich versäumt, ihm zu erklären, dass die Unschuld zu verlieren, zwar kritisch ist, aber nicht zu den verteidigungswürdigen Situationen gehört.

Ich hoffe, du kannst ihm seinen treuen Einsatz und mir meine Heiterkeit verzeihen. Nicht du warst der Auslöser meines Heiterkeitsausbruchs, sondern der pflichtbewusste Nero.
Jeremias Voss

Nachdem er das erledigt hatte, suchte er zunächst sein Quartier auf, um Nero das Abendessen zu bereiten. Danach ging er zu Nele Rusinski. Er konnte jedoch nur kurz Hallo sagen, da sie noch Sprechstunde hatte und im Wartezimmer einige zwei- und vierbeinige Patienten auf ihre Hilfe warteten. Sie verabredeten sich für sieben Uhr im Krug auf ein Glas Bier.

Voss ging in seine Ferienwohnung zurück, holte sich ein Bier aus dem Kühlschrank und schaltete sein Notebook ein. Er hatte mehrere E-Mails bekommen. Nur eine war interessant. Sie stammte von Vera und lautete:

Hallo, Chef, ich hoffe, Sie kommen mit dem Fall gut voran. Ich habe mich inzwischen über die Gräfin schlau gemacht. Sie war nach ihrem Studium ein Jahr bei einer Tageszeitung als Volontärin und ein Jahr beim Spiegel *als Journalistin tätig. Danach ging sie für den Privatsender SKIP als Auslandskorrespondentin nach Ägypten. Dann erfolgten Einsätze in der gleichen Funktion für öffentlich-rechtliche Sender in Syrien, dem Irak, Pakistan in Verbindung mit Afghanistan. Seit drei Jahren ist sie als Journalistin in Berlin tätig. Es wird gemunkelt, dass sie im nächsten Jahr ihre eigene Talkshow bekommen soll.*

Ich hoffe, Sie kommen bald zurück. Ohne Nero ist es hier so ruhig.
Herzlichst
Vera

P.S. Sie spricht fließend Französisch, Englisch, Arabisch und kann sich auf Urdu, der Sprache in Pakistan, verständigen.

Interessant, dachte Jeremias Voss. *Vielleicht kennt sie ja den Käufer von Morning Lightning.* So viele Multimillionäre dürfte es in Pakistan wohl nicht geben. Er speicherte den Gedanken ab und ging zum Krug hinüber.

An der Theke standen einige Bauern in rustikaler Kleidung und mit von Wind und Wetter gegerbten Gesichtern. Er grüßte höflich und suchte sich einen Platz im hinteren Teil der Gaststube. Der Wirt brachte ihm die Speisekarte und versuchte, ihn in ein Gespräch zu verwickeln. Da Voss seine Fragen nur einsilbig beantwortete, gab er bald auf und nahm seine Bestellung entgegen.

Während Voss sich den delikaten Damhirschbraten mit Rotkohl und Salzkartoffeln schmecken ließ, betrat das Brandermittlerteam die Gaststube. Sie nickten ihm zu und gingen bis auf Herrn Pelzig in Richtung der Zimmer. Pelzig kam zu Voss.

»Bleiben Sie noch eine Weile hier?«, fragte er.

»So lange Sie wollen.«

»Gut, wir wollen uns nur ein wenig frisch machen und die Arbeitsklamotten wechseln und dann essen. Wir werden gleich hier sein.«

»Meinetwegen brauchen Sie nicht zu hetzen. Ich warte.«

»Dann bis gleich.« Pelzig, der Methusalem der technischen Abteilung, drehte sich um und ging zur rückwärtigen Tür des Schankraums. Von hier gelangte man sowohl zu den Toiletten als auch zur Treppe, die ins Obergeschoss mit den Gästezimmern führte.

Voss hob sein leeres Glas, um dem Wirt zu zeigen, dass er noch ein Bier haben wollte. Der Wirt nickte und betätigte den Zapfhahn. Aber nicht er, sondern einer der Männer vom Tresen brachte es ihm. Voss blickte erstaunt auf.

»Ich habe gehört, Sie ermitteln im Brand beim Grafen und haben auch unseren Tierarzt gefunden. Ist wirklich schade um ihn, war bei allen sehr beliebt. Ich weiß nicht, ob es für Sie interessant ist, aber der Wirt meint, ich sollte es Ihnen erzählen.«

Voss deutete auf einen Stuhl. »Nehmen Sie Platz, Herr …«

»Mertens, Willi Mertens. Ich bin hier Bauer.«

»Schönen guten Abend, Herr Mertens. Ich bin Jeremias Voss. Was sollen Sie mir erzählen?«

»Ich weiß nicht, ob es für Sie wichtig ist oder nicht.«

»Das kann ich erst sagen, wenn ich es gehört habe. Also schießen Sie mal los, Herr Mertens.«

Der Bauer druckste noch etwas herum, offenbar wusste er nicht so recht, wie er anfangen sollte. Doch dann sagte er: »Ich hab das Auto vom Tierarzt zum Flughafen nach Hamburg gefahren.«

Voss glaubte, sich verhört zu haben. »Sie haben was?«

»Der Tierarzt bat mich, seinen Wagen zum Flughafen zu fahren und dort in einem Parkhaus abzustellen. Ich wollte nämlich meine Tochter dort abholen, und als er das hörte, bat er mich darum. Er erwartete einen Kollegen, wie er sagte. Ich sollte den Schlüssel am Schalter von Air Berlin abgeben.«

Da geht sie hin, die Verschwörungstheorie, dachte Voss.

»Wie haben Sie das denn gemacht? Sie konnten ja schlecht mit zwei Autos gleichzeitig fahren«, meinte er.

»Nee, geht wohl schlecht. Meine Frau fuhr unseren Wagen und ich den vom Tierarzt.«

»Hat Dr. Rusinski noch mehr gesagt, zum Beispiel, wen er erwartete oder so etwas?«

»Nee, nichts, war auch nicht seine Art.«

»Na, dann danke ich Ihnen, die Information ist sehr wichtig für mich. Nochmals vielen Dank. Wenn ich noch weitere Fragen habe, darf ich Sie dann noch mal belästigen?«

»Klar, jederzeit.« Bauer Mertens erhob sich und ging zu

seinen Bekannten am Tresen zurück. Aus dem lebhaften Gespräch, das sich zwischen den Männern entspann, konnte Voss erkennen, dass sie über die Wichtigkeit dieser Information mutmaßten. Leider konnte er nicht hören, was sie sagten.

Nach einer Viertelstunde erschienen die Ermittler und gesellten sich zu ihm. Herr Pelzig hielt einen mit einem Gummiband verschlossenen Umschlag in der Hand. Nachdem die Männer bestellt hatten, sagte Pelzig mit leiser Stimme: »Ich glaube, wir haben etwas entdeckt.«

»Brandstiftung?«, fragte Voss neugierig.

»Könnte sein. Um sicherzugehen, wollen wir morgen noch einige Nachuntersuchungen durchführen. Aber ich glaube, wir können heute schon sagen, dass es kein Unglücksfall war.« Er öffnete den Ordner und holte drei Fotografien heraus. »Ich habe die Fotos für Sie ausgedruckt. Sie wurden mit einer Spezialkamera aufgenommen.«

Er reichte Voss die Bilder. Der betrachtete sie, aber außer verbranntem Material, Asche und dunklen Markierungen konnte er nichts erkennen.

»Ich sehe nichts.«

»Schauen Sie genauer hin. Es ist zwar schwierig, die Details auf den Bildern so klar zu erkennen wie auf den Originalaufnahmen, aber mit einem scharfen Auge können Sie auch so das Wesentliche sehen.«

Voss betrachtete die Aufnahmen noch mal. Dann zuckte er mit den Schultern. »Tut mir leid, ich sehe nichts.«

»Versuchen Sie es mal damit.« Pelzig reichte ihm ein Lederetui.

Voss klappte ein Vergrößerungsglas aus dem Etui und betrachtete die Bilder erneut. Alles, was er zwischen den verbrannten Stücken sah, waren ein paar Linien, die vom Drucker stammen mochten.

»Nun?«, wollte Pelzig wissen.

»Ich sehe nur ein paar Linien.«

»Genau! Auf die kommt es an. Sie sind verräterisch und geben nach unserer Auffassung den Hinweis, dass das Feuer nicht durch Selbstentzündung oder Kurzschluss entstanden ist. Es handelt sich um eine äußerst raffiniert erdachte Art, das Feuer zu legen. Gleichzeitig haben die Feuerteufel einen dummen Fehler gemacht. Ohne ihn wären wir ihnen wohl nicht auf die Schliche gekommen.«

»Zurzeit verstehe ich außer, dass es sich um Brandstiftung handelt, nur Bahnhof. Sie müssen mir schon auf die Sprünge helfen.«

»Das kann Volker tun. Er ist der Experte für solche Fälle.«

»Aber bitte so, dass ein Dummer es verstehen kann«, warf Voss ein und hielt die Bilder so, dass der Wirt, der gerade das Essen servierte, sie nicht sehen konnte.

Nachdem der Mann, den Pelzig Volker nannte, die ersten Bissen gegessen hatte, sagte er: »Die hellen Linien auf dem Bild, die mit Unterbrechungen über das ganze Foto laufen, deuten darauf hin, dass hier ein Gegenstand über den relativ weichen Sandstein des Bodens geschleift wurde. Wahrscheinlich ein Brett auf Metallkufen, ähnlich einem Schlitten, nur viel tiefer. Wenn Sie genau hinsehen, werden Sie feststellen, dass die Linien genau parallel zueinander verlaufen.«

»Stimmt«, bemerkte Voss. »Und was bedeutet das?«

»Im Grunde nichts, wenn nicht parallel dazu ein dunkler, fast schwarzer, etwas breiterer Strich verlaufen würde. Sehen Sie ihn?«

Jeremias Voss nickte. »Hab ihn.«

»Gut«, sagte Volker. »Und jetzt zum Tathergang. Was ich Ihnen jetzt sage, werden wir in zwei oder drei Tagen, wenn wir unsere Laboruntersuchungen abgeschlossen haben, auch beweisen können. Wir gehen davon aus – ich will es einmal vorsichtig formulieren –, dass jemand einen Gasbrenner auf einem Brett, unter dem Metallkufen befestigt waren, durch die Scheune gezogen hat. Auf einer Seite hat er Stroh ausgelegt und aus dem Stroh, das sich schon im Stall befand, eine Spur zu den Pferdeboxen geführt, und zwar nur zu den Boxen, in denen Pferde verbrannt sind. Bei den anderen Boxen konnten wir eine derartige Brandspur nicht feststellen. Den Brenner der Gasflasche hat er so ausgerichtet, dass die Flamme auf das Stroh gerichtet war. Während er den Schlitten durch den Stall zog, entzündete die Flamme das Stroh, und der Brand hinterließ diese schwarze Spur auf den Sandsteinen. Den Schlitten wird er, wenn er klug war, inzwischen vernichtet haben. Trotzdem sollten wir die Polizei auffordern, danach zu suchen.«

Voss dachte darüber nach und sagte nach einer Weile: »Tolle Sache, aber worin lag ihr Fehler?«

Volker lächelte wissend. »Wenn der oder die Idioten Stroh auf beiden Seiten des Schlittens verbrannt hätten und nicht noch eine Strohspur zu den Boxen gelegt hätten, dann wären wir wohl nie auf den Trick gekommen.«

»Wie so oft sind es die kleinen Dinge, die einen genialen Plan scheitern lassen«, fügte Pelzig hinzu.

Voss nickte, während seine Gedanken schon beim nächsten Schritt waren. Er holte seine Kamera hervor und rief die Bilder auf, die er vom Oberrand der Kiesgrube gemacht hatte.

»Wenn ich hier schon eine geballte Ladung von Experten versammelt habe, möchte ich gern Ihre Meinung über die runden Abdrücke in der Erde hören. Wofür halten Sie sie?« Er reichte die Kamera Pelzig, der sich die Bilder ansah und die Kamera weiterreichte. Als sie wieder bei Voss angekommen war, fragte er: »Nun?«

Pelzig ergriff als Erster das Wort. »Ich meine, es ist offensichtlich. Es ist der Abdruck eines Eisenrohrs oder runden Gegenstands aus Eisen. Wenn Sie genau hinsehen, können Sie an manchen Stellen noch Spuren von Rost am Erdreich erkennen.«

Seine Kollegen nickten zustimmend.

»Für mich sieht es wie eine Brechstange aus«, meinte Voss' Nachbar zur Linken. »Ich würde sagen, jemand hat eine Brechstange in den Boden gerammt, um die Erde zu lösen. Auf zwei Bildern kann man erkennen, dass die Brechstange nach hinten gedrückt wurde, denn der Abdruck oben an der Grasnarbe ist tiefer als derjenige weiter unten.«

»Gehe ich recht in der Annahme, dass mit der Brechstange – bleiben wir einmal bei dieser Bezeichnung – das Erdreich gelöst werden sollte?«

»Absolut richtig«, antwortete Pelzig, und die anderen Sachverständigen nickten zustimmend.

»Für wie alt halten Sie die Spuren?«

»Sie sind ziemlich frisch. Höchstens ein paar Tage alt.« Wieder war es Pelzig, der die Frage beantwortete.

»Meine Herren, ich bedanke mich. Sie haben mir sehr geholfen. Ach, noch etwas. Kann ich morgen früh einen ersten Zwischenbericht bekommen? Ich will damit zur Staatsanwaltschaft, damit die erforderlichen rechtlichen Schritte eingeleitet werden können.«

»Kein Problem. Ich werde ihn gleich schreiben«, sagte Pelzig.

Es war kurz vor zehn, als sich die vier Männer verabschiedeten. Voss überlegte, ob er noch bei Nele Rusinski vorbeischauen sollte, denn sie war nicht wie verabredet um sieben Uhr erschienen. Angesicht der späten Stunde entschied er, lieber sein eigenes Quartier aufzusuchen. Mutter Tine musste aus dem Fenster der Wohnküche geschaut haben, denn sobald er den Weg, der an ihrer Haustür vorbei zum Hof führte, betreten hatte, kam sie heraus.

»Herr Voss«, sprach sie ihn an. »Sie haben Besuch – Gräfin Henriette wartet auf Sie in Ihrer Wohnung.«

Voss' Nackenhaare sträubten sich. »Wo?«, fragte er.

»In Ihrem Zimmer. Ich konnte sie doch nicht draußen oder bei mir unten in der Küche warten lassen.«

Voss holte tief Atem, zählte bis drei, bevor er seine Stimme wieder unter Kontrolle hatte, und sagte: »Ich danke Ihnen, Mutter Tine, aber zukünftig lassen Sie bitte niemanden in die Wohnung, wenn ich nicht da bin. Ich habe da Untersuchungsberichte, die niemand sehen darf. Also keinen mehr in die Wohnung lassen!«

»Tut mir leid, Herr Voss, ich dachte, es wäre in Ihrem Sinne, wo Gräfin Henriette mir doch sagte, dass sie gut mit Ihnen bekannt sei und Sie sicherlich nichts dagegen hätten, wenn sie bei Ihnen warten würde.«

»Schon gut, Mutter Tine, ist ja nichts passiert. Nero war ja oben, und der hat schon dafür gesorgt, dass nichts passiert«, beruhigte er sie. »Für die Zukunft wissen Sie ja jetzt Bescheid.«

Er wünschte ihr eine gute Nacht und ging zu seiner Wohnung. Er lächelte, als er sich vorstellte, wie die Gräfin Neros Gesellschaft genossen haben musste.

Als er die Tür zu seinem Apartment öffnete, sah er sie auf der Couch sitzen und Nero etwa einen Meter vor ihr liegen, den Blick starr auf sie gerichtet. Auch als Voss das Zimmer betrat, nahm er die Augen nicht von der Besucherin, sondern wedelte zum Zeichen, dass er seinen Herrn erkannt hatte, mit dem Schwanzstummel.

»Gott sei Dank, dass du kommst«, seufzte Henriette von Mückelsburg erleichtert. »Ich sitze hier seit einer Stunde, und dieses Biest hat mich nicht aus den Augen gelassen. Jedes Mal, wenn ich mich auch nur ein wenig bewegte, fing er an zu knurren, und wenn ich versuchte aufzustehen, dann fletschte er die Zähne, und ich hatte Angst, er würde sich auf mich stürzen, wenn ich tatsächlich aufstehe. Ruf bloß die grässliche Bestie weg.«

»Nero, komm!«

Sofort erhob sich Nero, kam zu ihm und rieb den mächtigen Kopf beinahe zärtlich an seinem Bein.

»Braver Hund«, lobte Voss ihn, »das hast du ganz fein gemacht. Ganz toll.« Er kraulte ihm den Nacken.

»Du lobst dieses Vieh auch noch«, sagte die Gräfin vorwurfsvoll.

»Muss ich doch. Er hat seinen Auftrag, die Wohnung zu bewachen, hervorragend ausgeführt. Besser kann man es nicht machen, das musst du doch zugeben. Nun ist gut, Nero«, sagte Voss, denn der Hund konnte vom Nackenkraulen nicht genug bekommen.

»Um ehrlich zu sein, hätte ich dich nach unserem missglückten Liebesabenteuer nicht erwartet. Treibt dich die Lust auf eine Fortsetzung hierher, oder hast du etwas Bestimmtes auf dem Herzen?«

»Du glaubst doch wohl nicht, dass ich mich noch mal in eine verfängliche Situation begebe, wenn dieses Monstrum von einem Hund in der Nähe ist. Ich habe blaue Flecken an den Beinen, so hat er mich über die Steine gezerrt.«

»Ja, er wacht über die Unschuld seines Herrn.« Die Worte klangen ironisch und zweideutig, was die Gräfin jedoch nicht zu registrieren schien, denn sie sagte unbefangen: »Ich bekam heute ein interessantes Angebot von meinem Sender, muss mich aber, wie es bei uns üblich ist, bis morgen früh entscheiden, ob ich es annehme. Ich soll eine Talkshow erarbeiten und leiten, in der ich interessante Persönlichkeiten aus allen Schaffensbereichen vorstelle. Ich dachte mir, ich fange mit dir an. Du scheinst ein so interessantes Leben zu führen, dass es bestimmt ein Knüller wird, wenn ich dich vorstelle.« Als Voss etwas sagen wollte, bat sie ihn mit einer Handbewegung zu schweigen. »Warte bitte mit Fragen, bis ich dir ein wenig mehr von dem Projekt erzählt habe. Meine Vorstellung ist, wir erarbeiten gemeinsam das Konzept für dich. Dadurch würde sichergestellt, dass nichts gesendet wird, gegen das du Vorbehalte hast. Es würde allerdings bedeuten, dass du mit nach Berlin kommen müsstest. Unterkunft und Unterhalt würden dich nichts kosten. Nun, was sagst du dazu?«

»Das scheint ja eine tolle Sache für dich zu sein. Ich gratuliere dir. Aber du vergisst, dass ich mitten in Ermittlungen stecke, die ich nicht einfach hinschmeißen kann.«

»Ich bitte dich, du bist doch nicht der einzige Privatdetektiv in Hamburg. Deine Aufgaben kann doch sicherlich auch ein anderer weiterführen. Denk bloß einmal daran, was so eine Sendung für eine Reklame für dich wäre. Mit einem Schlag wärst du im ganzen deutschsprachigen Raum bekannt. Du könntest dich vor Aufträgen nicht mehr retten.«

»Das kann ich jetzt schon nicht mehr. Aber es gibt noch andere Gründe, weswegen so etwas nichts für mich ist. Erstens lege ich keinen Wert darauf, im Fernsehen aufzutreten. Zweitens ist es für meine zukünftigen Aufgaben gar nicht gut, wenn jeder mein Gesicht kennt, und drittens lasse ich niemals einen Auftraggeber im Stich, selbst wenn ich noch so verlockende Angebote bekomme. Es ist so eine Art Ehrenkodex.«

Sie versuchte weiter, ihn zu überreden. Als ihr das nach einer Stunde noch immer nicht gelungen war, stand sie wütend auf und verließ grußlos sein Apartment.

Voss sah ihr nach und kraulte unbewusst Neros Nacken. Nach einer Weile sagte er nachdenklich zum Hund: »Nero, was sollen wir nun davon halten? Ich glaube, Berlin wäre das reinste Gift für uns, oder was meinst du?«

An diesem Abend dauerte es lange, bis er einschlief. Zu viele Gedanken geisterten ihm durch den Kopf. Selbst Neros sonst beruhigendes Schnarchen half ihm nicht. Er konnte die Fakten einfach nicht logisch miteinander verbinden.

Kapitel 13

Am nächsten Morgen verzichtete er auf das Frühstück. Er trank nur eine Tasse Kaffee im Stehen und hörte sich dabei Mutter Tines Vortrag über seine ungesunde Lebensweise an. Nachdem er sich an dem heißen Kaffee die Zunge verbrannt und Mutter Tine ihm die Ohren vollgedröhnt hatte, ging er missgelaunt zum Auto, gefolgt von Nero.

Sein Ziel war die Oberstaatsanwaltschaft in Kiel. Wie beim letzten Mal traf er vor neun Uhr dort ein, ging aber diesmal direkt in die Kantine. Weniger weil er annahm, Oberstaatsanwalt Ludwig hier zu finden, sondern weil sein Magen nach Frühstück verlangte. Er ging zum Tresen, lud seinen Teller mit Rührei voll, nahm zwei Brötchen, Butter und Marmelade und einen großen Pott Kaffee. Als er bezahlt hatte, sah er sich nach einem ruhigen Plätzchen um. Die Suche wurde ihm abgenommen, denn Oberstaatsanwalt Ludwig winkte ihm zu.

»Moin, Sherlock«, begrüßte er ihn. »Sie suchen doch nicht etwa mich?«

»Moin, moin«, antwortete Voss. »Wie heißt es so treffend bei Radio Eriwan: Im Prinzip schon, aber erst muss ich mich stärken.«

»Dann man zu, der Rechtsstaat befasst sich am liebsten mit Personen, die körperlich fit und geistig voll zurechnungsfähig sind. Vielleicht bringen Sie es zwischen den einzelnen Bissen ja fertig, mich darüber zu informieren, womit Sie mir den ruhigen Morgen verderben wollen.«

»Wenn es Sie nicht stört, dass Ihnen ab und zu ein Stück Ei auf den Schlips fliegt, bin ich gern dazu bereit«, antwortete Voss und schob sich eine Gabel voll Ei in den Mund.

Bevor er noch zu Ende gekaut hatte, knurrte und bellte sein Handy. Er sah auf dem Display, dass Silke Moorbach ihn sprechen wollte.

»Die Pathologin, die den Tierarzt obduziert«, informierte er den Oberstaatsanwalt. »Entschuldigen Sie.«

»Nur zu.«

Silkes Stimme klang aufgeregt, als sie ihn nach der üblichen Begrüßung fragte: »Sitzt du gut?«

»Bin gerade beim Frühstück in der Oberstaatsanwaltschaft in Kiel. Oberstaatsanwalt Ludwig sitzt mir gegenüber und hat seine Ohren auf Lauschen gestellt. Was gibt's?«

»Da sitzen die beiden Richtigen zusammen.« Sie ließ offen, wie sie das meinte. »Der Tierarzt ist verschwunden.«

»Was heißt verschwunden? Moment, ich stelle auf Lautsprecher – also sag den Unsinn noch einmal, bitte.«

»Mein Patient, der Tierarzt Dr. Rusinski aus Nettelbach, ist verschwunden.«

»Willst du mich auf den Arm nehmen?«

»Leider nein, dazu ist die Sache wohl zu ernst. Es ist das erste Mal, dass mir über Nacht eine Leiche aus dem Kühlfach davongelaufen ist.«

»Geht es etwas sachlicher?«, warf der Oberstaatsanwalt ein.

»Aber sicher, obwohl ich ja eigentlich mit dem Meisterdetektiv spreche«, gab sie bissig zurück. »Also für die Akten: Wir haben die Leiche des Tierarztes, wie von Jeremias Voss gewünscht und von Ihnen gestattet, in Lütjenburg übernommen und sie zu mir ins Institut gebracht. Die Kleidung wurde gründlich untersucht, ohne etwas zu finden, was auf ein Verbrechen schließen ließ. Danach haben wir den Körper des Toten äußerlich untersucht und ihn in ein Kühlfach für die Untersuchung der Innereien am heutigen Tag eingelagert. Als wir ihn heute Morgen aus dem Kühlfach holen wollten, war es leer. Eine Überprüfung aller anderen Fächer verlief negativ. Die Leiche befindet sich definitiv nicht mehr in meinem Institut.«

Die beiden Männer sahen sich sprachlos an. Keiner wusste, was er davon halten sollte. Voss war der Erste, der reagierte.

»Scheiße! Verdammte Scheiße«, fluchte er laut, so dass sich alle Personen in der Kantine neugierig zu ihm umdrehten. »Jetzt werden wir nie erfahren, was mit ihm wirklich passiert ist.«

»Wieso?«, wollte die Professorin wissen.

»Ist doch sonnenklar«, sagte er aufgebracht, »oder kannst du eine fehlende Leiche obduzieren?«

»Nun sei nicht gleich so ungehalten«, kam es zurück. »Hör lieber genauer hin, wenn ich etwas sage. Ich sagte, dass ich noch am Tage, als die Leiche eintraf, eine erste Untersuchung am Körper vorgenommen habe.«

»Und?«

»Und ich habe dabei festgestellt, dass der Tierarzt bereits tot war, als er verschüttet wurde. Die Todesursache war ein

Schlag mit einem runden Gegenstand auf den Kopf. Es könnte sich dabei um ein Eisenrohr handeln, denn ich habe in der Wunde Spuren von Rost gefunden. Der Durchmesser dürfte etwa fünf Zentimeter betragen.«

»Also Mord?«, hakte Voss nach.

»Du sagst es. Es war eindeutig Mord. Die Wunde kann weder durch Hinfallen noch Herabfallen entstanden sein. Sie stammt eindeutig von einem gezielten Schlag, der mit solcher Wucht geführt wurde, dass ich von einem männlichen Täter ausgehe.«

»Silke, du bist ein Schatz!«, rief Voss begeistert ins Telefon. »Ich könnte dich glatt umarmen.«

»Das kannst du auch, ohne dass ich dafür eine Leiche untersuchen muss.«

»Noch mal zur verschwundenen Leiche, Frau Professor«, mischte sich der Oberstaatsanwalt ein. »Gibt es irgendwelche Einbruchsspuren?«

»Nein, nichts. Zwar sind die Techniker der hiesigen Polizei noch auf Spurensuche, doch soviel ich bislang erfahren habe, können sie weder an den Fenstern noch an den Türen Einbruchsspuren finden.«

»Haben Sie eine Idee, wie die Leiche dann verschwinden konnte?«

»Ganz vage, Herr Oberstaatsanwalt. Ich hatte gestern in meinem Institut ein Seminar über forensische Medizin und benutzte die Leiche zur Demonstration von Untersuchungstechniken. Es könnte sein, dass einer der Studenten sich nach Ende des Seminars auf der Toilette oder sonst wo eingeschlossen hat und anschließend mit einem Schlüssel die

Türen öffnete. Ich habe immer einen Reserveschlüssel in meinem Schreibtisch, und der Schreibtisch ist nie verschlossen. Der Schlüssel fehlt. Jedenfalls liegt er nicht an seinem angestammten Platz. Ich kann aber auch nicht mit Sicherheit sagen, ob er gestern noch da lag, denn er wird ja nur in Notfällen benutzt.«

»Ich habe noch eine Frage«, sagte der Oberstaatsanwalt, »rein informativ, denn ich bearbeite den Fall ja nicht. Mich interessiert nur Ihre Meinung als Betroffene. Für mich macht es keinen Sinn, dass eine Leiche abtransportiert wird, bei der man bereits festgestellt hat, dass sie ermordet wurde.«

»Da haben Sie völlig recht. Es erscheint sinnlos. Nur war das zum Ende des Seminars noch nicht festgestellt. Dass der Kopf durch einen Schlag auf den Schädel zertrümmert wurde, konnten die Teilnehmer nicht wissen, da ich ihn mit einem Tuch verhüllt hatte. Die Teilnehmer sollten sich auf die kleinen Details der Untersuchung konzentrieren und sich nicht durch die Verletzung am Schädel ablenken lassen.«

»Jetzt ergibt die Sache für mich Sinn. Vielen Dank, Frau Professor.«

Voss ergänzte: »Auch ich danke dir, dass du mich sofort informiert hast. Ich fahre, sowie ich hier fertig bin, nach Hamburg und werde versuchen, dich noch heute zu treffen. Es könnte sein, dass es spät wird. Bist du zu Hause?«

»Ich denke, ich bin bis etwa acht Uhr im Institut und danach zu Hause.«

»Tschüss, bis heute Abend.«

»Dann werden wir wohl nach einem Mörder suchen müssen«, seufzte der Oberstaatsanwalt. »Und dabei häufen sich die Akten ungelöster Fälle auf meinem Schreibtisch.«

»Leider muss ich den Aktenstapel noch weiter erhöhen«, erwiderte Voss mit gespieltem Bedauern, während er Pelzigs vorläufiges Brandgutachten aus der Tasche holte und dem Oberstaatsanwalt hinüberschob. »Sieht so aus, als hätten Sie auch noch eine Brandstiftung auf dem Tisch.«

Ludwig nahm das Schreiben auf und las es durch.

»Ich hatte mich mal gefreut, Sie kennenzulernen. Dieses Gefühl schwindet rapide. Lassen wir mal die Anzüglichkeiten beiseite und betrachten die Fälle sachlich. Sie ermitteln in beiden Fällen schon von Anfang an. Was denken Sie darüber? Scheuen Sie sich nicht, Vermutungen zu äußern. Wir sind unter uns, folglich sind es keine Äußerungen, die Sie gegenüber Dritten machen, aber Sie waren ja lange genug bei der Polizei und kennen somit die ganze Problematik.«

Voss nickte zustimmend. »Um ehrlich zu sein, sehe ich selbst nicht klar. Es sind zu viele Fragen offen. Was für mich ziemlich eindeutig ist, ohne dass ich es beweisen kann, ist, dass die beiden Fälle Abbrennen der Scheune und Mord am Tierarzt zusammenhängen. Das gleichzeitige Verschwinden des Tierpflegers deutet darauf hin. Sein Motiv könnte Rache gewesen sein. Rache am Tierarzt, den er für sein verkrüppeltes Knie verantwortlich macht, und Rache am Schloss, weil sie seinen geliebten Hengst verkauft haben. Gegen ihn als Täter spricht jedoch, dass Rusinski erst jetzt ermordet wurde, während der Unfall schon Jahre zurückliegt. Auch ihn mit der Brandstiftung in Zusammenhang zu bringen, steht auf wackligen Füßen. Bei seiner Liebe zu den Pferden und insbesondere zu Morning Lightning, den er von Geburt an großgezogen und gepflegt hat, erscheint das unwahrscheinlich. Ich kann mir nicht vorstellen, dass er ihn brutal verbrennen würde. Auch der Diebstahl von Rusinskis Leiche aus dem Institut spricht gegen ihn als Täter. So eine Tat bedarf einer gewissen Kaltblütigkeit, die ich dem Tierpfleger, nach allem, was ich über ihn gehört habe, nicht zutraue. Außerdem müssen an dem Diebstahl mehrere Personen beteiligt gewesen sein. Eine Person allein kann es nicht geschafft haben, zumal wenn sie körperlich behindert ist. Näheres werden wir jedoch erst erfahren, wenn er gefunden und befragt wurde.«

Der Oberstaatsanwalt hatte zunächst mit steinerner Miene zugehört, je länger Voss jedoch seine Gedanken entwickelte, desto häufiger nickte er.

»Ich stimme Ihrer Beurteilung hundertprozentig zu und werde noch heute eine Fahndung nach dem Tierpfleger herausgeben.«

»Ich bin mit meiner Analyse noch nicht fertig«, sagte Voss, als er merkte, dass Ludwig sich erheben wollte.

»Kommen Sie bloß nicht mit einem weiteren Verbrechen. Mir reicht's jetzt schon.«

»Ich fürchte, darauf wird es hinauslaufen«, sagte Voss mit einer gewissen Unsicherheit in der Stimme. »Alles, was ich gesagt habe, passt zusammen und auch wieder nicht. Der Mord am Tierarzt fügt sich nicht so richtig in das eben von mir beschriebene Bild. Überlegen wir doch einmal, wann der Mord passiert ist. Die Versicherung hat die Gesundheit des Hengstes für eine horrende Summe versichert. Während der Phase zwischen Verkauf und Ablieferung beim neuen Besitzer garantiert sie die Gesundheit des Hengstes. Sie überträgt diese Aufgabe einem renommierten, mit dem Hengst und seinen Lebensumständen bestens vertrauten Tierarzt. Wenn der etwas festgestellt haben sollte, was den Hengst für seine Aufgabe als Zuchthengst unbrauchbar macht, und das, was immer es sein mag, bereits vor dem Verkauf erkennbar war, dann braucht die Versicherung nicht zu zahlen. Und das wäre für mich ein echtes Mordmotiv, ein viel realistischeres als Rache. Außerdem wäre es auch ein Motiv für die Brandstiftung. Man will den Hengst verschwinden lassen und damit jeden Nachweis unmöglich machen. So würde alles zusammenpassen.«

Der Oberstaatsanwalt sah ihn nachdenklich an. »Macht Sinn«, sagte er mehr zu sich selbst als zu Voss. »Das würde bedeuten, dass Täter und Auftraggeber auf dem Schloss zu suchen sind.«

»Genau so sehe ich es auch. Ich hoffe, in Kürze mehr zu erfahren, denn Dr. Nele Rusinski, selbst Tierärztin, untersucht zurzeit die Kadaver.«

»Bitte geben Sie mir sofort das Ergebnis durch.«

»Das ist selbstverständlich.«

Oberstaatsanwalt Ludwig verabschiedete sich, weil auf ihn noch ein Haufen Arbeit wartete. Er versprach, alle notwendigen Maßnahmen zur Durchsuchung des Schlossbereichs einzuleiten. Nach Voss' Meinung musste die Mordwaffe noch irgendwo herumliegen. Vielleicht war auch der Schlitten, mit dem wahrscheinlich das Feuer in der Scheune gelegt worden war, noch zu finden. Ludwig stimmte mit dieser Auffassung überein.

Voss holte sich noch einen Kaffee und rief danach bei Dr. Nele Rusinski in Nettelbach an. Er erfuhr, dass sie den Kadaver bereits äußerlich untersucht hatte, aber keine Krankheiten an ihm feststellen konnte. Sie hatte von den Organen und vom Blut Proben genommen, die sie am Abend untersuchen wollte. Er bat sie, ihn auf dem Handy anzurufen, sobald Ergebnisse vorlagen. Als sie erfuhr, dass er von Kiel aus direkt nach Hamburg fahren würde, hatte er das Gefühl, dass sie enttäuscht war. Dann wählte er die Nummer von Dr. Hartwig. Wieder war nur sein Assistent am Apparat. Voss bat ihn, den Direktor zu informieren, dass er ihn im Laufe des Nachmittags aufsuchen würde. Der Assistent erbot sich, jede Nachricht an den Direktor weiterzuleiten, um Voss eine Fahrt nach Hamburg zu ersparen. Der lehnte das Angebot kurz angebunden ab.

Er kaufte in der Kantine noch zwei Paar Wiener und ging dann zu seinem Wagen, den er auf dem Parkplatz bei der Justizvollzugsanstalt geparkt hatte.

***

Kurz nachdem Voss das Justizgebäude verlassen hatte, klappte ein dunkelhäutiger Mann auf der anderen Straßenseite sein Handy zu und folgte dem Privatdetektiv mit großem Abstand. Sein Auto, ein älteres Ford-Modell, stand ebenfalls auf dem Parkplatz hinter der Strafvollzugsanstalt.

Ohne Voss zu beachten, ging der Mann zu seinem Auto, stieg ein und fuhr davon.

***

Voss' Aufmerksamkeit schien ganz von Nero in Beschlag genommen, denn der erwartete ihn wie immer mit höchster Freude, die selbst durch die Wiener Würstchen nur geringfügig gesteigert wurde. Die Würstchen verschwanden in Sekundenschnelle in seinem breiten Maul, wobei sich weder Nero noch Voss die Mühe machten, sie erst auf einen Teller zu legen.

Voss' Konzentration auf Neros Gefühlsausbrüche war nur vorgetäuscht. Ihm war der Mann bereits aufgefallen, als er das Justizgebäude verließ. Er hatte sich sofort daran erinnert, dass schon bei seinem ersten Besuch hier ein ebenfalls Dunkelhäutiger auf der anderen Straßenseite gestanden hatte und ihm bis zum Parkplatz gefolgt war. Er merkte sich das Kennzeichen und rief, sobald der Mann vom Parkplatz gefahren war, sein Büro an.

»Chef, endlich rufen Sie mal an. Nach Ihrem Unfall in der Kiesgrube habe ich mir Sorgen gemacht.« Voss erkannte an Veras Stimme, wie erleichtert sie war, und auch wenn er es niemals zugegeben hätte, fühlte er sich geschmeichelt.

»Vera, ich habe jetzt keine Zeit für Erklärungen. Bitte finden Sie für mich heraus, auf wen das Fahrzeug mit der Nummer PLÖ-KH 398 zugelassen ist. Rufen Sie mich auf dem Handy an, wenn Sie es wissen.« Bevor Vera antworten konnte, unterbrach er die Leitung.

Entgegen seiner ursprünglichen Absicht, direkt nach Hamburg zu fahren, beschloss er, Schloss Rotbuchen anzusteuern und ein wenig Öl ins Feuer zu gießen.

Er fuhr auf dem gleichen Weg, den er gekommen war, nach Nettelbach zurück. Mit einem Auge behielt er den Rückspiegel im Blick. Als er sicher war, dass der Ford ihm folgte, kümmerte er sich nicht weiter um den Verfolger. Er war ohnehin überrascht, dass der sich so dilettantisch verhielt, dass man sich schon anstrengen musste, um ihn nicht zu bemerken. Entweder hatte er keinerlei Erfahrung mit der Verfolgung von Personen, oder er wollte entdeckt werden. In Letzterem sah Voss jedoch keinen Sinn. Dass er sich durch einen Verfolger einschüchtern lassen würde, konnte doch niemand ernsthaft annehmen. Also war es ein Amateur. Es würde interessant sein zu wissen, auf wen der Wagen zugelassen war. Die Antwort erhielt er, kurz bevor er Nettelbach erreichte. Vera meldete ihm, dass der Wagen dem Grafen von Mückelsburg gehörte, etwas, was er selbst schon angenommen hatte. Es dürfte sich um ein Betriebsfahrzeug handeln, auf das viele Mitarbeiter Zugriff hatten.

Auf dem Weg zum Schloss hielt er zunächst bei Nele. Nach seinem Anruf aus Kiel war sie erstaunt, aber auch erfreut, ihn zu sehen. Die Freude wurde allerdings getrübt, als Voss ihr mitteilte, dass ihr Vater tatsächlich ermordet worden war. Als sie hörte, dass jetzt die Staatsanwaltschaft in dem Mordfall ermittelte, war sie Voss so dankbar, dass sie ihn umarmte und ihm einen Kuss gab. Voss, der nur selten eine Gelegenheit ausließ, dem weiblichen Geschlecht zu zeigen, wie sehr er es mochte, widerstand der Versuchung, Nele

Rusinski zurückzuküssen. Er löste sich sanft aus ihren Armen.

»Es tut mir sehr leid, dass ich mich von dir reißen muss, aber ich bin sehr in Eile. Ich muss zum Schloss.«

»Zur Gräfin, ich kann es mir denken.«

Voss schüttelte den Kopf. »Unsinn, Nele, natürlich nicht zur Gräfin, sondern zum Grafen. Warum müsst ihr Frauen immer gleich alles persönlich nehmen?«

»Aus Erfahrung mit dem männlichen Geschlecht.«

»Anderes Thema: Der Mord an deinem Vater deutet darauf hin, dass er bei den Untersuchungen des Zuchthengstes etwas gefunden hat, was jemanden zu dieser Tat verleitete. Hast du in seinen Unterlagen etwas entdeckt, was diese Vermutung stützen könnte?«

»Bis jetzt nicht, aber ich habe natürlich noch nicht alles gesichtet.«

»Wie sieht es im Labor aus? Könnte es da irgendwelche Hinweise geben, Rückstände in Reagenzgläsern, Aufzeichnungen oder so etwas?«

»Nada, ich habe nichts gefunden, und im Labor lässt man keinen ›Abwasch‹ stehen. Hier wird nach den Untersuchungen alles peinlich sauber abgewaschen. Die Gefahr, dass neue Proben kontaminiert werden, wäre zu groß.«

»Hast du denn schon etwas entdeckt?«

»Endlich kommst du mal zu der wichtigsten Frage. Ich wollte noch nicht darüber sprechen, weil ich meine ersten Erkenntnisse noch verifizieren muss.«

»Nun mach es nicht so spannend«, drängte Voss.

»Soweit meine Untersuchungen ergeben haben, war Morning Lightning ein lustloser Zuchthengst, aber wie gesagt, ich muss das noch verifizieren.«

»Was willst du damit sagen?«

»Morning Lightning war impotent.«

»Impotent! Also doch. Schon lange?«

»Sag bloß, du hast es gewusst.«

»Natürlich nicht, ich habe es nur als eine vage Möglichkeit in Betracht gezogen. Jetzt ergibt alles einen Sinn.« Er ergriff Nele und zog sie an sich. »Du bist ein Schatz, Nele. Ich könnte dich küssen«, sagte er und tat es dann ausgiebig.

Nele Rusinski gab sich nicht so zurückhaltend wie Voss eben noch.

»Ich dachte, du hast es eilig«, sagte sie nach einer Weile außer Atem.

»O verdammt! Du hältst mich tatsächlich von meiner Arbeit ab. Ich muss los. Entschuldige.« Mit diesen Worten eilte er aus der Tierarztpraxis, sprang in seinen Wagen und fuhr los.

Er zückte das Handy. »Ganz schnell noch 'ne Frage: Wie lange ist er schon impotent?«

»Schwer zu sagen.«

»Tage, Wochen, Monate, Jahre?«

»Ich schätze mal über ein Jahr.«

»Also definitiv länger als einen Monat?«

»Das mit absoluter Sicherheit. Wenn ich sage, länger als ein halbes Jahr, dann liege ich auf der absolut sicheren Seite. Alles andere wirst du in meinem Bericht finden.«

»Das reicht mir fürs Erste. Tschüss.«

***

Der Empfang im Schloss war zurückhaltend. Der Graf gab sich wie immer etwas geistesabwesend und verwirrt. Die Gräfin, die er bei ihm antraf, behandelte ihn eisig. Die charmante, spontane, lässige Art war verschwunden. Aus Jeremias war wieder Herr Voss geworden. Aber es waren noch mehr Personen im Raum. Der eine Mann wurde ihm als Herr Bartelsmann vorgestellt. Er war mittelgroß, neigte zu Korpulenz, musterte ihn mit kalten, stechenden Augen und begrüßte ihn dann mit einem falschen Lächeln. Er war der Manager, der den Betrieb vor dem Konkurs gerettet hatte. Zwei arabisch aussehende Männer, in elegante Anzügen gekleidet, wurden Voss nicht vorgestellt. Sie waren gerade dabei, sich vom Grafen zu verabschieden. Die Gräfin brachte sie zur Tür. Als sie zurückkam, ging sie zu ihrem Vater, legte ihm zärtlich die Hand auf die Schulter und führte ihn zu seinem gepolsterten Sessel hinter dem Schreibtisch. Erst danach sah sie Voss mit kalten Augen an.

»Nun, Herr Voss, mit welchen Überraschungen erschrecken Sie uns heute?«

»Leider bringt es mein Beruf mit sich, dass ich eher schlechte Neuigkeiten als frohe Botschaften überbringe. Heute möchte ich Sie darüber informieren, dass es sich bei dem Brand Ihres Pferdestalls um Brandstiftung handelt.«

Während er die Bombe platzen ließ, beobachtete er die spontanen Reaktionen der drei aufmerksam. Der Graf wirkte verwirrt. Dem Manager war keine Reaktion anzusehen, und die Gräfin zeigte sich auffallend unbeeindruckt.

»Der arme Manfred«, seufzte der Graf nach einigen Augenblicken leise.

»Wie darf ich das verstehen?«, fragte Voss.

»Ich glaube nicht, dass die Äußerungen meines Vaters Sie etwas angehen«, antwortete die Gräfin anstelle des Grafen.

»Lass man, mein Kind. Herr Voss ist ja hier, um den Brand im Auftrag der Versicherung zu untersuchen. Er kann ja nichts dafür, dass er uns nur Unannehmlichkeiten bereitet.« Dann wandte er sich ihm zu. »Manfred war unser Pferdepfleger, der den Hengst von der Geburt bis jetzt betreut und gepflegt hat. Er hat ihn so geliebt, dass er mal zu mir sagte, wenn Morning Lightning verkauft wird, dann bringt er ihn lieber um, als ihn vom Schloss weggehen zu sehen. Ich hätte jedoch nie gedacht, dass er seine Drohung wahr machen würde, und dann noch auf so schreckliche Weise. Um ehrlich zu sein, ich habe es nie ernst genommen. Er war halt ein spontaner, nicht immer überlegt handelnder Mann. Ein kleiner Hitzkopf, unser Manfred.«

»Ich war, wie Sie wissen, nie Ihrer Meinung, Graf Mückelsburg«, warf der Manager ein. »Ich hielt ihn immer schon für eine Gefahr. Wenn es nach mir gegangen wäre, wäre er längst rausgeflogen.«

»Wir wissen, dass Sie zu drakonischen Maßnahmen neigen, Herr Bartelsmann, aber wir haben auch eine Verantwortung gegenüber den Menschen, die für uns arbeiten«, wies ihn die Gräfin zurecht.

Voss, der dem Disput aufmerksam zugehört hatte, kam das Ganze irgendwie aufgesetzt, wenig real vor. Er wollte etwas sagen, als er hörte, wie sich Sirenen näherten. Auch die anderen horchten auf und sahen sich dann erstaunt an.

»Ich darf mich dann wohl verabschieden«, sagte Voss, der sich die Ursache für die Polizeisirenen denken konnte. Im Stillen lobte er den Oberstaatanwalt für sein schnelles Handeln.

Als Henriette Anstalten machte, ihn hinauszubegleiten, sagte er abwehrend: »Bemühen Sie sich nicht, Gräfin. Ich finde schon allein hinaus.« Er verbeugte sich und verließ die Bibliothek. Auf der Freitreppe begegnete er Oberstaatsanwalt Ludwig, gefolgt von einem Tross von Beamten in Zivil und Uniform.

»Super«, war alles, was Voss sagte, als sie einander passierten.

Vom Schloss aus fuhr Voss nach Nettelbach zurück und nahm dann die Kreisstraße nach Plön. Kurz hinter der ersten Kurve fuhr er in eine Feldeinfahrt, versteckte den Wagen hinter einem Knick und stieg aus. Er hatte gerade die Stelle erreicht, von der aus er die Straße unbemerkt überblicken konnte, als ein Ford vorbeifuhr. Es war der gleiche, der ihm schon von Kiel aus gefolgt war, wie er am Nummernschild erkannte. Mit einem zufriedenen Grinsen ging er zum SUV zurück, wendete und wollte gerade in die Feldeinfahrt einbiegen, als der Sportwagen der Gräfin mit überhöhter Geschwindigkeit vorbeiraste. Von seinem erhöhten Sitz aus konnte er auf dem Rücksitz das Futteral eines Gewehrs sehen.

Voss wartete einige Augenblicke und fuhr dann nach Nettelbach zurück. Hier nahm er die Straße nach Lütjenburg, bog auf die Bundesstraße 202 nach Oldenburg und fuhr von dort auf die Autobahn nach Hamburg.

Kapitel 14

Während der Rückfahrt dachte er darüber nach, was wohl aus der Leiche des Tierarztes geworden war. Die Diebe hatten nicht sicher sein können, dass ihr Fehlen erst am nächsten Morgen entdeckt würde, also war es unwahrscheinlich, dass sie mit ihr lange Strecken gefahren waren. Sie in den Parks von Hamburg zu verstecken oder in Alster oder Elbe zu versenken, hielt er ebenfalls für wenig praktikabel. In den Parks gab es zu viele Jogger und Hunde, eine schnelle Entdeckung wäre wahrscheinlich. In Alster und Elbe war ein sicheres Versenken ohne Boot nicht möglich. Was blieben den Dieben also für Möglichkeiten? Voss wälzte diese Frage im Kopf hin und her, bis er die einfachste und effektivste Lösung gefunden zu haben glaubte. Kurzentschlossen wählte er die Handynummer von Herrmann.

Herrmann war sein Mann für alle Fälle. Angefangen hatte es damit, dass Voss einen kräftigen Rentner zum Ausführen seines Hundes suchte. Es kam zu oft vor, dass weder er noch Vera für diese Aufgabe verfügbar waren. Herrmann hatte sich auf die Anzeige hin gemeldet. Er war alleinstehend, langweilte sich als Rentner und war dankbar, als er durch Voss wieder eine Aufgabe bekam. Da er sich als anstellig erwies, übertrug Voss ihm hin und wieder Sonderaufgaben wie Informationen einholen, Personen beschatten und Ähnliches. Herrmann blühte dabei auf. Das wirklich Gute aber war, dass Herrmann, der fast 50 Jahre lang als Schauermann gearbeitet hatte, den Hamburger Hafen und das Hafenviertel mit seinen vielen Kneipen wie seine Hosentasche kannte. Außerdem hatte er Rentnerkollegen, die in der gleichen Situation waren wie er, sich über einen Nebenjob freuten, für den sie Geld bekamen, von dem die Ehefrauen nichts wussten. Sie alle waren ehemalige Hafenarbeiter, die selbst im Rentenalter noch kräftig zupacken konnten und sich nicht vor einer körperlichen Auseinandersetzung scheuten.

»Moin, Herr Voss«, meldete sich Herrmann. Offensichtlich zeigte das Display seinen Namen.

»Moin, Herrmann, alles im grünen Bereich?«

»Klor doch.«

»Haben Sie mal wieder Lust auf einen Job?«

»Immer, dat weet se doch.« Herrmanns Versuche, mit ihm Hochdeutsch zu sprechen, amüsierten Voss immer wieder.

»Der Job ist ein bisschen ungewöhnlich, und ich würde nicht nur Sie, sondern auch Ihre Rentnergang benötigen.«

»De Jungs werd sech freuen. Um wat geit es denn?«

»Ich suche ein frisches Grab, bei dem jemand versucht hat, nach der Beerdigung eine Leiche zu verbuddeln. Also Kränze runter, Erdhügel abtragen, Grab ausheben, Leiche rein, Grab zuschaufeln, Erdhügel wieder herrichten und Kränze zurücklegen. Wissen Sie, was ich meine?«

»Klor doch, bin doch nicht von gestern. Se wullt weeten, ob da jemand dran manipuliert het.«

»Genau, Herrmann.«

»Und wo schall wi soken?«

»Auf allen Friedhöfen in Hamburg. Fangen Sie bei denen an, die am dichtesten am Universitätsklinikum in Eppendorf liegen, und arbeiten Sie sich dann nach außen.«

»Mock wie. Ist dat eilig?«

»Das Ergebnis brauche ich gestern.«

»Wie jümmers. Wi mok uns sofort auf den Weg.«

Voss' nächster Anruf galt Dr. Lars Farber. Auch hier hatte er Glück, denn die Sekretärin verband ihn sofort mit ihrem Chef.

»Hallo, Jeremias, wie geht's?«

»Moin, Lars. Ich wollte Ihnen nur sagen, dass Ihr Team klasse ist.«

»Ich hab schon von Methusalem gehört, dass sie erfolgreich waren. Freut mich, dass ihr Einsatz nicht umsonst war.«

»Haben Sie das Ergebnis schon weitergemeldet?«

»Keine Sorge, ich will Ihnen nicht vorgreifen.«

»Das ist sehr fair von Ihnen. Ich habe meine Gründe, das Ergebnis Dr. Hartwig unter vier Augen mitzuteilen. Würden Sie Ihr Team bitte vergattern, dass sie über den Einsatz mit niemandem sprechen, außer natürlich mit der Staatsanwaltschaft oder Polizei, sofern die ausdrücklich danach fragen.«

»Die reden nicht. Aber um Sie zu beruhigen, werden ich ihnen ein Schweigegebot auferlegen.«

»Ich danke Ihnen. Aber ich habe noch ein anderes Problem, bei dem ich Ihren Rat gebrauchen könnte.«

»Dazu bin ich ja da, wie der Boss mir gesagt hat. Also schießen Sie los. Worum geht's?«

»Die Sache ist etwas skurril. Ich will eine Leiche aufspüren. Und zwar gehe ich davon aus, dass eine männliche Leiche in einem frischen Grab eingegraben wurde, quasi auf dem abgesenkten Sarg abgelegt. Ich suche nun eine Methode, mit der ich unauffällig Gräber untersuchen kann, ohne dass es nachher auffällt. Ich dachte dabei an Sonden, wie man sie zum Suchen von Lawinenverschütteten benutzt. Wissen Sie, was ich meine?«

»Sicher, aber es gibt eine bessere Methode. Die Archäologen nutzen zum Aufspüren von historischen Gegenständen Sensoren, die mit Ultraschall oder elektromagnetischen Wellen arbeiten. Am besten besorgen Sie sich ein solches Gerät. Kennen Sie jemanden an der Uni, der auf diesem Gebiet arbeitet?«

»Ein guter Gedanke, nur leider kenne ich niemanden in der Branche. Meine Fälle gelten noch nicht als Archäologie.«

»Lassen Sie mich mal einen Augenblick nachdenken.«

Für eine Weile war es still, dann meldete sich Farber wieder. »Sind Sie noch dran?«

»Natürlich.«

»Also, ich kenne da jemanden, der wiederum jemanden kennt, und der … Also kurz, rufen Sie mich heute Abend so gegen acht unter dieser Nummer wieder an, dann kann ich Ihnen mehr sagen.«

»Besten Dank für die Hilfe. Ich weiß es wirklich zu schätzen.«

»Tschüss, Jeremias, für Schmus habe ich keine Zeit. Acht Uhr, lassen Sie mich nicht warten, denn danach will ich nach Hause.«

»Ich bin immer pünktlich.«, sagte Voss selbstbewusst.

Jetzt hatte er alles ins Rollen gebracht, was ihn bei der Aufklärung des Falls voranbringen konnte. Nun galt es, die Ergebnisse zu sammeln und zu sichten. Gespannt war er auf das der Untersuchung auf Schloss Rotbuchen. Auch die Antwort auf die Frage, was den Tierpfleger Manfred dazu veranlasst haben mochte, das Schloss Hals über Kopf zu verlassen, war von besonderer Bedeutung. Er konnte sich nicht vorstellen, dass der Pfleger einfach davongelaufen war. Es musste mehr dahinter stecken. Basierend auf dem, was Dr. Nele Rusinski bislang bei dem Zuchthengst gefunden hatte, reifte in ihm immer mehr der Verdacht, dass der Tierpfleger, wie auch der Tierarzt, Opfer eines Verbrechens geworden war. Voss konnte sich vorstellen, dass Manfred jede Veränderung im Verhalten des Hengstes erkannt und ebenfalls festgestellt hatte, dass mit ihm etwas nicht stimmte. Vielleicht hatte er darüber mit dem Tierarzt des Schlosses, diesem Dr. O'Heatherby, gesprochen, schon um zu verhindern, dass der Hengst nach Pakistan geliefert wurde. Wenn er das getan hatte, dann war er für das Schloss zum Risikofaktor geworden, den es galt, zum Schweigen zu bringen. Wenn das der Fall war, wo hatte man seine Leiche gelassen? Unter den abgestürzten Erdmassen in der Kiesgrube war sie nicht gewesen, sonst wäre sie bei der Bergung der ersten Leiche entdeckt worden. Eine andere Frage war die nach den Hintermännern, den Auftraggebern. Voss war davon überzeugt, dass derjenige, der die Scheune angesteckt und den Tierarzt erschlagen hatte, nicht der eigentliche Verantwortliche war. Der Ausführende, ja, aber nicht der Auftraggeber. Und dann war da auch noch die Frage nach dem Motiv. Ging es nur darum, die Krankheit des Hengstes zu verschleiern und die Versicherung zu betrügen, oder steckte mehr dahinter? Der Gedanke, dass er auf ein groß angelegtes Betrugsszenario gestoßen war, bei dem der Hengst nur die Spitze des Eisbergs bildete, schien ihm immer wahrscheinlicher. Die anderen verbrannten Pferde deuteten darauf hin. Auch sie stellten einen hohen Marktwert dar und waren dementsprechend versichert. Was Voss am meisten ärgerte, war, dass er der Lösung dieser Probleme keinen Schritt näher gekommen war.

Er bog von der A1 in Richtung Horner Kreisel ab und von dort in Richtung Hauptbahnhof, dann auf die Ost-West-Achse und schlängelte sich von dort zum Steinhöft, an dem das futuristische Stammhaus der Hamburger-Berliner-Versicherungs-AG lag.

Es war inzwischen ziemlich spät geworden, doch er hoffte, Dr. Hartwig würde auf ihn warten. Wie beim ersten Mal meldete er sich an der Rezeption und wurde wenig später von Thomas Meyer, Hartwigs Assistenten, empfangen.

Meyer begrüßte ihn mit überschwänglicher Herzlichkeit, die Voss wie beim ersten Mal abstieß. Er grüßte ihn mit kühler Höflichkeit und ging auf keinen Gesprächsversuch ein.

Sie mussten einige Augenblicke warten, da die Chefsekretärin mit zwei Unterschriftsmappen bei Dr. Hartwig war. Doch nach nicht einmal fünf Minuten kam sie mit den beiden Mappen unter dem Arm heraus, und Meyer führte Voss ins Büro des Direktors für Schadensermittlungen.

Wider Erwarten begrüßte ihn der Direktor freundlich. Voss hatte sich auf einen verärgerten Hartwig eingestellt, dem er erst die Gründe für sein erheblich verspätetes Erscheinen erklären müsste. Doch das Gegenteil war der Fall. Wieder nahmen sie auf der modernen, aber unbequemen Sitzgruppe Platz. Der Assistent setzte sich unaufgefordert dazu, was Voss verärgerte. Nachdem der obligatorische Kaffee mit ein paar Snacks serviert worden war, schwenkte Hartwig von den allgemeinen Floskeln, die bei solchen Anlässen als Einstieg dienten, zum sachlichen Teil.

»Ich hoffe, Sie haben Ihren Unfall in der Kiesgrube ohne Schäden überstanden und konnten die Ermittlungen weiterführen«, sagte er.

»Danke, alles bestens, auch was die Ermittlungen angeht. Bevor ich jedoch auf Einzelheiten eingehe, möchte ich Sie bitten, Ihren Assistenten zu beurlauben, da die Sensibilität der Ermittlungen ein Vieraugengespräch erfordert.«

Wenn Dr. Hartwig über den Wunsch erstaunt war, so zeigte er es nicht. Anders Meyer, der aufgebracht sagte: »Herr Voss, diese Forderung steht Ihnen nicht zu. Ich genieße das volle Vertrauen des Direktors, anders wäre meine Position als Assistent nicht denkbar. Ich sehe in Ihrer Forderung einen Affront.«

»Ich habe dem, was mein Assistent sagt, auch wenn er etwas vorgeprescht ist, nichts hinzuzufügen«, sagte Hartwig mit gleichbleibender Freundlichkeit.

»Wie Sie meine Worte empfinden, Herr Meyer, ist mir vollkommen wurscht.« Voss drückte sich absichtlich so grob aus. An den Direktor gerichtet sagte er im freundlichen, aber bestimmten Ton: »Ich muss trotzdem auf meinem Wunsch bestehen, Herr Dr. Hartwig.«

Der Direktor musterte ihn mit einem Pokergesicht, aus dem nicht zu entnehmen war, ob er sich über die Forderung ärgerte oder nicht. Voss hielt seinem forschenden Blick stand, ohne mit der Wimper zu zucken.

Nach einer peinlichen Pause sagte Hartwig zu seinem Assistenten: »Herr Meyer, wenn Sie die Güte hätten?«

Meyer erhob sich widerstrebend und warf Voss einen giftigen Blick zu, bevor er ging.

»Ich hoffe, Sie können Ihr Verhalten einleuchtend erklären, Herr Voss.« Diesmal war der Ärger in Hartwigs Stimme nicht zu überhören.

Voss ignorierte die Bemerkung und fragte: »Ist dieser Raum abhörsicher, oder kann ein Lauscher an der Tür mithören, oder gibt es womöglich eine Gegensprechanlage, über die unser Gespräch mitgehört werden kann?«

»Herr Voss, ich bitte Sie. Jetzt ist es genug!«

»Bitte, Herr Dr. Hartwig. Ich frage nicht ohne Grund.«

»Nein, Sie können sicher sein, dass uns niemand hört.«

»Ich danke Ihnen und entschuldige mich gleichzeitig für mein Verhalten. Sie werden jedoch sofort verstehen, warum ich so auf Sicherheit bedacht bin.«

»Ich bin gespannt, und es sind besser zwingende Gründe.«

»Bei unserem ersten Treffen baten Sie mich herauszufinden, ob und wo es ein Leck gibt, durch das interne Informationen nach draußen dringen. Ich bin mir sicher, das Leck gefunden zu haben, kann es aber zurzeit nur durch Indizien beweisen.«

»Wo?« Der Direktor beugte sich voller Spannung vor.

»Hier, dieses Büro ist das Leck.«

Der Direktor sprang auf, sein Gesicht war rot angelaufen. »Sind Sie verrückt? Ich halte es für eine bodenlose Unverschämtheit, so etwas zu sagen. Unsere Zusammenarbeit ist mit sofortiger Wirkung beendet. Ich …«

Voss blieb gleichmütig sitzen. Jetzt hob er die Hand, um den Redefluss des Direktors zu unterbrechen.

»Herr Dr. Hartwig, bitte beruhigen Sie sich. Ich meine doch nicht Sie! Ich beschuldige Ihren Assistenten Thomas Meyer. Bevor Sie sich wieder aufregen, hören Sie mich zunächst an. Es gab zwei Gelegenheiten, bei denen ich meine Pläne mit Ihnen besprach und bei denen auch Meyer zugegen war. Die Erste war mein Plan, nach Nettelbach zu fahren. Auf dem Weg dorthin wurde ein Anschlag verübt. Ich nehme an, er galt mir. Das Opfer war jedoch eine Tierärztin, die Tochter von Tierarzt Rusinski.«

Voss berichtete den Vorfall in allen Einzelheiten und legte besonderes Gewicht auf die Begründung, warum er das Opfer sein sollte und nicht die Tierärztin. Überzeugt hatte er den Direktor jedoch nicht, wie er seinem zweifelnden Blick entnahm.

»Der zweite Fall ist wesentlich eindeutiger. Ich habe Ihnen mitgeteilt, dass die Leiche des Tierarztes zur Obduktion nach Hamburg in das Institut von Professorin Dr. Silke Moorbach überführt würde. Noch in der Nacht nach Eintreffen der Leiche wurde sie aus dem Institut entwendet.«

Wieder schilderte Voss, was passiert war.

Dr. Hartwig machte ein entsetztes Gesicht. »Ich kann es nicht glauben, einfach nicht glauben. Meyer hatte mein absolutes Vertrauen. Ich habe mich an seine effiziente Arbeit so gewöhnt, dass ich fast ein wenig von ihm abhängig bin. Ich möchte fast sagen, er war wie ein Sohn für mich.« Er schüttelte verständnislos den Kopf. »Ich bin sprachlos, Herr Voss, und doch überzeugt mich Ihre Argumentation jetzt.« Er schwieg. Voss störte ihn nicht dabei. Er konnte sich vorstellen, was in ihm vorging.

Nach einer Weile ergriff Hartwig wieder das Wort. »Ich muss mich bei Ihnen entschuldigen, ich habe Sie mit meinen Worten beleidigt, bitte akzeptieren Sie meine Entschuldigung. Von einer Kündigung unserer Zusammenarbeit kann selbstverständlich keine Rede sein.«

Voss erkannte, dass Hartwig die Worte ehrlich meinte, und sagte: »Vergessen wir den Vorfall. Ich kann Ihre Reaktion verstehen, denn mein Verdacht musste für Sie vollkommen verrückt klingen. Ich schlage Ihnen vor, Ihren Assistenten nichts merken zu lassen und ihm eine Falle zu stellen. Dann können Sie sich selbst überzeugen, ob mein Verdacht berechtigt ist.«

»Was schlagen Sie vor?«

»Ich habe mir darüber keine Gedanken gemacht. Ich halte es für das Beste, wenn Sie sich etwas ausdenken. Sie kennen Ihren Bereich besser als ich und können einen Sachverhalt erwähnen, der so verlockend für eine Weitergabe ist, dass Meyer – wenn er unser Mann ist – nicht widerstehen kann, seine Auftraggeber zu informieren. Am besten, Sie wählen etwas aus, was mit unserem Fall zu tun hat und was er persönlich, nicht per Telefon, erledigen muss. Ich möchte ihn nämlich verfolgen, um festzustellen, wer seine Hintermänner sind.«

»Klingt überzeugend. Ich werde mir etwas einfallen lassen.«

»Es darf aber nicht vor übermorgen geschehen. Mein Verfolgerteam ist zurzeit noch im Einsatz.«

Dr. Hartwig hatte seine innere Ruhe wiedererlangt. »Am besten rufen Sie mich an, wenn Sie einsatzbereit sind. Ich gebe Ihnen meine nicht registrierte Nummer, unter der Sie mich Tag und Nacht erreichen können.« Dr. Hartwig lehnte sich in seinen Sessel zurück und seufzte. »Das ist wohl der unerfreulichste Tag seit langem, aber ich bin Ihnen unaussprechlich dankbar. Sie haben mir eine große Last von den Schultern genommen, und das in nur wenigen Tagen. Sie sind wirklich jeden Euro Ihres Honorars wert.«

»Das höre ich natürlich gern, aber Sie sagten, es wäre für Sie der unerfreulichste Tag seit langem. Ich glaube, da haben Sie sich geirrt«, antwortete Voss verschmitzt lächelnd.

»Wie soll ich das verstehen?«

»Genau so, wie ich es gesagt habe. Ich habe Ihnen nämlich zwei erfreuliche Mitteilungen zu machen.«

Dr. Hartwig beugte sich interessiert vor. »Ich bin gespannt.«

»Ihr Team von Brandermittlern unter Leitung eines Herrn Pelzig …«

»Ach, Methusalem«, warf der Direktor ein.

»… hat herausgefunden, dass es sich bei dem Brand auf Schloss Rotbuchen um einen raffinierten Fall von Brandstiftung handelt.«

»Sieh an, wie ich es mir dachte. Mit den Jahren bekommt man ein Gefühl für Dinge, die nicht stimmig sind«, unterbrach der Direktor erneut. »Haben Sie schon Erkenntnisse über den Täter?«

»Nein, aber als ich heute vom Schloss wegfuhr, kam gerade die Polizei mit einem Durchsuchungsbefehl. Ich hoffe, ich werde morgen mehr erfahren. Ich habe aber noch eine wirklich gute Botschaft für Sie. Es stehen zwar noch einige bestätigende Untersuchungen aus, insofern kann das Ergebnis noch nicht als hundertprozentig gesichert gelten, aber mit großer Wahrscheinlichkeit steht fest, dass der Hengst Morning Lightning zum Zeitpunkt des Verkaufs und des Versicherungsabschlusses krank im Sinne der Versicherung war und damit eine Auszahlung der Versicherungssumme nicht in Frage kommt.«

Es war, als hätte er eine Bombe platzen lassen. Dr. Hartwig sah ihn mit großen Augen an. Für eine Weile war er sprachlos, dann sagte er: »Sie wissen, was Sie da sagen?«

»Natürlich.«

»Wer hat die Krankheit festgestellt?«

»Dr. Nele Rusinski, die Tochter des von Ihnen zur Überwachung beauftragten Dr. Rusinski.«

»Eine Landtierärztin«, meinte Hartwig enttäuscht. Offenbar zweifelte er an ihrer Qualifikation für solche Probleme. Bei der in Frage stehenden Versicherungssumme würde es unweigerlich zu einer gerichtlichen Auseinandersetzung kommen. Wahrscheinlich fürchtete er, dass ein Profianwalt mit entsprechender fachmännischer Beratung die Ergebnisse einer Tierärztin vom Lande zerpflücken würde.

Voss konnte sich denken, was im Kopf des Direktors vorging, und versuchte ihn zu beruhigen.

»Zweifeln Sie nicht am Sachverstand von Dr. Nele Rusinski. Sie ist zwar Tierärztin, aber keine praktizierende Tierärztin auf dem Land, sondern Assistentin an der Universität in Köln und aussichtsreiche Anwärterin auf eine Professur. Ihr Forschungsgebiet, wenn ich sie richtig verstanden habe, ist die Fortpflanzung bei Großtieren oder so etwas Ähnliches. Und da der Hengst nicht direkt eine Krankheit hatte – er ist, oder besser war, impotent – dürfte dieser Fall direkt in ihr Spezialgebiet fallen. Warten Sie ihren Abschlussbericht ab und lassen Sie die Ergebnisse von einem Spezialisten überprüfen.«

»Das klingt schon wesentlich überzeugender.« Voss sah, wie er erleichtert aufatmete.

Dr. Hartwig ging zu seinem Schreibtisch, rief seine Sekretärin an und beauftragte sie, Champagner zu bringen. »Auf diese Informationen müssen wir anstoßen.«

Voss hätte das gern verhindert, weil die Gefahr bestand, dass Thomas Meyer gewarnt werden könnte, weil man ihn von einem offenbar erfolgreichen Ereignis ausschloss. Seine Bedenken wurden jedoch zerstreut, als die Chefsekretärin ihm auf seine Frage hin mitteilte, dass Meyer das Haus bereits verlassen hatte.

Als Voss Dr. Hartwig nach einer Stunde verließ, bat er um ein Foto von Meyer und um dessen Adresse. Als er die Adresse las, pfiff er anerkennend durch die Zähne. Es war ein Apartmentkomplex in einer der teuersten Ecken von Hamburg. Auf seine Frage, was Meyer verdiente, gab ihm Hartwig bereitwillig Auskunft, und er stellte fest, dass er sich davon noch nicht einmal eine Zweizimmerwohnung in dieser

Gegend leisten könnte, geschweige denn ein Vierzimmerapartment.

Voss war verblüfft, dass solch eine Diskrepanz zwischen Verdienst und Lebensstil dem Direktor nicht aufgefallen war und zu keiner detaillierten Überprüfung des Assistenten geführt hatte. Auf seine dahingehende Frage antwortete der Direktor, dass Meyer behauptet hatte, eine größere Erbschaft gemacht zu haben. Hartwig hatte die Behauptung für glaubwürdig befunden und den Sachverhalt nicht überprüft. Innerlich schüttelte Voss den Kopf über so viel Leichtgläubigkeit.

Auf dem Weg zu seinem Haus im Mittelweg rief er Nele an.

»Kommst du in der nächsten Zeit nach Nettelbach?«, fragte sie. »Ich habe einige Neuigkeiten, die ich gern mit dir besprechen würde, bevor ich meinen Bericht abschließe.«

Voss sah auf die Uhr. Es war kurz nach sieben. Außer, dass er sich bei Silke Moorbach ausruhen wollte, hatte er für heute nichts weiter vor. Kurzentschlossen antwortete er: »Ich bin zwar hundemüde, aber ich werde trotzdem noch bei dir vorbeikommen. Ich werde aber nicht vor neun Uhr da sein. Ist das für eine alleinstehende Dame zu spät?«

»Da ich inzwischen als alte Jungfer zähle, kannst du kommen, ohne meinen Ruf zu schädigen.«

»Dann bis gegen neun.«

»Ich freue mich. Fahr vorsichtig.«

»Ja, Mutti.«

Als Nächstes rief er Silke Moorbach an und erklärte ihr, dass er noch einmal zum Tatort müsse, also sie heute nicht mehr belästigen würde. Für die Professorin war seine Unzuverlässigkeit, wenn er an einem Fall arbeitete, nichts Neues. Wie bei ihr ging auch bei ihm die Arbeit vor. Also akzeptierte sie seine Entscheidung, ohne ihm Vorwürfe zu machen. Dass sie enttäuscht war, sagte sie nicht.

Voss nahm wieder die Strecke über den Horner Kreisel Richtung Lübeck und Oldenburg in Holstein. Von Oldenburg aus schlängelte er sich auf Nebenstraßen Richtung Nettelbach. Obwohl er sich die Strecke auf der Karte eingeprägt hatte, ließ er sich vom Navigationsgerät leiten. Das war in der Dunkelheit entspannter. Außerdem konnte er so besser kontrollieren, ob er verfolgt wurde.

Pünktlich um acht Uhr rief er über die Freisprechanlage wie vereinbart Dr. Lars Farber an. Der kam sofort zur Sache.

»Ich hab mich schlau gemacht und kann ein Gerät, mit dem wir den Boden in der Tiefe untersuchen können, ausleihen. Es geht auch kurzfristig.«

»Bestens. Und Sie glauben, dass es damit funktioniert?«

»Müsste. Ich habe es mir erklären lassen. Wann wollen Sie auf Leichensuche gehen?«

»Das weiß ich noch nicht. Ich habe noch keine Rückmeldung von meinem Suchteam. Ich plane es vorläufig für morgen Abend ein.«

»Gut, ich werde das Gerät morgen Nachmittag beschaffen. Wo wollen wir uns wann treffen?«

»Sie wollen mitkommen?«, fragte Voss verblüfft.

»Ich lasse mir doch so ein Abenteuer nicht entgehen.«

»Es kann sehr peinlich für Sie werden, wenn man uns erwischt. Denken Sie an Ihren Job und Ihre Stellung.«

»Vergessen Sie es. Ich bin dabei, oder Sie bekommen das Gerät nicht – basta.«

»Wenn das ein Erpressungsversuch ist, dann muss ich gegen Sie ermitteln.«

»Das ist kein Erpressungsversuch, das ist Erpressung!«

»Wenn das so ist, zittere ich vor Angst und gebe mich geschlagen. Ich rufe Sie an. Als Zeit würde ich Mitternacht vorschlagen – Geisterstunde, Sie wissen schon. Wo, sage ich Ihnen, sobald ich es weiß. Wenn ich Sie bis sieben Uhr abends nicht angerufen habe, wird aus dem Unternehmen nichts.«

»Dann machen Sie Ihrer Suchmannschaft Feuer unter dem Hintern. Ich bin richtig scharf auf das Unternehmen.«

»Sie sind wohl genauso wenig erwachsen geworden wie ich.«

»Bei mir ist es rein wissenschaftliche Neugier.«

Voss lachte und legte auf.

Kurz nach halb neun hielt er vor der Tierarztpraxis in Nettelbach. Die Außenbeleuchtung schaltete sich ein, sobald er auf den Hof fuhr. Nero, der die ganze Fahrt über geschlafen hatte, wurde unruhig. Seine empfindliche Nase schien die Münsterländerin zu wittern. Voss stieg aus und erlöste ihn von seinem Sicherungsgurt. Nele Rusinski hatte den Wagen wohl gehört und trat aus der Eingangstür. Nero nutzte die Freiheit, um aus dem Wagen zu springen, und drückte dabei die Tierärztin so heftig zur Seite, dass sie fast gestürzt wäre. Kurz darauf hörte man kurzes, freudiges Bellen.

Voss betrachtete Nele erstaunt. Sie trug ein schwarzes, eng anliegendes Kleid, dunkle Strümpfe und Schuhe. Bis auf eine Halskette aus schwarzen Steinen trug sie keinen Schmuck und hatte auch kein Make-up aufgelegt. Sie hatte es auch nicht nötig, da ihre Wangen von der Landluft und der Sonne rosa schimmerten und ihre Lippen ohnehin eine natürliche rote Farbe besaßen. Voss war von ihrem Anblick fasziniert.

Nele deutete das Aufleuchten in seinen Augen richtig und freute sich über das unausgesprochene Kompliment. Was Voss nicht wusste, war, dass sie die Kleidung mehrmals gewechselt hatte, bis sie mit ihrem Aussehen zufrieden war. Auch verschiedene Make-ups hatte sie ausprobiert, bevor sie sich für ihr natürliches Aussehen entschied.

»Du musst meinen Aufzug entschuldigen«, sagte sie bescheiden, »aber ich hielt es anlässlich meiner Situation für notwendig, Schwarz zu tragen, auch wenn ich darin nicht vorteilhaft aussehe.«

»Du siehst fantastisch aus«, widersprach Voss sofort. »Wie soll ich mich bei solch einem Anblick auf sachliche Fragen konzentrieren?«

Nele lachte leise und melodisch. »Komm rein. Ich will dir meine Untersuchungsergebnisse zeigen.«

Voss, der in seiner verknitterten und verschwitzten Kleidung so gar nicht zu ihr passte, ging auf sie zu und begrüßte sie mit einem Kuss auf beide Wangen.

»Wenn sich jemand entschuldigen muss, dann bin ich es. Seit ich heute Morgen von hier losgefahren bin, hatte ich keine Gelegenheit, auch nur das Hemd zu wechseln, geschweige denn mich zu waschen. Ich muss einen erbärmlichen Eindruck auf dich machen. Aber ich dachte, ich komme lieber gleich zu dir, als nach Hause zu fahren, mich zu stylen und dann vor Übermüdung dort einzuschlafen.«

»Ein weiser Entschluss. Ich freue mich, dich so zu sehen, wie du bist. Doch komm, ich will dir zunächst meine Untersuchungsergebnisse zeigen. Danach, denke ich, trinken wir noch einen Schluck Wein, denn nach Hause kannst du nicht mehr. Dazu siehst du viel zu müde aus. Falls du es trotzdem versuchen solltest, lasse ich die Luft aus deinen Reifen.«

»Nein, nach Hause werde ich nicht fahren. Das wäre Unsinn. Da hast du völlig recht. Ich nehme an, Mutter Tine hat die Ferienwohnung noch nicht wieder vermietet, so dass ich dort schlafen kann.«

»Wir werden sehen.«

»Jetzt muss ich aber erst einmal Nero etwas zu fressen geben.«

»Nicht nötig. Er wird sich schon bei Julie bedienen. Sie ist eine schlechte Fresserin und hat ihr Abendfressen noch nicht angerührt.«

Nele führte ihn in den Keller und in ein modernes Labor. Alles blitzte vor Sauberkeit.

Während der nächsten halben Stunde war Nele die Forscherin, die sachlich ihre Untersuchungsergebnisse vortrug. Jedes erotische Gehabe war von ihr abgefallen. Voss erfuhr, dass sie bei Morning Lightning Pentobarbital festgestellt hatte, und zwar in einer Menge, die den Hengst schmerzlos eingeschläfert hatte.

»Er hat den Brand überhaupt nicht bemerkt. Die Pentobarbital-Natrium-Lösung ließ ihn schmerz- und reflexlos einschlafen. Der Tod tritt dann durch Herz- und Atemstillstand ein«, erklärte sie. »Interessant ist, dass alle verbrannten Tiere diesen Stoff enthielten, also vor dem Brand getötet wurden.«

»Ist dieses Pento… was auch immer …«

»Barbital.«

»Ist dieses Pentobarbital leicht erhältlich?«

»Jeder Tierarzt hat es. Es dient zum Einschläfern von Tieren, egal ob groß oder klein.«

»Das würde bedeuten, dass die Pferde von einem Tierarzt eingeschläfert wurden.«

»Oder von jemandem, der Zugang zu dem Mittel hatte und die Pferde so liebte, dass er nicht wollte, dass sie leiden«, gab Nele zu bedenken.

»Denkst du an den Pferdepfleger?«

»Zum Beispiel. Er könnte es sich ohne das Wissen des Tierarztes aus dessen Bestand besorgt haben. Was dagegen spricht, ist, dass er für alle Pferde eine ziemliche Menge brauchte, und ob die so leicht zu beschaffen war, ist fraglich. Nun lass uns nach oben gehen. Das Weitere können wir bei einem Glas Wein besprechen.«

Sie geleitete ihn in ein Wohnzimmer, das mit Möbeln der sechziger und siebziger Jahre eingerichtet war und Bequemlichkeit und Gemütlichkeit ausstrahlte. Eine Flasche Rotwein und zwei Gläser standen auf dem Tisch.

»Nimm Platz. Ich muss noch mal in die Küche.«

Wenig später duftete es so verführerisch, dass Voss' Magen in Wallungen geriet, denn er hatte schon seit Stunden nichts mehr gegessen. Dem verführerischen Aroma folgte Nele mit einer dampfenden Platte in der einen Hand und zwei Tellern in der anderen.

»Ich dachte mir, dass du Hunger hast, nachdem du in Hamburg ja gleich nach Nettelbach umgedreht bist. Deshalb habe ich für uns einen Zwiebelkuchen gebacken. Kannst du ihn mir mal abnehmen, bevor ich mir die Finger verbrenne – Vorsicht, heiß!«

»Lecker! Nele, du bist mein Lebensretter. Ich hab tatsächlich einen Mordshunger.«

Während Nele die Teller hinstellte und Besteck holte, naschte Voss schon mal und verbrannte sich die Finger.

»Der schmeckt ja super. Hast du außer Kochen noch andere Talente?«

»Ich denke, da gibt es schon noch einige, aber die liegen mehr im Verborgenen und kommen erst voll zur Entfaltung, wenn sie richtig geweckt werden.«

Voss ließ sich den Zwiebelkuchen schmecken. Nele bekam vielleicht ein Achtel ab, er aß den ganzen Rest, und zwar in fast der gleichen Zeit, die Nele für ihr Stück benötigte. Nach dem Essen räumte sie den Tisch ab; sie mochte es nicht, vor abgegessenen Tellern sitzen, das sei ihr zu unromantisch, sagte sie.

Voss half ihr beim Abräumen, allerdings weniger um der Ordnung willen, sondern um von hinten seine Hände um ihren Bauch zu legen und ihr den Hals zu küssen. Nele tat gar nicht erst so, als sei ihr das unangenehm. Sie drückte ihren Rücken gegen seinen Körper, und er nutzte die Gelegenheit, um die Hände zu ihren Brüsten gleiten zu lassen. Sie trug keinen BH, was das Massieren der Brüste und das Spiel an den Brustwarzen zum besonderen Vergnügen machte und ungemein stimulierend wirkte. Nele genoss die Berührungen und wand sich unter dem Druck seiner Hände. Dann drehte sie sich um und küsste ihn. Mit ihren Zungen erkundeten sie die Tiefen des anderen, wobei ihre Bewegungen immer leidenschaftlicher wurden. Nele spürte seine Erregung.

»Gibt es an diesem verdammten Kleid keinen Reißverschluss?«, murmelte er ihr ins Ohr.

»Gibt es nicht. Es ist für die Trauer gedacht und nicht für die Liebe«, flüsterte sie zurück. Dann nahm sie ihn bei der Hand und führte ihn ins Schlafzimmer. »Mein Zimmer.« Sie ließ ihn los, zog das Kleid hoch und streifte es über den Kopf. Voss beobachtete sie dabei. Sie trug auch kein Höschen. Nele trat an ihn heran, öffnete sein Hemd und zog es ihm über den Kopf, dann öffnete sie langsam die Jeans, streifte sie nach unten und führte langsam ihre rechte Hand über seinen Bauch nach unten, bis sich ihre Finger um sein steifes Glied schlossen und es mit rhythmischen Bewegungen langsam massierten. Voss ließ sich rückwärts auf das Bett sinken. Seine Hände fuhren über ihren Rücken, streichelten ihre Pobacken und schoben sich an ihren Schenkeln entlang, bis er ihre Feuchtigkeit spürte. Nele schob sich über seinen Bauch, bis ihre feuchte Scheide über seinem harten Glied lag. Einen Augenblick spielte sie damit und verhinderte seine Versuche, in sie einzudringen. Dann richtete sie sich langsam auf und drückte sein Glied in die Scheide. Voss stöhnte vor Lust auf, als er fühlte, wie die Schamlippen seine Vorhaut zurückschoben. Lange hielt er es nicht aus, dann wurden seine Stöße härter und schneller, bis er in sie hinein explodierte. Nele hatte ihren Höhepunkt noch nicht erreicht. Ihre fordernden Bewegungen ließen sein Glied nach kurzer Erholungszeit wieder steif werden. Diesmal brachte er sie dazu, ihren Orgasmus laut herauszuschreien.

Kapitel 15

Am nächsten Morgen wachte Voss bereits um sechs Uhr auf. Nicht ganz freiwillig, denn Nele hatte ihm sachte ins Ohr gepustet. Sie schmiegte sich an ihn und spielte mit seinem Glied, und das konnte der Aufforderung nicht widerstehen. Es dauerte nur eine kleine Weile, dann waren sie wieder in wilder Liebe miteinander vereint. Beide schienen sexuell ausgehungert zu sein, denn unter der Dusche liebten sie sich noch einmal. Zu einem weiteren Mal war Voss allerdings nicht mehr in der Lage. Nicht wegen fehlender Manneskraft, sondern weil sein verletzter Rücken nicht mehr mitspielte. Nele war erleichtert, denn auch sie brauchte eine Pause.

Zum Frühstück gingen sie in den Krug, der während der Wochentage morgens für drei Stunden geöffnet hatte. Aushilfe Susi war für die Versorgung der Frühstücksgäste verantwortlich.

Neben Brötchen, Marmelade und Wurst ließ sich Voss eine große Portion Rühreier mit Schinken geben.

»Hast du eine Stärkung so nötig?«, fragte Nele anzüglich.

»Und ob. Wenn ich gewusst hätte, was für eine Leistung mir abverlangt wird, hätte ich lieber kalt geduscht«, antwortete er ernst.

»Du Ärmster, war es so schlimm für dich?«

»Schlimm, das würde ich nicht sagen. Es hat mir nur gezeigt, dass ich dringend trainieren muss.«

»Ich halte das zwar nicht für nötig, aber wenn du einen Trainingspartner suchst, stelle ich mich gern zur Verfügung.«

»Ich danke dir und werde mir gleich noch eine Portion Rühreier bestellen.«

Nele lachte.

»Hast du dich schon entschieden, was du machen willst? Nobelpreis gewinnen oder Landfrau werden?«

Nele wurde wieder ernst. »Ich weiß es noch nicht. In den wenigen Tagen, die ich hier bin, haben mich so viele gebeten, die Praxis fortzuführen. Die Sympathiebezeugungen haben mir gutgetan, es würde mir wehtun, diese Menschen zu enttäuschen. Auf der anderen Seite ist Forschen meine Leidenschaft.«

»Kannst du nicht beides miteinander verbinden? Du hast doch hier ein gut eingerichtetes Labor.«

»Für eine wirklich wissenschaftliche Forschung ist es nicht gut genug. Es fehlt an unerlässlichen Geräten.«

»Ich könnte dir bei der Ausrüstung finanziell unter die Arme greifen.«

»Bist du denn so reich?«

»Ein Krösus bin ich nicht, aber bei diesem Fall verdiene ich dank deiner Hilfe eine schöne Stange Geld, und ich denke, du solltest davon profitieren.«

»Meinst du das jetzt im Ernst, oder ist es ein Scherz?«

»Ich meine es sehr ernst. In solchen Sachen scherze ich niemals. Überlege es dir. Über die Modalitäten mach dir keine Sorgen. Da finden wir eine Lösung. Stell eine Liste mit den Dingen zusammen, die du brauchen würdest, und danach sehen wir weiter.«

»Ich weiß nicht, was ich sagen soll, Jeremias.«

»Dann lass es und nutze deinen Mund zum Frühstücken. Auf deinem Kaffee scheinen sich schon Eisschollen zu bilden.«

Das Knurren und Bellen von Voss' Handy unterbrach das Gespräch. Es war Vera.

»Chef, wo stecken Sie? Sie melden sich nicht. Ihr Handy ist ausgeschaltet. Ich weiß nicht, wie ich Sie erreichen kann, und ich mache mir Sorgen. Außerdem versucht unser dicker Reporter vom Hamburger Tageblatt, Sie zu erreichen.«

»Schiet, Vera, ich habe aus Versehen mein Handy ausgeschaltet. Weiß auch nicht, wie mir das passieren konnte. Hat Knut Hansen gesagt, was er will?«

»Nein, nur dass es sich um den Manager Werner Bartelsmann handelt. Wenn Sie mich fragen, will er eine Story von Ihnen.«

»Okay, ich kümmere mich darum. Liegt sonst etwas an?«

»Ja, Herrmann hat auch versucht, Sie zu erreichen. Er hat aber nicht gesagt, was er wollte.«

»Ich rufe ihn an. Sonst noch etwas?«

»Nein, Chef, außer … wann kommen Sie wieder ins Büro?«

»Kann ich noch nicht genau sagen, aller Wahrscheinlichkeit nach heute, aber es kann spät werden. Langweilen Sie sich allein?«

»Was soll die Frage? Natürlich.«

»Ich hätte einen Beschattungsjob zu vergeben und weiß nicht, inwieweit Herrmann und seine Mannen verfügbar sind.«

»Worum dreht es sich?«

»Ich möchte den Assistenten von Direktor Hartwig beschatten, um zu sehen, wohin er geht. Der Direktor stellt ihm eine Falle, und wir gehen davon aus, dass er daraufhin zu seinem Auftraggeber läuft. Ich schicke Ihnen gleich sein Foto. Aber Sie dürfen es nicht allein machen. Er könnte es merken, und dann kann es gefährlich werden. Sollte auch nur das kleinste Anzeichen bestehen, dass er Sie entdeckt hat, dann brechen Sie die Verfolgung sofort ab – versprochen?«

»Klar, Chef.«

»So klar ist das nun auch wieder nicht. Aus leidvoller Erfahrung weiß ich, dass Sie dazu neigen, Anweisungen zu missachten.«

»Chef, ich doch nicht«, sagte Vera empört.

»Nicht allein. Drei Mann sind notwendig.«

»Kein Problem Chef, mein Mann hat Urlaub und der Sohn Ferien. Sie können mich unterstützen, dann haben sie sich was zu erzählen und gehen mir abends nicht auf die Nerven.«

»Wenn Ihr Mann das machen würde, wäre es klasse. Als Polizist kennt er die Schliche und Tricks einer Beschattung. Außerdem kann er offiziell eingreifen, wenn es brenzlig wird. Bei Ihrem Sohn habe ich Bedenken.«

»Schicken Sie mir das Bild und überlassen Sie alles andere mir.«

»Na gut, aber keinen Mist bauen – versprochen?«

»Chef, Sie langweilen mich – aber gut, versprochen.«

»Können Sie bis zwölf Uhr am Hauptgebäude der Versicherung einsatzbereit sein?«

»Können wir. Ich werde sofort zu Hause anrufen.«

»Haben Sie einen Zettel zur Hand?«

»Natürlich. Was soll die Frage?«

»Ich gebe Ihnen jetzt eine Nummer durch, die nur Sie wissen dürfen. Wenn Sie einsatzbereit sind, rufen Sie diese Nummer an und sagen: Hier Vera, komme morgen. Stellen Sie sicher, dass Sie das nur zu Dr. Hartwig sagen.« Er gab ihr die Geheimnummer des Direktors durch.

»Geht in Ordnung, Chef, machen Sie sich keine Sorgen.«

»Dann viel Glück und Erfolg.«

Danach sandte er das Foto von Thomas Meyer auf ihr Handy.

Anschließend rief er Dr. Hartwig auf der Geheimnummer an und teilte ihm mit, wie Vera ihm die Einsatzbereitschaft des Beschattungsteams melden würde.

Nele erhob sich. »Ich sehe, du bist schon wieder voll im Einsatz, und da lasse ich dich besser allein«, sagte sie und wollte gehen.

»Bitte, bleib noch. Ich hätte eine Bitte an dich.«

Sie nahm wieder Platz. »Um was handelt es sich?«

»Wie sieht dein Tagesplan aus? Ich benötige jemanden, der mal überprüft, ob am Tag der Ermordung deines Vaters oder wenige Tage zuvor auf den hiesigen Friedhöfen Beerdigungen stattfanden, und wenn ja, ob an einem der Gräber manipuliert worden ist. Ich gehe von der These aus, dass man die

Leiche deines Vaters in einem frischen Grab in Hamburg entsorgt hat. Mit dem Tierpfleger könnten sie das hier in der Gegend gemacht haben.«

»Glaubst du das wirklich?«

»Nein, ich sollte sagen, ich bin davon überzeugt. Ich habe ein Team von mehreren Männern, die in Hamburg auf die gleiche Art nach deinem Vater suchen.«

Nele dachte einen Augenblick nach, bevor sie sagte: »Ich könnte mich für ein paar Stunden von Mutter Tine vertreten lassen. Ich werde sehen, was ich herausfinden kann. Jetzt habe ich auch noch eine Frage. Hast du gehört, was die Razzia auf dem Schloss ergeben hat?«

»Nein, aber ich wollte den Oberstaatsanwalt deswegen sowieso anrufen. Ich mache es sofort, dann kannst du gleich mithören, was dabei herausgekommen ist.«

Wie gesagt, so getan.

Die Sekretärin des Oberstaatsanwalts stellte das Gespräch gleich zu ihrem Chef durch. Der begrüßte Voss fröhlich und sagte, als er von dessen Bitte hörte, mit Bedauern in der Stimme: »Leider kann ich Ihnen dazu keine Auskunft geben, denn es ist ein laufendes Verfahren. Sie wissen ja selbst, wie es ist. Aber so viel kann ich wohl verraten: Ihre Beurteilung des Falls traf in vollem Umfang zu. Wir haben sowohl die mögliche Mordwaffe gefunden als auch den Schlitten, mit dem der Stall angezündet worden ist. Die Täter schienen sich so sicher zu fühlen, dass sie in der Zwischenzeit nicht einmal die Gasflasche vom Schlitten abgebaut haben. An beiden Geräten haben wir Fingerabdrücke gefunden, so dass wir davon ausgehen, die Täter in Kürze zu fassen. Leider ist der

Abdruck auf dem Eisenrohr – es lag übrigens unter einem verkohlten Balken im abgebrannten Stall – nur unvollständig vorhanden.«

»Vielleicht kann ich Ihnen auch bei der Lösung dieses Problems weiterhelfen. Ich gebe Ihnen Dr. Nele Rusinski ans Telefon. Sie hat die Kadaver der Pferde untersucht und dabei einige interessante Fakten gefunden, die Ihnen beim Aufspüren des Mörders und Brandstifters helfen können.«

Voss übergab Nele das Handy. Sie teilte dem Staatsanwalt die Ergebnisse ihrer Untersuchungen mit und versprach, schnellstmöglich einen Untersuchungsbericht fertigzustellen und vorab per eMail persönlich an ihn zu schicken. Als sie fertig war, gab sie Voss das Handy zurück.

»Meiner Einschätzung nach«, sagte Voss zum Oberstaatsanwalt, »ist der irische Tierarzt der Hauptverdächtige. Seine Fingerabdrücke würde ich als Erstes mit den gefundenen Fragmenten vergleichen. Sollten die Abdrücke auf Mordwaffe und Schlitten nicht übereinstimmen, dann steht der Vorarbeiter oder Trainer, oder was immer er ist, als Nächster auf der Liste, denn ich kann mir nicht vorstellen, dass man einfache Arbeiter mit so einer verbrecherischen Aufgabe betraut hätte. Die Gefahr, sich in Abhängigkeit zu begeben, wäre einfach zu groß.«

»Da bin ich ganz Ihrer Meinung. Die Polizei müsste übrigens gleich auf dem Schloss eintreffen. Hoffen wir, dass Sie recht haben.«

Nachdem Nele gegangen war, rief Voss zunächst bei Herrmann, seinem Mann für alle Fälle, an. Der berichtete stolz, dass sie fündig geworden waren, und zwar auf dem Olsdorfer Friedhof. Herrmann hielt es jedoch für sinnvoll, wenn er sich das Grab selber ansah. Voss stimmte zu und sagte Herrmann, dass er gegen Mittag zurück in Hamburg sein und direkt zum Olsdorfer Friedhof kommen würde. Sie verabredeten einen Treffpunkt, und Voss beauftragte Herrmann, seine Jungs weitersuchen zu lassen, bis er das Ende der Aktion anordnen würde.

Sein zweiter Anruf galt dem Reporter des Hamburger Tageblatts. Knut Hansen war wie so oft nicht an seinem Arbeitsplatz in der Redaktion. Also versuchte es Voss auf dem Handy, bekam jedoch nur die Ansage: »Der Teilnehmer ist zurzeit nicht erreichbar. «

Er zahlte das Frühstück für Nele und für sich und ging zu seinem SUV. Nero lag auf dem Rücksitz und schlief. Als er die Fahrertür öffnete, überlegte er es sich anders und ging zur Tierärztin hinüber. Nero nutzte die Gelegenheit und sprang zwischen den Vordersitzen nach draußen. Voss konnte sich denken, welches Ziel er verfolgte, ließ ihn laufen und ging ins Haus. Im Behandlungszimmer fand er Mutter Tine, die gerade Vorbereitungen für die Sprechstunde traf. Auf Voss' erstaunten Blick sagte sie ihm, dass Dr. Rusinski sie gebeten habe, die Praxis für heute zu übernehmen. Mehr hatte sie nicht gesagt, sondern war hinausgeeilt und weggefahren.

»Hat sich nicht einmal die Zeit genommen, mir zu sagen, ob etwas Besonderes anliegt«, schimpfte Mutter Tine.

»Sie machen das schon«, antwortete Voss. »Dr. Rusinski hat großes Vertrauen in Ihre Fachkenntnisse.«

Warum er das sagte, wusste er selbst nicht. Wahrscheinlich

war es sein Beschützerinstinkt, der ihn dazu bewog, Nele in Schutz zu nehmen.

Er verabschiedete sich und ging zum Zwinger in der Erwartung, die Münsterländerin und Nero bei einem Tête-à-Tête vorzufinden. Der Zwinger war jedoch leer und Nero nirgends zu sehen. Er pfiff, doch der Hund kam nicht. Dafür hörte er ihn bellen. Voss ging ganz ums Haus herum und sah ihn am Ende des etwa einen Morgen großen Hintergartens wie wild scharren. Er war fast ganz durch eine Reihe Johannisbeerbüsche verdeckt – jedenfalls glaubte Voss, dass es Johannisbeeren waren. Er pfiff noch einmal. Nero unterbrach seine Arbeit und kam auf ihn zugerannt. Kurz vor ihm setzte er sich auf den Boden, warf den Kopf zweimal zurück, rannte ein paar Meter zurück und wiederholte die Bewegung. Für Voss war das ein Zeichen, dass er etwas entdeckt hatte, was er ihm zeigen wollte. Er folgte seinem Hund.

Bis auf ein paar kleine Beete bestand der Garten aus einer Naturwiese, die dringend gemäht werden musste. Nero blieb immer wieder stehen, um zu sehen, ob er auch nachkam. Hinter den Johannisbeerbüschen lag ein Komposthaufen. Davor und dahinter gab es eine freie Fläche, die zum Umsetzen des Komposthaufens oder zum Anlegen eines neuen Haufens dienen mochte. Die Fläche an einer Seite sah frisch umgegraben aus. Auf ihr lagen einige Kohlblätter und Rasenschnitt, der vom Vorgarten stammen musste, denn dort befand sich die einzige Stelle, die vor kurzem gemäht worden war. Hier hatte Nero gescharrt, und hier begann er sofort, wieder zu graben, wobei er immer wieder leise jaulte.

Voss untersuchte die Erde. Sie war locker. Er konnte ohne Probleme mit den Fingern darin buddeln, steckte die Hände hinein, ohne jedoch das zu spüren, wonach Nero suchte. Er kannte das Verhalten seines Hundes, denn er hatte es ihm selbst antrainiert: Da gab es etwas, das Neros feinen Spürsinn erregte.

»Platz!«, befahl er ihm, gefolgt von: »Pass auf!«

Nero kam sofort, wenn auch widerstrebend zu ihm und legte sich nieder, den Blick starr auf seinen Ausgrabungsversuch gerichtet.

Voss ging zum Stall, der neben dem Gehege der Münsterländerin lag, und suchte nach etwas zum Graben. Er fand einen Spaten, an dem noch Erde haftete.

Zurück beim Komposthaufen, begann er an der Stelle, an der Nero gescharrt hatte, zu graben und hob ein quadratisches Loch von etwa 50 Zentimeter Seitenlänge aus. Er nahm an, eine tote Katze oder einen kleinen Hund zu finden, war aber neugierig, denn Nero hatte schon so manches Interessantes aufgespürt. Er war vielleicht einen halben Meter tief ins Erdreich eingedrungen, als der Spaten sich nur noch mühsam einstechen ließ. Er versuchte es erneut, mit dem gleichen Effekt. An einer anderen Stelle drang das Blatt problemlos tiefer.

Voss legte das Werkzeug zur Seite, kniete sich neben die Grube, stützte sich mit der linken Hand ab und langte mit der rechten hinein. Mit den Fingern ertastete er ein dickes Stück Stoff, das er mit dem Spaten nicht hatte durchstechen können. Er wühlte weiter und spürte nach wenigen Minuten unter den Fingerspitzen etwas Festes. Er legte den Gegenstand ein Stück frei, indem er die Erde darüber und darunter mit der Hand wegschaufelte. Dann beugte er sich hinunter ins Loch, und seine Augen bestätigten, was er schon mit der Hand gespürt hatte. Das Stück eines menschlichen Unterschenkels war zu sehen. Der Stoff, den er mit dem Spaten getroffen hatte, war das Hosenbein gewesen.

Er richtete sich auf und wischte die verschmutzten Hände mit ein paar Grasbüscheln sauber. Dann ging er zu Nero, nahm seinen mächtigen Kopf in die Hände und streichelte ihn, während er ihn gleichzeitig lobte. Nero schloss die Augen und genoss die Liebkosungen.

Nach ein paar Minuten gab er Neros Kopf frei, griff in die Tasche und wählte die Nummer von Oberstaatsanwalt Ludwig. Nachdem er seinen Namen genannt hatte, wurde er von der Sekretärin sofort weitergeleitet.

»Nicht schon wieder ein Fall«, sagte Ludwig statt einer Begrüßung.

»So leid es mir tut«, antwortete Voss, »hier kommt Leiche Nummer zwei. Wenn mich nicht alles täuscht, habe ich den Tierpfleger gefunden. Er liegt begraben im rückwärtigen Teil des Gartens von Tierarzt Rusinski. Ich habe die Polizei noch nicht verständigt, sondern wollte den Fund erst Ihnen melden.«

»Danke. Ich werde alles Weitere veranlassen. Bleiben Sie vor Ort, bis die Polizei kommt, und lassen Sie niemanden in die Nähe.«

»Ist klar. Ich warte.«

Kaum hatte er aufgelegt, knurrte und bellte das Handy. Knut Hansen war am Apparat.

»Na, altes Haus, wie sieht es mit einer Story aus?«, fragte er offenbar in bester Laune. »Kann ich bringen, dass man den Meisterdetektiv erst ausgraben musste, damit er weiterermittelten konnte?«

Voss war an diesem Morgen nicht zum Scherzen aufgelegt, deshalb sagte er kurz angebunden: »Moin, Knut, keine Infos, keine Story.«

»Sei nicht so kleinlich. Ich könnte dich groß herausstellen, denn du scheinst ja beachtliche Erfolge zu erzielen.«

»Langsam müsstest selbst du mitbekommen haben, dass ich nicht an Publicity interessiert bin. Wenn du wen loben willst, dann lobe die Ermittlungsbehörden, aber nicht mich.«

»Nun sag schon, was du für Ergebnisse erzielt hast, oder ich muss mir etwas aus den Fingern saugen.«

»Ein Erpressungsversuch?«

»Irgendwie muss ich ja an Knochen kommen.«

»Nur zu, wenn du willst, dass ich mir eine andere Quelle suche.«

»Was ist mit dir los, Jerry, bist du mit dem linken Fuß aufgestanden? So übellaunig kenne ich dich ja gar nicht.«

Voss ging nicht darauf ein, sondern fragte kurz angebunden: »Was willst du?«

»Ich will eine saftige Story für Seite eins und habe dafür auch etwas zu bieten.«

Voss' Stimme wurde eine Nuance freundlicher. »Dann lass mal hören.«

»Sind wir im Geschäft?«

»Wenn deine Infos etwas wert sind und ich sie nicht schon selbst ermittelt habe.«

»Also, ich vertrau dir mal. Du hast mich doch damals im Café im Hauptbahnhof gefragt, was ich dir über das Schloss und seine Besitzer sagen konnte. Es war nicht viel …«

»Das kannst du laut sagen«, unterbrach Voss.

»Zugegeben, aber ich habe mich inzwischen hier und da ein wenig umgehört und etwas Interessantes herausgefunden. Es handelt sich um den Manager, Werner Bartelsmann.«

Hansen machte eine Pause. Offenbar erwartete er, dass Voss neugierig nachfragen würde. Stattdessen sagte der nur: »Über den weiß ich schon fast alles.«

»Das glaubst du. Weißt du auch, dass er in Paris zum Islam konvertiert ist?«

Jetzt wurde Voss hellhörig. »Sprich weiter, die Sache beginnt, interessant zu werden.«

»Sag ich doch. Also ein französischer Kollege erzählte mir davon, und er erwähnte auch, dass der gute Werner sich der islamistischen Szene angeschlossen hat – den Salafisten, du weißt schon.«

»Natürlich, sprich weiter.«

»Von Paris ist er nach Köln gegangen und hatte dort ebenfalls Kontakte zur Szene. Er soll angeblich in einen Anschlag auf eine Synagoge verwickelt gewesen sein. Man konnte ihm allerdings nichts nachweisen, und so ist seine Weste weiterhin blütenweiß.«

»Interessant«, sagte Voss. »Soviel ich weiß, ist er in Köln aus seiner Stellung als Manager eines Gestüts geflogen. Angeblich wegen Personalproblemen.«

»Stimmt«, sagte Hansen. »Ich hab mich hier bei meinen Kollegen, die die Hamburger Islamistenszene beobachten, umgehört und festgestellt, dass er hier ebenfalls auffällig wurde. Den Gerüchten nach unterstützt er eine Gruppe, die sich in einem der Grindelhochhäuser trifft, mit Geld, und zwar mit viel Geld. Wofür es verwendet wird, konnte ich nicht feststellen. Ich hab mal beim Verfassungsschutz nachgebohrt, doch die haben sich gegeben wie die Austern. Meinem Gespür nach wissen Sie etwas, wollen aber nichts sagen, und sie wollen auch nicht, dass in den Medien darüber gesprochen oder geschrieben wird. Ich möchte wetten, die haben irgendwo einen V-Mann sitzen. Aber das ist nur eine wilde Annahme von mir.«

»Du sagtest, sie treffen sich in einem der Grindelhochhäuser. In welchem?«

»Keine Ahnung. Konnte es bis jetzt nicht herausfinden. Leben zu viele Moslems und andere Ausländer in dem Viertel.«

»Du bekommst die Story. Die Infos sind mir das wert.«

»Wann?«

»Bald. Genaues kann ich noch nicht sagen. Muss erst noch ein paar Aspekte aufklären. Und jetzt tschüss.«

Kapitel 16

Das Beschattungsteam für Thomas Meyer, den Assistenten von Direktor Dr. Hartwig, hatte pünktlich Stellung bezogen. Vorausgegangen war eine heftige Auseinandersetzung zwischen Mutter und Sohn. Vera hatte, nachdem sie mit ihrem Chef gesprochen hatte, doch Angst bekommen, ihren17-jährigen Sohn zu einem möglicherweise gefährlichen Einsatz mitzunehmen. Michael wollte sich dieses Abenteuer jedoch nicht entgehen lassen. Der Streit wurde erst durch das Einschreiten des Vaters, der Hauptkommissar bei der Polizei Norderstedt war, entschieden. Er kannte seinen Sohn und entschied, dass er an der Beschattung teilnehmen sollte.

Er hatte die Familie in zwei Beschattungsteams eingeteilt. Mutter und Sohn sollten Meyer zu Fuß folgen, während er mit dem Auto in ihrer Nähe blieb, um die Zielperson, wenn sie mit dem eigenen Auto oder mit einem Taxi fuhr, zu verfolgen. Wenn Meyer zu Fuß ging, dann sollte von Zeit zu Zeit ein Fahrerwechsel zwischen Vera und ihm erfolgen, damit Meyer immer von einer anderen Person verfolgt wurde. Damit sollte es für das Opfer nahezu unmöglich sein, die Beschattung zu entdecken. Die Verbindung zwischen ihnen sollte per Handy erfolgen.

Mutter und Sohn hatten beim Hauptsitz der Versicherung gegenüber dem Eingang Position bezogen und danach den Direktor angerufen. Sie mussten nicht lange warten. Schon eine halbe Stunde später erschien Thomas Meyer. Er schien es eilig zu haben, denn er ging mit raschen Schritten in Richtung Baumwall. Hier nahm er den Eingang zur U-Bahn, löste am Automaten einen Fahrschein und trat auf den Bahnsteig.

Veras Sohn Michael folgte ihm, denn er besaß für den gesamten Innenstadtbereich eine Monatskarte. Seine Mutter musste erst einen Fahrschein lösen. Michael folgte Meyer in das gleiche Abteil, während seine Mutter im nächsten Wagen Platz nahm. Michael, der sowohl den Verfolgten als auch seine Mutter im Blick hatte, gab ihr das Zeichen, den Vater anzurufen. Wie er gleich darauf bemerkte, hatte sie ihn verstanden. Sie passierten etliche Stationen, aber Meyer machte bei keiner Anstalten auszusteigen. Erst als die Haltestelle Hoheluftbrücke angekündigt wurde, erhob er sich und ging zur Tür. Er sah sich nicht um, rechnete also nicht damit, dass ihm jemand folgte. Sohn und Mutter verließen ebenfalls den Zug. Michael eilte voraus, so dass er vor Meyer aus dem Ausgang trat. Er überquerte die Straße und bummelte auf der anderen Straßenseite. Er sah seinen Vater in einiger Entfernung von der U-Bahn-Station in zweiter Reihe parken.

Meyer überquerte ebenfalls die Straße und ging zielstrebig auf die Grindelhochhäuser zu. Nicht ein einziges Mal sah er sich um. Beim dritten Hochhaus blieb er vor dem ersten Eingang stehen, blickte nach links und nach rechts und betrat dann das Gebäude. Michael wartete einige Augenblicke und folgte ihm. Meyer war nicht mehr zu sehen. Michael schaute zur Fahrstuhlanzeige. Das Licht blieb bei Nummer 10 stehen. Inzwischen war sein Vater eingetreten. Er hatte seiner Frau den Autoschlüssel in die Hand gedrückt, ihr zugerufen, wo der Wagen stand, und sich beeilt, zu seinem Sohn zu kommen. Er wollte verhindern, dass sich Michael im Eifer der Verfolgung in Gefahr begab.

»Gut, dass du gewartet hast und nicht mit ihm nach oben gefahren bist«, lobte ihn Herr Bornstedt.

»Ich bin doch nicht doof, Papa. Ist doch klar, dass das zu auffällig ist«, antwortete Michael empört. »Ist Mama im Auto?«

»Ja, wir beide machen das hier.«

»Und wie?«

»Ich fahre jetzt in den elften Stock. Wenn du siehst, dass der Fahrstuhl hält, holst du ihn wieder nach unten und fährst zum zehnten hoch. Wenn du oben jemanden triffst, gibst du dich als Student aus. Man hat dir auf der Uni gesagt, dass hier eine Wohnung zu vermieten sei. Ansonsten schreibst du dir die Namen an den Türen auf. Solltest du auch nur die kleinste Gefahr spüren, sagst du laut: Ich bin Student. Ich greife dann von oben ein. Alles klar?«

»Ja, aber mit dem Weichei Meyer werde ich auch selbst fertig.«

»Klar, du Kraftprotz, und was ist mit seinen Komplizen? Weißt du, wen er dort oben trifft, oder wie viele es sind?«

»Schon klar.«

»Ich hoffe das. Du verhältst dich genauso, wie ich es dir gesagt habe. Keine Alleingänge und keine Heldentaten.«

»Ja doch.«

»Dann los.«

Der Vater drückte auf den Knopf für den Fahrstuhl und fuhr in den elften Stock. Dort nahm er die Treppe für Notfälle und ging bis zum Treppenabsatz hinunter. Wenig später hörte er die Fahrstuhltür im zehnten Stock aufgehen. Er schaute vorsichtig um die Ecke. Sein Sohn war angekommen. Auf dem Flur befand sich sonst niemand. Michael suchte erst den rechten Flur auf, dann den linken, und besah sich die Türschilder. Nach einiger Zeit kam er zurück und fuhr wieder ins Erdgeschoss. Sein Vater folgte ihm wenig später.

»Das war ja ein Kinderspiel«, sagte Michael leicht enttäuscht.

»Wir haben Glück gehabt, dass man uns nicht bemerkt hat. Das Ganze hätte auch anders ausgehen können. Wenn du etwas machst, mein Sohn, dann bereite dich immer auf das Schlimmste vor und sei froh, wenn es nicht eintrifft. Nimm niemals, absolut niemals etwas auf die leichte Schulter, auch wenn es noch so easy erscheint. Und die zweite Regel ist: Mache niemals etwas allein, wenn es sich vermeiden lässt. Wenn dir etwas passiert, kann ein Zweiter dich retten. So, und nun komm, wir müssen zu Mutter, sie sorgt sich sicher schon.«

Ihr Mann hatte recht. Vera verzehrte sich vor Sorge um ihren Sohn. Die beiden Männer sahen, wie erleichtert sie aussah, als sie aus dem Wagen ausstieg. Spontan umarmte sie Michael. Der versteifte sich, denn die mütterliche Geste widerstrebte ihm zutiefst.

»Aber, Mama, sollen die Leute denken, ich wäre noch ein Kind?« Er schob sie nachdrücklich zurück.

»Was ist Schlimmes daran, wenn ich meinen Sohn mal umarme?«

»Ach, Mama, das verstehst du nicht.«

»Rein mit euch ins Auto. Wir müssen jetzt warten, bis er wieder herauskommt. Wir werden so parken, dass wir den Ausgang im Blick haben, er uns aber nicht entdeckt. Jetzt kommt die langweiligste Phase des Beschattens – das Warten.«

Es hielt sich in Grenzen, denn nach etwas mehr als einer Stunde trat Meyer wieder ins Freie. Im Gegensatz zu vorher sah er besorgt aus. Er ging Richtung U-Bahn, sah sich dabei nach allen Seiten um und blieb wiederholt stehen.

Diesmal folgte ihm Hauptwachtmeister Bornstedt, da Meyer ihn noch nicht gesehen hatte. Vera und Michael fuhren im Auto und versuchten, die nächste Haltestelle immer vor der U-Bahn zu erreichen.

An der Saarlandstraße stieg Thomas Meyer endlich aus und ging schnurstracks zu seinem Luxusapartment. Der Hauptwachtmeister folgte ihm zu Fuß, während Vera in sicherer Entfernung hinterherfuhr. Nachdem Bornstedt auf dem Klingelschild gesehen hatte, dass der Observierte hier wohnte, ging er zu seiner Frau zurück.

»Melde deinem Boss, dass wir Meyer bis zu seiner Wohnung verfolgt haben und dass ich vorschlage, das Unternehmen zu beenden oder uns durch ein anderes Team zu ersetzen, da wir ihm aufgefallen sein könnten. Außerdem stehen die Chancen 50 zu 50, dass nichts mehr passiert und Meyer bis zum Morgen in seiner Wohnung bleibt.«

Vera erreichte Voss, als dieser auf dem Weg zum Olsdorfer Friedhof war. Er bedankte sich für den Einsatz der Familie und sagte ihr, dass sie die Beschattung abbrechen und auf Spesenkosten essen gehen sollten. Zuvor bat er jedoch darum, ihm die Namen der Mieter im zehnten Stock des Grindelhochhauses zu übermitteln und bei der Gebäudeverwaltung herauszufinden, wer die Wohnung bewohnte, an deren Tür kein Name stand. Vera versprach, das noch heute zu erledigen.

***

Sobald Voss die Namen auf seinem Handy hatte, rief er Hans Friedel im Landeskriminalamt an. Wie immer meldete sich Hilde Mertens, seine Sekretärin. Sie war schon 60 und kannte das Landeskriminalamt wie ihr eigenes Zuhause. Voss mochte die etwas spröde, ihrem Chef ergebene Frau. Die Sympathie wurde von ihr erwidert, was wohl daran lag, dass er nie versucht hatte, sie zu umgehen, wenn er etwas von seinem Freund wollte.

»Hilde, ich wünsche Ihnen einen wunderschönen guten Tag.«

»Jeremias Voss, natürlich, wer könnte es auch anders sein? Wenn Sie sich so verausgaben, dann wollen Sie doch etwas.«

»Hilde, wie können Sie nur so etwas von mir annehmen? Ich darf Ihnen doch wohl ohne Hintergedanken einen schönen Tag wünschen.«

»Das wäre etwas absolut Neues. Also, was gibt's?«

»Ich möchte unseren Kriminaloberrat sprechen.«

»Ist nicht da. Kann ich Ihnen irgendwie helfen?«

»Wenn Sie mich so darum bitten. Ich habe gehofft, dass Sie das sagen, denn Sie haben die besten Verbindungen in Ihrem Laden.«

»Das mit dem Laden will ich überhört haben. Nun kommen Sie endlich zur Sache. Ich habe schließlich mehr zu tun, als mir Ihre Sprüche anzuhören.«

»Ich hab hier ein paar Namen und möchte gern wissen, ob gegen diese Personen etwas vorliegt oder sie schon einmal mit dem Gesetz in Konflikt gekommen sind. Es könnte sein, dass der eine oder andere mit der islamistischen Szene in Verbindung steht, denn alle Namen bis auf zwei klingen arabisch.«

»Ich werde mich mal umhören. Schicken Sie mir die Namen auf mein persönliches Handy. Wenn ich was habe, rufe ich Sie an.«

»Hilde, Sie sind ein Schatz.«

»Ich weiß, aber verraten Sie es bloß niemandem. Haben Sie sonst noch etwas, womit Sie meinen Chef zu einem Dienstvergehen verführen wollen?«

»Aber, Hilde, was denken Sie von mir? So etwas würde ich doch niemals tun.«

»Lügner. Ich melde mich bei Ihnen.«

Nachdem er so seine Ressourcen angezapft hatte, fuhr er zum Olsdorfer Friedhof, der mit fast 400 Hektar eine gewaltige Fläche einnahm. Er war der größte parkähnliche Friedhof der Welt, und man musste schon genau wissen, wohin man wollte, um sich nicht zu verlaufen.

Mit über zwei Stunden Verspätung traf er am verabredeten Ort ein, dem Eingang für Fußgänger am Eichenlohweg. Da er Herrmann über seine Verspätung informiert hatte, war der auch erst vor einer halben Stunde angekommen. Erstaunlicherweise fand Voss in der Nähe des Eingangs einen Parkplatz.

Die beiden Männer begrüßten sich mit Handschlag.

»Tut mir leid, dass ich Sie warten ließ«, entschuldigte sich Voss.

»Keine Ursache, Chef. Ich habe mir während der Wartezeit zwei Bier und 'ne Frikadelle gegönnt.«

»Sehr gut. Und Sie glauben, fündig geworden zu sein? Wie sind Sie eigentlich so schnell auf den Olsdorfer Friedhof gestoßen?«

»Wir haben entgegen Ihrer Anweisung hier angefangen. Wir dachten, wenn irgendwo an einem Grab manipuliert wird, dann hier, wo so viel Publikumsverkehr ist, dass es nicht auffallen wird, wenn etwas ein wenig anders aussieht als üblich. Bei kleineren Friedhöfen dürfte das eher der Fall sein.«

Voss nickte zustimmend. »Wo steckt denn Ihr Team? Haben Sie sie nach Hause geschickt?«

»Nee, de sök noch up de andern Friedhöfen. Könnt ja sin, det da noch mehr Manipulierte sind.«

»Das nenne ich mitdenken. Dann lassen Sie uns mal sehen, was Sie entdeckt haben.«

Herrmann strahlte bei dem Lob übers ganze Gesicht. Er führte Voss durch ein Wirrwarr von Wegen, während der über Handy versuchte, den technischen Direktor der Versicherung zu erreichen. Wie nicht anders zu erwarten, meldete sich zuerst seine Sekretärin. Als sie hörte, wer am Apparat war, sagte sie ihm, dass Farber bei einer Besprechung im Aufsichtsrat sei, sie aber versuchen würde, ihn zu erreichen. Es dauerte eine Weile, bis er sich meldete. Voss teilte ihm mit, dass sie wahrscheinlich fündig geworden seien, und fragte, ob er die technische Ausrüstung heute noch beschaffen könne. Als Dr. Farber ihm mitteilte, dass sie einsatzbereit in seinem Büro lag, atmete Voss erleichtert auf. Er scheute jede Art von Verzögerung, weil er den Tätern keine Möglichkeit zum Nachdenken geben wollte. Sie sollten kontinuierlich mit neuen, für sie negativen Nachrichten überhäuft werden.

»Wie groß ist die Ausrüstung? Kann sie unauffällig auf einen Friedhof geschmuggelt werden?«

»Der Gedanke hat mir auch Sorgen bereitet«, sagte Farber. »Aber wir können beruhigt sein. Das Gerät passt mit allen Teilen in einen dieser Tagesrucksäcke, mit denen die Leute ständig herumlaufen. Also alles im grünen Bereich. Wann wollen wir uns wo treffen?«

»Ich bin gerade auf dem Weg zu einem Grab, das in Frage kommt. Sobald ich überzeugt bin, dass es das Richtige ist, rufe ich Sie an.«

»Ich warte.«

»Danke.«

Voss unterbrach die Verbindung und widmete seine Aufmerksamkeit wieder Herrmann. Der erklärte, dass es 34 Gräber gab, in denen eine Woche vor bis zu einem Tag nach dem Diebstahl der Leiche des Tierarztes Menschen beerdigt worden waren. Von den 34 gab es jedoch nur eins, das sich von den anderen unterschied. Aufgefallen war es ihnen dadurch, dass die Kränze und Blumengestecke nicht so ordentlich auf dem Grabhügel arrangiert waren wie bei den anderen. Es war aber auch nicht so auffällig, dass es, wenn man nicht nach solchen Merkmalen suchte, ins Auge stechen würde. Er habe sich dann das Grab genauer angesehen und bemerkt, dass es dort Spuren von ausgehobener Erde gab. Auch lagen abgefallene Blüten und Blätter neben dem Grabhügel, und zwar an Stellen, an denen sie nicht hätten liegen dürfen, wenn sie auf natürliche Weise von den Sträußen oder Kränzen abgefallen wären.

»Am auffälligsten aber war«, sagte Herrmann und hob sich den Höhepunkt seiner Ermittlungen bis zuletzt auf, »dass der Grabhügel mit einem Spaten festgeklopft wurde und man an einigen Stellen die Abdrücke des Spatens deutlich sehen kann. Natürlich nur, wenn man die Kränze hochhebt. Zum Glück hatten wir in den letzten Tagen keinen Regen, sonst wären diese Spuren wohl nicht mehr zu erkennen gewesen.«

Das Grab, zu dem Herrmann Voss führte, sah auf den ersten Blick wie jedes andere aus – ein Grabhügel dekoriert mit Kränzen und Blumengebinden. Was Voss sofort auffiel, war, dass die Trauerbänder mit den Inschriften nicht sauber ausgerichtet waren. Ansonsten stimmte er mit allem überein, was Herrmann herausgefunden hatte.

»Ich glaube, Sie haben recht. Dies könnte unser Grab sein. Gute Arbeit, Herrmann. Jetzt sollten wir besser gehen, damit es nicht auffällt, dass wir diesem Grab besondere Aufmerksamkeit schenken. Das wäre verdächtig, wenn zufällig einer der Angehörigen vorbeikommt.«

Zusammen gingen sie zurück zum Eingang.

»Rufen Sie Ihre Männer ab.«

Als sie bei Voss' Auto angekommen waren, in dem Nero seit Stunden friedlich schlief, fragte Voss: »Kann ich Sie mitnehmen und zu Hause absetzen?«

»Nee, dat is nicht nötig. Min Auto steit um die Ecke.«

Die Männer verabschiedeten sich mit einem Händedruck.

Bevor Voss nach Hause fuhr, rief er noch Farber an und verabredete sich mit ihm für Mitternacht am Olsdorfer Friedhof, Eingang Eichenlohweg.

Zu Hause war seine erste Beschäftigung, Nero etwas zu fressen zu geben und danach auch für sich das Abendbrot zu machen. Nachdem sie beide gestärkt waren, stieg Voss unter die Dusche und danach ins Bett. Bis elf wollte er schlafen. Da er zu den Menschen gehörte, die auf Befehl einschlafen konnten und auch ohne Uhr pünktlich zu einer bestimmten Zeit aufwachten, benötigte er keinen Wecker.

Um drei Minuten vor elf wachte er auf, rieb sich den Schlaf aus den Augen und zog sich für das nächtliche Unternehmen an. In seinem früheren Beruf hätte solch eine Aktion dunkle Kleidung und Tarnfarbe auf allen hellen Körperteilen erfordert. Er hingegen zog ganz normale Straßenkleidung an, denn er wollte vermeiden, dass, wenn sie überrascht wurden, man sofort auf ein suspektes Unternehmen schloss. Er hoffte, dass Lars Farber auch so vernünftig war, sich nicht wie das Mitglied eines Kommandounternehmens zu kleiden. Leider hatte er versäumt, ihn darauf hinzuweisen. Sollten sie durch Friedhofswächter entdeckt werden, dann würde er behaupten, dass sie Proben für chemische

Bodenanalysen nahmen und dies in der Nacht taten, um Besucher des Friedhofs nicht zu stören oder auf falsche Gedanken zu bringen. Die Begründung stand auf sehr wackeligen Beinen, das wusste er, doch ihm war nichts Besseres eingefallen.

Als er aus seinem Haus trat, empfing ihn Nieselregen – typisches Hamburger Schmuddelwetter. Die letzten Tage hatte sonniges Wetter vorgeherrscht. Es war erst umgeschlagen, während er geschlafen hatte. So unangenehm der feine, überall eindringende Regen auch war, er sah ihn als ein gutes Omen für das Unternehmen »Leichensuche«. Bei so einem Schietwetter würde sich niemand zu nächtlicher Stunde auf einen Spaziergang machen, und auch Liebespaare dürften ihre Aktivitäten an geschütztere Plätze verlegen.

Als er zusammen mit Nero am Treffpunkt ankam, wartete Dr. Lars Farber bereits auf ihn. Voss atmete auf, als er ihn sah. Auch er trug ganz normale Straßenkleidung. Über der Wetterjacke trug er einen Rucksack auf dem Rücken. Die Kapuze hatte er in die Stirn gezogen und am Hals dicht geschlossen.

Nero betrachtete das Wetter skeptisch. Er hatte nur das Fell als Regenschutz. Wenn es nach ihm gegangen wäre, hätte er sich wieder auf den Rücksitz gelegt und die Zeit bis zur Rückkehr seines Herrn schlafend im Trockenen verbracht. Doch Voss' herrische Stimme sorgte dafür, dass er aus dem Wagen sprang, sich missmutig schüttelte und hinter den Männern hertrottete.

Voss holte zwei zusammenschiebbare Aluminiumleitern aus dem Wagen. Mit ihrer Hilfe gelangten sie ruckzuck über die Einfriedung. Danach versteckte er sie auf der Friedhofseite am Zaun.

Der Friedhof war beleuchtet, so dass sie keine Schwierigkeiten hatten, den Weg zum Grab zu finden. Obwohl das Wetter jeden unerlaubten nächtlichen Besucher verscheucht haben dürfte, blieben sie häufig stehen, horchten und sahen sich um. Niemand schien sie stören zu wollen, und auch die Parkwächter zogen offenbar die warme Bereitschaftsstube den nassen Streifengängen vor.

Am Grab nahm Lars Farber den Rucksack vom Rücken, holte das Gerät heraus und setzte es zusammen. Dann schaltete er es ein und führte einige Überprüfungen und Justierungen durch. Er hielt eine Sonde an das Erdreich des Grabhügels und sendete elektromagnetische Wellen in den Boden. Die Echos wurden von einem Empfänger aufgefangen und in dem eingebauten Hochleistungscomputer gespeichert. Wie es ihm die Archäologen erklärt hatten, nahm er die Messungen in genau bestimmten Abständen vor. Nach nur 20 Minuten war er mit seiner Arbeit fertig.

Sie stellten sich unter einen Baum, der etwas Schutz vor dem Regen bot und verhinderte, dass die Anzeige auf dem Bildschirm durch Wassertropfen gestört wurde. Farber stellte den Programmschalter auf *Anzeigen*, und beide schauten gespannt auf das sich auf dem Bildschirm entwickelnde Bild.

»Bingo«, sagte Voss und schlug Farber so heftig auf die Schulter, dass dem fast das Gerät aus den Händen gefallen wäre.

Das Bild, das der Computer aus den Messdaten in 3D zeichnete, ließ die Konturen eines Sargs erkennen – und die grobe Abbildung eines Körpers, der auf dem Sarg lag.

Auch Farber freute sich wie ein großer Junge über das gelungene Experiment.

Durchnässt, aber mit sich und der Welt zufrieden, kehrten die beiden um. Der Rückweg war genau so einfach wie der Hinweg. Die einzige Schwierigkeit war, Nero über die Leiter auf die andere Seite zu bringen und dort die zweite Leiter wieder hinunter. Da Nero dieses Experiment schon mehrmals mit seinem Herrn durchexerziert hatte, half er so gut er konnte mit.

In Voss' SUV sahen sie sich die Aufzeichnungen noch einmal an und beglückwünschten sich wie Jungs, denen ein Streich gelungen war. Dann speicherte Dr. Farber die Aufzeichnungen auf einem Stick und gab ihn Voss.

Sie verabschiedeten sich, und Farber versprach, die Aufzeichnungen nicht zu löschen, bevor Voss bestätigt hatte, dass sie auf dem Stick lesbar waren.

Am nächsten Morgen war Voss schon früh auf. Er rief Oberkriminalrat Friedel noch zu Hause an und teilte ihm den Fund mit. Dann fuhr er, wie mit Riedel verabredet, ins Landeskriminalamt und wartete dort auf ihn.

Hilde Mertens, Friedels Sekretärin, begrüßte ihn mit den Worten: »Was ist denn mit Ihnen passiert? Sie sehen ja aus, als hätte Sie jemand durch den Fleischwolf gedreht.«

»Sie hatten schon mal nettere Komplimente auf Lager«, antwortete Voss scheinbar empört.

»Haben sich wohl die ganze Nacht in den Kneipen auf dem Kiez rumgetrieben.« Hilde Mertens sah ihn anzüglich an.

»Schön wär's. Ich war auf dem Friedhof.«

»In der Nacht?«

»In der Nacht.«

»Dann haben Sie einen Kaffee verdient. Setzen Sie sich, ich mach Ihnen einen extra starken. Der wird Ihre Lebensgeister wieder wecken. Außerdem hab ich noch etwas für Sie.«

Hilde hatte recht: Der Kaffee konnte Tote zum Leben erwecken. Voss trank ihn dankbar in kleinen Schlucken. Er hatte sich auf den Besucherstuhl vor Hildes Schreibtisch gesetzt und sah sie erwartungsvoll an.

»Sie haben da wohl in ein Wespennest gegriffen«, sagte sie, diesmal ernst. »Alle Namen, die Sie mir genannt haben, sind Salafisten und stehen unter Beobachtung des Verfassungsschutzes. Warum, das konnte ich in der Kürze der Zeit nicht herausbekommen.«

»Hilde, Sie sind unschlagbar. Wie sind Sie überhaupt so schnell an die Infos gekommen?«

»Auf der Sekretärinnen-Hotline. Ich habe eine Freundin, die ist Sekretärin bei der organisierten Kriminalität. Die hat wiederum eine Freundin, die Chefsekretärin beim Verfassungsschutz ist. Wie ich bisher herausgefunden habe, hat die organisierte Kriminalität die Syrer – als solche sind sie bei uns gemeldet – im Visier, weil sie über unverhältnismäßig viel Geld verfügen, das irgendwo herkommen muss. Sie versuchen schon seit einiger Zeit, die Quelle für diesen Geldfluss zu finden. Bisher ohne Erfolg.«

»Super, Hilde, aber wie ich Sie und Ihre Neugier kenne, haben Sie auch herausgefunden, weswegen der Verfassungsschutz hinter ihnen her ist.«

»Leider habe ich in der kurzen Zeit nur erfahren können, dass einer von ihnen angeblich mal ein Mitglied der Al Kaida gewesen ist. Angeblich gehört auch noch ein Deutscher zu der Gruppe, aber dessen Name steht nicht auf Ihrer Liste.«

»Hilde, ich bin sprachlos!«

»Hoffentlich«, kam es von der Tür. Oberkriminalrat Hans Friedel war bei Voss' letzten Worten ins Büro getreten.

Voss drehte sich um, um ihn zu begrüßen.

»Mensch, siehst du scheiße aus«, kam der ihm zuvor.

»Noch so ein charmantes Kompliment. Wärst du einem Mordanschlag entgangen, verschüttet worden, hättest eine heiße Liebesnacht im Dienste des Vaterlands durchgestanden und dazu noch eine halbe Nacht auf einem Friedhof bei Regen überlebt, und das alles in wenigen Tagen, dann möchte ich mal sehen, ob du noch wie ein Marzipanschwein aussiehst.«

Friedel grinste. »Wie lange hast du an diesem Bandwurmsatz geübt? Wenn du so etwas ohne zu stottern herausbringst, dann kann es dir tatsächlich nicht so schlecht gehen, wie du aussiehst.«

»Noch ein Wort zu meinem Aussehen, und ich verschwinde und stecke den Ruhm allein ein.«

»Wenn es um Ruhm geht, den du offenbar teilen willst, dann sage ich: Du siehst heute richtig verführerisch aus.«

»Wie kommen Sie nur mit so einem fiesen Menschen aus?«, fragte Voss die Sekretärin.

»Komm mit, bevor du Hilde gegen mich aufhetzt«, sagte Friedel, packte seinen Freund am Arm und schob ihn in sein Arbeitszimmer.

Sie hatten sich gerade gesetzt, als Hilde mit einem Tablett mit einer Tasse Kaffee und einem Croissant hereinkam.

»Das ist unfair«, rief Voss. »Ich habe nur einen Kaffee bekommen.«

»Einen extra starken, und das Croissant ist immer nur für meinen Chef.«

Friedel lächelte sie an. »Danke, Hilde, kein Grund, es ihm zu erklären. Er versteht es nicht.«

Voss streckte ihm die Zunge raus.

Friedel wurde ernst. »Nun erzähl mir noch einmal, was du mir am Telefon gesagt hast. Ich glaube, ich habe kaum etwas von dem verstanden.«

Voss berichtete, was sich in den letzten Tagen zugetragen hatte und wieso er auf dem Friedhof gewesen war. Dann reichte er Friedel den Speicherstick, den der Oberkriminalrat in seinen Computer schob. Voss ging um den Schreibtisch herum und schaute ihm über die Schulter. Friedel starrte auf das dreidimensionale Bild, das sich langsam aufbaute. Sein Blick war fasziniert.

»Mensch, Junge, wie hast du das geschafft? Ich wusste ja immer schon, dass du gut bist, aber jetzt wirst du geradezu unheimlich.«

»Kein Grund, dich mit Komplimenten zu verausgaben. Im Grunde war es ganz einfach, denn ich hatte die Unterstützung eines der Direktoren der Versicherung. Du kannst dir kaum vorstellen, was die für Ressourcen haben.«

»Der Staatsanwalt wird ausflippen, wenn ich ihm den Stick vorführe. Jetzt müsste ich nur noch wissen, wer den Tierarzt dort vergraben hat.«

»Ich glaube, ich kann dir auch dabei helfen. Wenn ich davon ausgehe, dass das Vergraben der Leiche auf einem Friedhof vor dem Diebstahl geplant wurde, dann hatten die Täter – es muss mehr als einer gewesen sein – Spaten und Schaufel dabei. An ihnen müssen Reste der Friedhofserde haften geblieben sein. Wenn du das Schloss Rotbuchen durchsuchen lässt, nehme ich an, dass du die Geräte finden wirst, die für die Arbeiten benutzt wurden. Sicher wirst du daran Fingerabdrücke finden, die mit denen von Arbeitern auf dem Schloss übereinstimmen. Nimm dir am besten einen Dolmetscher für Arabisch und Marokkanisch mit, denn sie stammen alle aus dieser Großregion. Und wie immer, halt mich so weit wie möglich aus der Sache heraus.«

»Was willst du jetzt tun?«

»Ich will versuchen, den Kopf des Ganzen zu entlarven.«

»Brauchst du Hilfe?«

»Deine nicht, die ist zu einengend, wenn du verstehst, was ich meine.«

»Mensch, Jeremias, pass bloß auf. Nicht dass ich noch gegen dich ermitteln muss.«

»Keine Sorge. Obwohl, wenn ich es recht bedenke, würde das ein interessantes Schachspiel werden.«

Kapitel 17

Auf dem Weg zu seinem Büro machte er bei einer Bäckerei mit Café halt. Er bestellte einen Pott Kaffee mit viel Milch, nach Hildes Gebräu war ihm reiner Kaffee zu stark. Dazu nahm er zwei Brötchen mit Käse und Wurst und ein Brötchen ohne Butter mit gekochtem Schinken. Das Letztere würde er Nero zum Frühstück mitbringen.

Er zog sich an die rückwärtige Wand des Cafés zurück und dachte, während er aß, über den Fall nach. Allmählich wurden ihm die Zusammenhänge klar. Doch zwischen eigener Überzeugung und Beweisen bestand bekanntlich ein gewaltiger Unterschied. Und mit Beweisen sah es, zumindest was die Hintermänner anging, schwach aus. Was er brauchte, war ein Denunziant, jemand, der seine eigene Haut retten wollte, einen Aussteiger oder wie immer man einen Verräter nennen mochte. Er ging die potenziellen Kandidaten auf ihre Schwächen hin durch und glaubte bald, sein Opfer gefunden zu haben.

Als er eine halbe Stunde später sein Büro betrat, saßen zwei Männer mittleren Alters in Veras Zimmer. Sie waren unauffällig gekleidet. Bei seinem Eintreten standen sie auf.

»Jeremias Voss?«, fragte einer der beiden. Er schien etwas älter zu sein als der andere und trug eine Lederjacke.

»Guten Morgen«, grüßte Voss demonstrativ.

Die Männer gingen nicht darauf ein, der Sprecher wiederholte seine Frage.

In Voss' Augen blitzte es ungehalten auf. Auf Veras Lippen erschien ein fast unsichtbares Lächeln. Sie kannte ihren Chef und konnte sich denken, was nun kam.

»Wer will das wissen?«

»Sind Sie es oder nicht?« Die Stimme des Sprechers hatte einen barschen Befehlston.

»Darf ich fragen, ob Sie wissen, wo Sie sich befinden?«, fragte Voss freundlich lächelnd.

»Selbstverständlich. Im Büro des Privatschnüfflers Jeremias Voss. Und nun beantworten Sie endlich meine Frage.«

Voss ging zur Tür, öffnete sie und sagte: »Raus. Dies ist ein Privatbüro, in dem Sie nichts zu suchen haben, geschweige denn etwas zu sagen.«

Der Sprecher in der Lederjacke machte eine unwillige Bewegung und wollte etwas erwidern, doch Voss ließ ihn nicht zu Wort kommen. »Raus!«, und zu Nero gewandt: »Begleite die Herren hinaus. Sie dürfen erst wieder hereinkommen, wenn sie gelernt haben, sich höflich zu benehmen.« Es folgte ein kurzer Befehl: »Nero – Feinde!«

Sofort sprang Nero aus seiner sitzenden Haltung, stellte sich aggressiv vor die Männer, fletschte seine furchterregenden Zähne und stieß ein drohendes Knurren aus.

Die Männer standen wie angewurzelt.

»Ich würde tun, was Herr Voss gesagt hat«, meinte Vera liebenswürdig. »Mit dem Hund ist nicht zu spaßen. Er gehorcht ihm aufs Wort.«

Die beiden Männer gingen langsam in Richtung Tür. Ihre Augen waren auf Nero gerichtet, der ihnen Schritt für Schritt in drohender Haltung folgte.

Der Sprecher wollte etwas sagen, doch Vera legte den Zeigefinger auf die Lippen. »Pst! Keine aggressiven oder lauten Worte. Sie reizen damit Nero, und der steht schon unter Hochspannung.«

Voss beachtete die Männer nicht, sondern ging in sein Büro und schloss die Tür.

Es dauerte vielleicht fünf Minuten, dann klopfte es, und Vera trat breit grinsend ein.

»Chef, zwei Herren vom Landesverfassungsschutz möchten Sie sprechen.«

»Haben sie Sie gegrüßt?« Voss erwiderte ihr Grinsen.

»Haben Sie.«

»Dann bitten Sie sie herein.«

Sie öffnete die Tür weit. »Meine Herren, Herr Voss lässt bitten.«

Die Männer traten mit einem ironischen Zug im Gesicht ins Büro und grüßten höflich. Nero trottete hinter ihnen her und tat, als könnte er kein Wässerchen trüben. Er ging zu seiner Matte hinter Voss' Schreibtisch und legte sich nieder.

»Geht doch«, sagte Voss. »Bitte nehmen Sie Platz. Was kann ich für Sie tun?«

Wieder ergriff die Lederjacke das Wort. »Obwohl es offensichtlich ist, muss ich Sie fragen, ob Sie Jeremias Voss sind.«

»Ich bin Jeremias Voss. Doch was bereitet mir das Vergnügen, den Verfassungsschutz zu Besuch zu haben?«

»Wir möchten von Ihnen wissen, was die von Ihnen beauftragte Familie Bornstedt im Grindelhochhaus zu suchen hatte.«

»Warum wollen Sie das wissen?«

»Bitte beantworten Sie die Frage.«

»Ohne dass ich weiß, warum, sehe ich keine Veranlassung dazu.«

»Es geht hier um die nationale Sicherheit, mehr kann ich Ihnen nicht sagen.«

»Quatsch. Diesen Spruch habe ich selbst schon benutzt, ohne dass die Sicherheit der Bundesrepublik auch nur einen Hauch gefährdet gewesen wäre. Also, worum handelt es sich? Wenn Sie es nicht sagen wollen, dann dürfen Sie sich erheben und gehen.«

»Wenn Sie nicht bereit sind, mit uns zu kooperieren, werden wir Haftbefehl gegen Sie beantragen«, drohte der Zweite.

Voss konnte nicht anders, er musste lachen.

»Ich möchte den Richter sehen, der Ihnen einen Haftbefehl ausstellt, und selbst wenn dieser unwahrscheinlichste aller Fälle eintreten sollte, würde mein Rechtsanwalt mich freibekommen, bevor Sie noch bis zehn zählen können. Also lassen Sie Ihre Drohungen. Bei mir zieht so etwas nicht, genauso wenig wie das Wedeln mit Ihrem Verfassungsschutzausweis. Damit können Sie Omis beeindrucken, aber nicht mich oder jeden anderen denkenden Menschen.«

Voss sah die beiden Beamten mit steinerner Miene an. Dann lösten sich seine Gesichtsmuskeln, und seine Stimme wurde freundlich.

»Ich bin ja bereit, Ihre Fragen zu beantworten, aber nur auf der Basis von Geben und Nehmen. Möglicherweise können wir uns sogar gegenseitig helfen, aber nur, wenn mit offenen Karten gespielt wird.« Er machte eine Pause, damit die Verfassungsschutzbeamten das überdenken konnten. Dann fragte er: »Nun, meine Herren, wie steht's?«

Die Lederjacke antwortete: »Wir gehen auf Ihr Angebot ein.«

»Gut, ein vernünftiger Entschluss. Vera, wir brauchen Kaffee«, rief er zu seiner Assistentin hinüber.

Die anschließende Unterhaltung, die in einer freundlichen Atmosphäre stattfand, war tatsächlich für beide Seiten ein Gewinn. Voss berichtete, was ihn veranlasst hatte, den zehnten Stock des Hochhauses aufzusuchen. Im Gegenzug erfuhr er, dass der Verfassungsschutz das Stockwerk mit einer versteckten Kamera überwachte. Als der Mann in der Lederjacke, der sich Schmidt nannte, ihm auf dem Handy die Bilder der Besucher der letzten Woche zeigte, konnte er vier Männer identifizieren. Der eine war der Vorarbeiter des Schlosses, ein anderer der marokkanische Schlossarbeiter. Die beiden anderen Besucher verblüfften ihn jedoch. Außerdem lernte er den Namen des Mannes kennen, der die Wohnung ohne Namen angemietet hatte. Er war Deutscher und im Mieterverzeichnis als Frank Schulze eingetragen. Der Name sagte Voss nichts, aber das Gesicht ließ ihn nachdenklich werden. Als man sich nach zwei Stunden trennte, geschah dies in bestem Einvernehmen.

Als Nächstes rief er bei der Oberstaatsanwaltschaft in Kiel an und informierte Ludwig, dass die Leiche des Tierarztes gefunden sei und er den Fund dem Kriminaloberrat vom Landeskriminalamt Hamburg gemeldet habe. In Gegenzug erfuhr er, dass man Rusinskis Mörder festgenommen hatte. Die Fragmente des Täters auf der Mordwaffe zeigten eine ausreichende Übereinstimmung mit O'Heatherby, dem irischen Tierarzt. Er saß bereits in Untersuchungshaft, bestritt jedoch vehement, etwas mit dem Mord zu tun zu haben. Auch der Brandstifter war anhand der Fingerabdrücke auf dem Schlitten und der Gasflasche identifiziert und verhaftet worden. Es handelte sich um den Vorarbeiter des Schlosses. Die Pistole, mit der der Tierpfleger erschossen worden war, hatten die Beamten jedoch im Schlafzimmer von Dr. Nele Rusinski gefunden. Es handelte sich um eine alte Heerespistole aus dem Zweiten Weltkrieg, die laut Waffenbesitzkarte ihrem Vater gehört hatte. Fingerabdrücke waren darauf nicht gefunden worden. Jemand hatte die Waffe gründlich abgewischt. Im Abfalleimer unter der Spüle in der Küche war ein Paar Gummihandschuhe, wie sie Ärzte trugen, gefunden worden. Eine vorläufige Überprüfung hatte ergeben, dass jemand mit ihnen eine Schusswaffe gehalten und abgefeuert hatte. Obwohl Nele Rusinski beteuerte, die Waffe nicht benutzt und schon gar nicht den Tierpfleger getötet zu haben, wurde sie festgenommen.

Das versetzte Voss einen gehörigen Dämpfer, auch wenn sich seine anderen Hypothesen größtenteils als richtig erwiesen hatten.

Den Rest des Tages verbrachte er in seinem Büro, um mit Vera die liegengebliebene Post aufzuarbeiten und um zu überlegen, wie er die Hintermänner aufdecken konnte. Zwischendurch versuchte er wiederholt, Thomas Meyer zu erreichen, was ihm erst gegen Abend gelang.

Als Meyer sich endlich meldete, verlangte Voss, ihn dringend persönlich zu sprechen. Meyer lehnte jedoch jeden Kontakt mit ihm ab. Erst als Voss ihm sagte, dass er ihm erklären wollte, warum er bei der Besprechung mit Dr. Hartwig auf einem Vieraugengespräch beharrt hatte, erklärte der Assistent sich bereit, ihn um zehn Uhr abends zu empfangen. Um keine unliebsamen Überraschungen zu erleben, rief Voss Herrmann an und bat ihn, den Eingang zu Meyers Apartmenthaus ab neun Uhr abends zu überwachen. Er sollte jeden fotografieren, der das Gebäude betrat. Herrmann versicherte ihm, dass er pünktlich vor Ort sein würde. Zufrieden mit dem Arrangement, machte er mit Nero einen Spaziergang entlang der Alster. Der Weg gehörte zu Neros Lieblingsstrecken, denn hier gab es eine Unmenge zu erschnüffeln.

Gegen acht Uhr war Voss wieder im Büro. Er durchsuchte das Filmarchiv nach einem Video, das er vor Jahren für einen ganz speziellen Fall hatte anfertigen lassen. Damals wie heute galt es, einen Verdächtigen so einzuschüchtern, dass er bereit war auszusagen.

Kurz nach neun Uhr fuhr er zusammen mit Nero zum Apartmenthaus, in dem Thomas Meyer wohnte. Nach einigem Suchen entdeckte er Herrmann. Er saß in seinem Auto in der Einfahrt zu einem Apartmentgebäude auf der anderen Straßenseite.

Voss ging zu ihm und sah sich seine Fotos an, konnte aber kein bekanntes Gesicht erkennen, und auch niemanden, der irgendwie arabisch oder nordafrikanisch aussah. Es sah so aus, als hätte Meyer keinen Verdacht geschöpft. Voss' Befürchtung, dass er sich für das Gespräch mit ihm Unterstützung geholt hatte, schien unbegründet zu sein.

Er stieg aus Herrmanns Auto und wies ihn an, so lange zu warten, bis er wieder herauskam. Sollte es länger als eine Stunde dauern, sollte er Kriminaloberrat Friedel zu Hause anrufen.

Er überquerte die Straße und drückte den Klingelknopf links neben dem Namensschild. Ein Lautsprecher rauschte, und Meyers leicht feminin klingende Stimme fragte, wer da sei. Voss nannte seinen Namen, gleich darauf summte der Türöffner, und Voss trat ein. Er befand sich in einem exklusiv hergerichteten Treppenhaus. Einen Fahrstuhl gab es nicht, da das Gebäude außer dem Erdgeschoss nur über zwei weitere Stockwerke verfügte.

Meyers Wohnung lag im ersten Stock. Er stieg die Treppen hinauf. Der Assistent erwartete ihn an der geöffneten Tür.

Die Diele, die Voss nun betrat, war verhältnismäßig klein. Dafür war der Wohn- und Essbereich überraschend groß und geschmackvoll mit Designermöbeln eingerichtet. Alles passte sowohl farblich als auch stilistisch zueinander. Auf Voss wirkte der Raum etwas zu feminin. Wohl von einer Innenarchitektin eingerichtet, die es ihrem Kunden angesehen hatte, dass ihm weiche Konturen und Farben besser gefielen als betont männliche.

Thomas Meyer rümpfte die Nase, als er sah, dass Voss von seinem Hund begleitet wurde, sagte jedoch nichts. Im Wohnzimmer führte er den ungeliebten Gast zu einem Sessel und forderte ihn auf, Platz zu nehmen. Voss faltete eine Matte auseinander und legte sie neben den Sessel. Nero ließ sich sofort darauf nieder.

Meyer bot Voss keine Erfrischung an und zeigte damit sein Missfallen über den Besuch. Voss nahm es mit einem Schmunzeln zur Kenntnis.

»Sie wollten mir sagen, warum Sie darauf bestanden haben, dass ich den Raum verlasse, während Sie mit Dr. Hartwig sprachen«, kam er zur Sache, noch bevor er sich gesetzt hatte.

»Das ist richtig, und ich weiß, dass Sie sich darüber geärgert haben – mit Recht.«

Meyers Gesichtszüge wurden eine Spur freundlicher.

»Sie wissen, dass ich beauftragt wurde, den Brand auf Schloss Rotbuchen aufzuklären?«

Meyer nickte.

»Sie wissen auch, dass ich die undichte Stelle, über die vertrauliche Informationen der Versicherung nach draußen fließen, ermitteln soll?«, fuhr Voss in gleichbleibend freundlichem Ton fort.

Wieder nickte Meyer nur.

»Ich habe dieses Leck entdeckt und meine Ergebnisse bei besagtem Gespräch Dr. Hartwig mitgeteilt. Sie werden verstehen, dass ich Sie bei diesem Gespräch nicht dabei haben wollte.«

Voss hatte so beiläufig gesprochen, dass der andere die Anschuldigung, die in den Worten steckte, leicht überhören konnte. Meyer schien sie aber nicht überhört zu haben, denn sein Gesicht rötete sich.

»Wie soll ich das verstehen?«, fragte er empört.

»Das wissen Sie doch selbst, oder muss ich es extra aussprechen? Sie sind die undichte Stelle. Sie sind der Informant, der die vertraulichen Daten nach draußen gegeben hat, oder wollen Sie irgendjemanden davon überzeugen, dass Sie sich diesen Luxus«, Voss machte mit der Hand eine bezeichnende Geste, »ohne ein zusätzliches Einkommen leisten können?«

Meyer sprang auf. Erregt fuhr er Voss an: »Verlassen Sie sofort meine Wohnung!«

Nero war bei der abrupten Bewegung hochgeschnellt. Seine Haare standen im Nacken senkrecht in die Höhe, und er ließ durch die gefletschten Zähne ein gefährliches Knurren hören.

Meyer sah entsetzt zu ihm.

»Setzen!«, befahl Voss scharf. Alle Freundlichkeit war aus seiner Stimme gewichen. »Mein Hund mag es nicht, wenn in seiner Gegenwart aggressiv gesprochen wird.«

Mit einem ängstlichen Blick auf Nero ließ sich Meyer in seinen Sessel zurückfallen. Seine Finger begannen zu zittern. Es war offensichtlich, dass er kein Held war.

»Passen Sie auf!«, fuhr Voss ihn mit harter, durchdringender Stimme an. Ohne eine Reaktion seines Gegenübers abzuwarten, erzählte er, wie und woran er ihn als Informant erkannt hatte. Auch den Besuch im zehnten Stock des Grindelhochhauses erwähnte er.

Meyer sank, während Voss seine Verfehlungen aufzählte, in sich zusammen. Sein Gesicht war bleich; die Finger spielten unaufhörlich miteinander.

»Nach meiner Beurteilung sind Sie nur ein kleines Rädchen in einem großen Uhrwerk, deshalb will ich Ihnen eine Chance geben«, fuhr Voss fort. »Wenn Sie alles, was Sie wissen, ohne Einschränkungen aussagen, dann wird sich das positiv auf Ihre Strafe auswirken. Ich könnte mir vorstellen – vorausgesetzt, Sie haben niemanden umgebracht –, dass die Staatsanwaltschaft Sie als Kronzeugen akzeptiert. Ich würde es jedenfalls dem Staatsanwalt vorschlagen. Es hängt allerdings davon ab, ob Ihr Wissen ausreicht, um gegen Ihre Terrorgruppe vorzugehen.« Voss hatte absichtlich das Wort Terror gewählt, um Meyer, der wie ein Häuflein Elend auf dem Sofa saß, weiter einzuschüchtern.

»Ich habe niemanden umgebracht«, stammelte er. »Aber wenn ich aussage, wird man mich umbringen. Ich musste bei meinem Leben schwören, niemandem etwas über die Organisation zu verraten. Die bringen mich um.«

»Nicht, wenn die Verantwortlichen hinter Gittern sitzen.« Voss ließ das etwas sacken, bevor er mit betont gelangweilter Stimme fortfuhr: »Wer garantiert Ihnen eigentlich, dass man Sie nicht sowieso umbringt, wenn man erfährt, dass Sie verhaftet wurden? Glauben Sie wirklich, dass die Terroristen sich darauf verlassen, dass Sie schweigen?«

»Sie haben mir versprochen, mir den besten Anwalt zu stellen, sollte es einmal zu einer Anklage gegen mich kommen.«

Jeremias Voss lachte gespielt laut und verächtlich. »Sind Sie so naiv, oder tun Sie nur so? Niemals werden die das Risiko auf sich nehmen, Sie am Leben zu lassen. Was meinen Sie, warum ich ausgerechnet Ihnen das Angebot mache, gegen die Organisation auszusagen, und nicht jemand anderem?«

»Vielleicht, weil ich so viel weiß?«, sagte Meyer mit einem Hauch von Widerstand.

Wieder lachte Voss gespielt. »Bestimmt nicht. Ich habe Sie ausgewählt, weil Sie ein Weichei sind, das dem Druck eines Verhörs keine halbe Stunde standhält. Und ich garantiere Ihnen, so wie ich Sie durchschaut habe, so betrachtet Sie jeder in Ihrer Organisation. Die einzige Chance, die Sie haben, aber auch die allereinzige, um zu überleben, ist, mit der Staatsanwaltschaft zusammenzuarbeiten. Geben Sie sich keinerlei Hoffnungen hin. Wenn Sie jetzt nicht mit mir – auf der Stelle – und später mit der Staatsanwaltschaft kooperieren, dann garantiere ich Ihnen, dass Sie morgen um diese Zeit bereits tot sind. Nicht einfach tot, sondern zuvor stundenlang gefoltert, um herauszubekommen, was Sie verraten haben.«

Trotz des Horrorszenarios, das Voss geschildert hatte, gab Meyer seinen Widerstand nicht auf. Die Angst vor den Männern, für die er arbeitete, war einfach zu groß.

Voss war darauf vorbereitet. »Haben Sie hier einen Computer?«, fragte er. »Ich möchte Ihnen etwas zeigen.«

Meyer erhob sich nach einigem Zögern und ging zu einem Sekretär aus weißem Schleiflack. Er hob die Abdeckung hoch, und ein Notebook kam nach oben gefahren. Meyer setzte sich davor und schaltete den Computer ein.

Voss trat zu ihm und gab ihm den Speicherstick. »Schauen Sie sich den Film an«, befahl er.

Schon bei den ersten Bildern drehte Meyer das Gesicht zur Seite.

»Anschauen!«, befahl Voss. Als Meyer nicht reagierte, packte er dessen Hals und drehte den Kopf so, dass er auf den Bildschirm gerichtet war. »Hinsehen!«

Die Kraft, mit der Voss zupackte, war dem eher schmächtig wirkenden Detektiv nicht anzusehen.

Meyer sah auf den Bildschirm. In seinen Augen spiegelte sich Entsetzen. Wiederholt musste er würgen. Voss schlug ihm jedes Mal kräftig zwischen die Schulterblätter, was den Brechreiz unterbrach.

Den Film, den Meyer sich ansehen musste, hatte Voss von einem Filmstudio für Werbefilme herstellen lassen. Er zeigte einen gut gekleideten, selbstsicher wirkenden Geschäftsmann. Zwei brutal aussehende Männer standen vor ihm und begannen, ihn zu foltern. Der Geschäftsmann hielt nicht lange durch, denn der Film enthielt Folterverfahren der brutalsten Art. Die schönsten und wirkungsvollsten Szenen waren die, bei denen dem Gefolterten eine Glasröhre mit einer ausgehungerten Ratte auf den Bauch gesetzt wurde und die Ratte sich langsam in den Bauch fraß, bis sie nicht mehr zu sehen war. Auch Ameisen, die in Nase und Mund krochen, und eine Vogelspinne, die ein Auge auffraß, waren zu sehen.

Dass diese Bilder zumeist aus lebensechten Animationen und kunstvollen Filmschnitten bestanden, war für den Betrachter nicht zu erkennen.

Nachdem Meyer die Hälfte des Films gesehen hatte, brach er zusammen. Vor allem die Szenen mit der Ratte und der Vogelspinne schienen ihre Wirkung nicht verfehlt zu haben. Die Worte sprudelten nur so aus ihm heraus. Voss nahm jedes Wort mit einem versteckten Diktiergerät auf.

Meyer erzählte alles, was er wusste, und das brachte selbst Voss zum Staunen. Das Beste aber war, dass er zur eigenen Absicherung Material gesammelt hatte, um sich gegen die *Organisation*, wie er sie selbst nannte, zu schützen. Das Material hatte er in einem versteckten Wandsafe gehortet. Was Voss nicht verstand, war, wie so ein Weichling an so viele Informationen gekommen war. Er musste außer den beruflichen Qualifikationen auch schauspielerische Begabung haben. Anders war es kaum vorstellbar, wie er sich beim Direktor und in der Organisation ein solches Vertrauen erwerben konnte, um an dieses belastende Material heranzukommen.

»Ich werde heute Nacht zwei Männer hierlassen. Sie sollen Sie beschützen, verstehen Sie?« Als Meyer nichts erwiderte, fuhr Voss fort: »Sie achten auch darauf, dass Sie keine Dummheiten anstellen. Einverstanden?«

Meyers Antwort bestand aus einem Kopfnicken und einem Schluchzen.

Voss griff zum Telefon und rief Herrmann an, der noch in seinem Auto wartete.

»Herrmann, können Sie heute hier in der Wohnung Babysitter spielen?«

»Kein Problem, Chef. Was soll ich tun?«

»Besorgen Sie sich etwas zu essen und kommen Sie dann in den ersten Stock zu Thomas Meyer.«

»Bin gleich da.«

»Können Sie noch einen Kumpel organisieren? Dann können Sie abwechselnd schlafen.«

»Mach ich. Der wird aber erst später eintreffen.«

»Das ist in Ordnung.«

Nur wenige Augenblicke später klingelte es an der Wohnungstür. Meyer schreckte auf.

Voss beruhigte ihn. »Das ist einer meiner Männer. Er wird Sie beschützen. Der zweite kommt auch noch.«

Voss sah vorsichtshalber durch den Spion in der Tür, bevor er öffnete.

»Meyer ist etwas durch den Wind. Passen Sie gut auf ihn auf. Es besteht Suizidgefahr. Morgen früh komme ich wieder und bringe ihn zur Staatsanwaltschaft. Wenn jemand klingelt, können es böse Buben sein. Ich glaube zwar nicht, dass jemand kommt, aber lassen Sie niemanden in die Wohnung. Wenn er nicht nach ein paarmal Klingeln geht, rufen Sie mich an. Ich sorge dafür, dass die Polizei Sie unterstützt. Soll ich Ihnen vorsichtshalber meine Pistole hierlassen?«

»Nee, lassen Sie man, Chef. Ich sag Horst, er soll zwei schöne Knüppel mitbringen. Das ist völlig ausreichend für uns. Machen Sie sich keine Gedanken. Wi mok dat schon. Sie kennen uns doch.«

»Okay, kommen Sie, ich stelle Sie Thomas Meyer vor.«

Kapitel 18

Voss hatte schlecht geschlafen. Seine Gedanken waren ständig damit beschäftigt, Schwachstellen in seinen Überlegungen zu finden. Ihm war bewusst, dass jetzt, nachdem er Meyer aus dem Verkehr gezogen hatte, die nächsten Schritte Schlag auf Schlag erfolgen mussten. Andernfalls bestand die Gefahr, dass sich die Hauptakteure der Bande absetzen und/oder wichtiges Beweismaterial vernichten würden. Leider war nicht er es, der die nächsten Schritte auszuführen hatte, sondern sie mussten mit mehreren Dienststellen koordiniert werden, und das über die Landesgrenze hinaus. Um ein schnelles Handeln zu ermöglichen, brauchte er Unterstützung, und die hoffte er von Kriminaloberrat Friedel zu erhalten.

Voss sah auf die Uhr. Es war halb fünf, noch zu früh, um den Freund anzurufen. Wie er wusste, stand der gewöhnlich erst um sechs Uhr auf, um eine halbe Stunde im Klövensteen zu joggen. Auf das Laufen würde er heute wohl verzichten müssen.

Er stand auf, sehr zu Neros Überraschung, dessen innere Uhr auf weitere drei Stunden Schlaf eingestellt war. Er ließ den Kopf sofort wieder fallen und schlief weiter.

Nach einer kalten Dusche fühlte sich Voss erfrischt. Ein

starker Kaffee und eine große Schale Müsli mit getrockneten Früchten weckten seine Energie. Er rief Herrmanns Handy an. Der meldete sich sofort. Zu Voss' Erleichterung hatte es während der Nacht keine Probleme gegeben. Aus Sicherheitsgründen beauftragte er Herrmann und seinen Kumpel, Meyer zu ihm ins Büro zu bringen. Er wollte verhindern, dass jemand mit ihm Kontakt aufnahm. Und wenn jemand bei ihm einbrechen würde, sollte er nur eine leere Wohnung vorfinden. Es sollte so aussehen, als wäre Meyer nach dem Frühstück ins Büro gefahren.

Er beauftragte Herrmann, die Wohnung entsprechend herzurichten und alle Spuren, die auf ihre Anwesenheit hindeuteten, zu beseitigen.

Anschließend weckte er Dr. Hartwig. Der meldete sich ungehalten über die frühe Störung. Als er jedoch registrierte, wer am Telefon war, änderte sich seine Stimmung sofort. Voss bat ihn, seinen Stab zu unterrichten, dass die Mitarbeiter, wenn nach Meyer gefragt wurde, sagen sollten, er sei in einer Klausur mit Hartwig. Anschließend unterrichtete er ihn über seinen Plan, den Fall heute abzuschließen, und die Schwierigkeiten, die er bis dahin noch aus dem Weg räumen musste. Um auf alle Eventualitäten vorbereitet zu sein, sollte sich ein Hubschrauber den ganzen Tag über startbereit halten.

Kurz vor sechs Uhr rief er Hans Friedel an. Wie er gehofft hatte, erwischte er ihn noch zu Hause.

»Moin, Hans. Zieh mal deine Joggingklamotten wieder aus. Heute wird daraus nichts.«

»Du schon wieder! Mir schwant Böses, wenn du um diese Zeit anrufst.«

»Da irrst du dich. Ich rufe an, um deinen Ruhm im Landeskriminalamt unsterblich zu machen.«

»Ich wusste es. Und das, bevor ich noch die Chance hatte, eine Tasse Kaffee zu trinken.«

»Wenn du nicht nett zu mir bist, sag ich es deiner Frau.«

»Das ist eine nicht nur fiese, sondern auch unfaire Erpressung! Ich weiß nicht, warum, aber sie hält sowieso immer zu dir. Also, was willst du?«

»Im Ernst, ich brauche deine Hilfe, um eine Bande von Versicherungsbetrügern, Geldwäschern und wahrscheinlich auch Terroristen auffliegen zu lassen. Das erfordert die Koordination aller Aktionen zwischen mehreren Dienststellen in Hamburg und Schleswig-Holstein. Dich brauche ich, um schnell an die richtigen Männer zu kommen. Leider fällt keine der Taten in deinen dienstlichen Bereich, denn die Morde und Mordversuche wurden in Schleswig-Holstein begangen. Auch die möglicherweise geplanten Terroraktionen fallen nicht in dein Ressort. Aber du hast einen entsprechend hohen Rang, um die Sache ins Rollen zu bringen. Ich stelle mir Folgendes vor.«

Während der nächsten Viertelstunde informierte er Friedel über seine Ermittlungen und wie er die ganze Bande ausheben wollte.

»Mannomann«, sagte Friedel, als Voss geendet hatte. »Du hast vielleicht eine Vorstellung davon, wie die Behörden arbeiten. Du warst doch selbst mal dabei, und seitdem ist die Bürokratie noch schlimmer geworden. Aber ich werde sehen, was ich machen kann.«

»Wichtig ist, dass wir einen genauen Zeitplan festlegen,

damit die Staatsanwaltschaften in Schleswig-Holstein und Hamburg zur gleichen Minute zuschlagen. Niemand darf Zeit finden, zu seinem Handy zu greifen.«

»Das brauchst du mir nicht zu erklären. Jeder von uns weiß, wie kritisch das Zeitelement ist.«

»Hans, ich danke dir. Damit von meiner Seite keine Verzögerungen auftreten, werde ich zu Dienstbeginn mit Thomas Meyer und dem sichergestellten Beweismaterial bei dir im Büro sein. Meyer will sich als Kronzeuge zur Verfügung stellen. Er ist zwar keine Schlüsselfigur, aber ein cleverer Bursche, der sich zu seiner eigenen Sicherheit hochbrisantes Material beschafft hat.«

»Gut zu wissen, und jetzt mach die Leitung frei, ich muss ein paar Leute noch vor dem Frühstück verärgern.«

Kurz nach sieben Uhr trafen Herrmann und sein Kumpel Horst zusammen mit Meyer in Voss' Büro ein. Der war gerade dabei, Vera einen Zettel zu schreiben, um ihr mitzuteilen, dass er den Vormittag im Landeskriminalamt verbringen würde.

Er betrachtete Thomas Meyer. Der machte einen gefassten, fast entschlossenen Eindruck.

»Noch bereit, auszusagen?«, fragte er ihn.

»Ja, ich denke schon.«

»Sie müssen sich schon entscheiden. Ja oder nein. Etwas dazwischen gibt es nicht.«

»Ja«, antwortete Meyer, und es klang für Voss, der einen sechsten Sinn für Zwischentöne besaß, entschlossen genug.

»Gut, ich habe auch schon ins Gespräch gebracht, dass Sie sich als Kronzeuge zur Verfügung stellen. Und noch etwas. Wenn Sie aussagen, dann muss das, was Sie sagen, der Wahrheit entsprechen. Wenn Sie sich bei irgendeinem Sachverhalt nicht sicher sind, dann sagen Sie das, damit es ins Protokoll aufgenommen wird. Die Wahrheit auszusagen ist auch deshalb wichtig, weil man Ihnen Fangfragen stellen wird, und wenn Ihre Antworten dann anders lauten als die ursprünglichen, dann sind Sie unglaubwürdig geworden und können Ihre Zukunft in den Schornstein schreiben. Haben Sie mich verstanden?« Voss musterte seine Augen genau.

»Ja«, sagte Meyer kurz. Voss war überzeugt, dass er verstanden hatte.

»Okay, dann brechen wir jetzt auf. Ich denke, es ist am besten, wenn Sie beide mit Meyer vorausfahren und ich Ihnen folge. Sie fallen nicht auf, mich könnte man beobachten. Wir treffen uns auf dem Parkplatz des Landeskriminalamts. Wenn ich nicht gleich nach Ihnen dort eintreffe, dann ist irgendetwas passiert. Kümmern Sie sich nicht darum, sondern melden Sie sich bei Kriminaloberrat Hans Friedel. Wenn Sie aussteigen, soll Herr Meyer seine Kapuze so über den Kopf ziehen, dass man ihn nicht erkennen kann. Nehmen Sie ihn so in die Mitte, dass man sein Gesicht möglichst nicht sieht. Es darf natürlich nicht auffallen, dass Sie ihn beschützen wollen.«

»Chef, wi heff doch nun schon bannig oft für Se gearbeitet. Sie wet doch, dat wi keene kleinen Kinder sind. Wi mok dat schon.«

Voss grinste. Er hatte Herrmann schon oft gesagt, er könne mit ihm ruhig Platt sprechen, aber der drückte sich lieber in seinem »Hochdeutsch« aus. Wahrscheinlich wollte er damit seinen Kumpel beeindrucken.

»Und noch was, Herrschaften, ich habe meine Freisprechanlage eingeschaltet. Wenn Sie irgendetwas Ungewöhnliches sehen, sofort melden. Wenn mir etwas auffällt, tue ich das Gleiche. Und nun, auf geht's.«

Sie waren vielleicht eine Viertelstunde unterwegs, als Voss' Handy klingelte. Zu seiner Erleichterung war es nicht Herrmann mit etwas Unerwartetem, sondern Friedel.

»Bist du schon unterwegs zu mir?«, fragte er.

»Ja, bin ich.«

»Komm nicht zum Landeskriminalamt, sondern fahr zur Staatsanwaltschaft am Gorch-Fock-Wall. Mir ist das fast Unmögliche gelungen. Der zuständige Staatsanwalt ist ab neun Uhr bereit, uns zu empfangen. Mit von der Partie sind Kriminalrat Volker Börnsen, Leiter der organisierten Kriminalität, und sein Stellvertreter.«

»Bestens. Meine Jungs haben den Kronzeugen an Bord. Kannst du dafür sorgen, dass wir ihn ins Gebäude kriegen, ohne dass er gesehen wird? Nur zur Sicherheit, falls uns jemand folgt.«

»Geht klar. Bis gleich.«

Voss wählte Herrmanns Handynummer. »Planänderung: Wir fahren zur Staatsanwaltschaft am Gorch-Fock-Wall. Wissen Sie, wo das ist?«

»Klar doch. Ich bieg an der nächsten Kreuzung rechts ab.«

Die Fahrt verlief ohne weitere Störungen. Auf dem Parkplatz für die Mitarbeiter wurden sie von einem Justizangestellten in Empfang genommen und durch einen Nebeneingang in das Gebäude geführt. Hier verabschiedete Voss seine beiden Helfer, die bedauerten, dass ihr Einsatz schon zu Ende war. Der Angestellte führte Thomas Meyer in den zweiten Stock, Voss folgte den beiden. Vor Zimmer 225 blieb der Beamte stehen und klopfte. Auf dem Namensschild neben der Tür stand: *Martin Werner, Staatsanwalt.* Auf ein lautes Herein öffnete der Beamte die Tür und ließ Voss und Meyer eintreten, bevor er selbst folgte. Anschließend blieb er vor der Tür stehen.

Vier Männer standen um einen Tisch herum. Hans Friedel begrüßte seinen Freund und stellte dann die Herren einander vor. Voss tat das Gleiche mit Meyer.

»Dann wollen wir mal«, sagte Staatsanwalt Werner. Er war noch jung, etwa um die 30, und machte einen dynamischen Eindruck. Kriminalrat Börnsen war fast so alt wie Friedel und stand wohl schon seit einiger Zeit zur Beförderung an; dass das noch nicht geschehen war, lag an der chronisch knappen Haushaltslage. Friedel hatte wiederholt darüber geklagt, denn auch er wartete auf seine Ernennung zum Kriminaldirektor. Der Älteste von ihnen war ein kräftiger, durchtrainiert wirkender Mann, der als Kriminalhauptkommissar Sven Hagen vorgestellt wurde.

Die Männer nahmen dort Platz, wo sie standen, was dazu führte, dass Volker Börnsen, sein Stellvertreter Hagen und Friedel auf einer Seite des Tisches saßen, Voss auf der anderen und der Staatsanwalt an der Stirnseite.

»Bringen Sie bitte Herrn Meyer ins Nebenzimmer und warten Sie dort mit ihm«, wies der Staatsanwalt den Justizbeamten an.

Als sich die Tür hinter den beiden Männern geschlossen hatte, wandte sich Werner an Voss.

»Herr Voss, wenn ich alles richtig verstanden habe, was mir Kriminaloberrat Friedel heute Morgen berichtet hat, dann haben Sie ja wohl einen gewaltigen Fisch an der Angel, der jederzeit vom Haken fallen kann, wenn wir nicht schnellstens einen Kescher drunterhalten. Bitte unterrichten Sie uns über Ihre Ermittlungen, die Sie, wenn ich richtig verstanden habe, im Auftrag der Hamburger-Berliner-Versicherungs-AG durchgeführt haben.«

»Einen Augenblick, bitte«, sagte Kriminalrat Börnsen. »Soweit ich Herrn Friedel verstanden habe, haben wir es hier, neben allen anderen Aspekten, mit einem Zeitproblem zu tun. Ich schlage deshalb vor, dass Herr Hagen Meyer vernimmt, während wir die anderen Probleme diskutieren.«

»Sehr gut, machen wir es so.« Der Staatsanwalt sah den Kriminalhauptkommissar an. »Sie können das Zimmer gegenüber benutzen. Es ist leer.«

Als Sven Hagen sich erhob und zur Tür ging, hob Voss die Hand.

»Möchten Sie etwas sagen?«, fragte der Staatsanwalt.

»Ja«, sagte Voss. »Meine Ermittlungen haben ergeben, dass das Hauptquartier der Organisation in Schleswig-Holstein liegt. Ich habe dort mit Oberstaatsanwalt Ludwig zusammengearbeitet. Wäre es nicht sinnvoll, ihn im Rahmen einer Konferenzschaltung an der Besprechung hier teilnehmen zu lassen, zumal alle Aktionen zwischen Hamburg und Kiel ohnehin koordiniert werden müssen? Es wäre eine wertvolle Zeitersparnis. Es ist natürlich nur ein Vorschlag«, fügte er bescheiden hinzu, was Friedel zu einem Grinsen veranlasste, denn Bescheidenheit gehörte nicht gerade zu Voss' Stärken.

Der Staatsanwalt überlegte einige Augenblicke und sagte dann: »Ich denke, meine Herren, das ist ein vernünftiger Vorschlag, oder was meinen Sie?«

Volker Börnsen und Hans Friedel nickten zustimmend.

»Dann entschuldigen Sie mich einen Augenblick.« Der Staatsanwalt stand auf und verließ den Raum. Es dauerte keine zehn Minuten, dann kam er zurück.

Im Lautsprecher mit eingebautem Mikrofon knackte es.

»Herr Ludwig, hören Sie mich?«, fragte er in Richtung Lautsprecher.

»Laut und klar«, kam es zurück.

»Sie sind jetzt zugeschaltet.«

»Einen schönen guten Morgen nach Hamburg.«

Die Männer erwiderten den Gruß und stellten sich nacheinander vor.

»Da Herr Voss auch anwesend ist, wird es mir wohl nicht vergönnt sein, einmal einen Arbeitstag wie geplant zu beginnen«, sagte Ludwig humorvoll.

»So, nun sind Sie dran.« Werner zeigte auffordernd auf Voss.

»Meine Herren, meine Ermittlungen drehten sich ursprünglich nur um die Aufklärung des Brandes in einem Pferdestall. Bei diesen Ermittlungen traten Merkwürdigkeiten auf, die Aufklärungen erforderten, um die Brandermittlungen abschließen zu können.«

Voss berichtete in Telegrammstil von den Ermittlungen, den Ergebnissen, seinen Schlussfolgerungen und dem Zeitproblem, das sich daraus ergab. Zum Schluss schob er einen Faltordner mit Papieren zum Staatsanwalt hinüber.

»Dies sind die Unterlagen, die Thomas Meyer zu seinem persönlichen Schutz gesammelt hat.«

Die vier Männer hatten zugehört, ohne ihn zu unterbrechen. Kriminalrat Börnsen war der Erste, der etwas sagte: »Unwahrscheinlich, dass wir davon nichts mitbekommen haben. Und dieser verdammte Verfassungsschutz hat uns auch nicht informiert, obwohl es ein Abkommen gibt, nach dem Informationen zwischen den Behörden auszutauschen sind.«

»Wenn es so ist, wie Herr Voss gesagt hat – und davon dürfen wir ausgehen –, dann sitzt der Kopf des Unternehmens ja nicht in Hamburg, was die Herren aus Kiel ins Spiel bringt.«

»Genauso sehe ich es auch«, erklang es aus dem Lautsprecher. »Trotzdem müssen wir gemeinsam zuschlagen, um einen optimalen Erfolg zu haben. Wie ich den Quälgeist Voss kennengelernt habe, sitzt er nicht hier, ohne sich Gedanken darüber gemacht zu haben, wie wir die ganze Bande auffliegen lassen können, oder irre ich mich, Herr Voss?«

»Sie haben recht, Herr Oberstaatsanwalt. Ich habe mir in der Tat ein paar Gedanken gemacht. Nur einige Überlegungen, da ich ja Ihren Fachleuten nicht ins Handwerk pfuschen will.«

Voss öffnete seine Aktenmappe und nahm einige Papiere heraus, die er an die Männer verteilte.

Der Staatsanwalt sagte zum Lautsprecher: »Herr Voss hat gerade ein Papier verteilt, das er ›einige Gedanken‹ nennt, in

Wirklichkeit ist es ein detaillierter Ablaufplan. Ich fotografiere ihn und sende ihn auf Ihr Handy.«

»Etwas anderes hätte ich von Herrn Voss auch nicht erwartet«, sagte Ludwig, während er auf das Papier wartete. »Es ist angekommen und lesbar«, gab er wenig später bekannt.

»Wollen Sie etwas dazu sagen, Herr Voss?«, fragte Werner.

»Gern. Der Dreh- und Angelpunkt ist die Absprache, die ich mit Herrn Dr. Hartwig, Direktor für Schadensregulierung bei der Hamburger-Berliner-Versicherungs-AG, getroffen habe, und die Annahme, dass wir die Festnahme von Thomas Meyer bis Büroschluss geheimhalten können. Danach kann Letzteres nicht mehr gewährleistet werden. Mit Dr. Hartwig habe ich abgemacht, dass er sich zu einer abklärenden Besprechung über die Versicherungszahlungen im Fall der abgebrannten Scheune, des verbrannten Zuchthengstes und der anderen umgekommenen Pferde für 17 Uhr auf Schloss Rotbuchen anmeldet. Mit dieser Maßnahme, denke ich, wird der Kopf der Bande, einschließlich Graf und Gräfin, auf dem Schloss festgehalten. Dr. Hartwig hat mir versprochen, einen Hubschrauber bereitzuhalten, mit dem wir rechtzeitig nach Rotbuchen gelangen können. Alles andere steht in meinem Papier.«

»Danke, Herr Voss, Sie haben hervorragende Arbeit geleistet«, sagte der Staatsanwalt. »Ich denke, von hier an können wir übernehmen. Hat noch jemand eine Frage an Herrn Voss?« Er sah die beiden Beamten an, die den Kopf schüttelten. »Sie, Herr Kollege?«

»Ich habe keine Fragen.«

»Dann, Herr Voss, bitte ich Sie, draußen zu warten. Wir werden Sie später über unsere Vorgehensweise unterrichten. Lassen Sie sich von meiner Sekretärin mit Kaffee versorgen.«

Voss erhob sich, verbeugte sich knapp, sagte als Verabschiedung: »Meine Herren« und verließ den Konferenzraum.

Bei der Sekretärin steckte er den Kopf durch die Tür und erkundigte sich nach der Cafeteria. Dort stellte er sich ein ausgiebiges Frühstück zusammen und genoss es in aller Ruhe.

Pünktlich um 17 Uhr schlug die Polizei in Hamburg zu. Die Wohnungen im zehnten Stock des beobachteten Grindelhochhauses wurden gestürmt. Die Mieter wurden festgenommen. Wo niemand öffnete, wurden die Türen aufgebrochen. Gleichzeitig führten Beamte in Zivil in der Moschee in Eppendorf, in der die Mieter ihre geistliche Heimat hatten, eine Razzia durch. Das Unternehmen war ein voller Erfolg. Es wurden Sprengstoff, Handfeuerwaffen aller Art, der Entwurf eines Plans für einen Terroranschlag auf den Hamburger Hauptbahnhof und Bauteile für Drohnen gefunden. Die sofortige Auswertung führte zu weiteren Verdächtigen, bei denen ebenfalls belastendes Material sichergestellt wurde.

In Schleswig-Holstein war mit Glockenschlag 17 Uhr die weiträumige Absperrung des Schlosses Rotbuchen abgeschlossen. Alle Personen, die das Schloss auf der einzigen Zufahrtsstraße nach Nettelbach erreichen wollten, wurden festgehalten und vorläufig im Krug untergebracht. Hier führte eine Polizeibeamtin die Aufsicht. Sie hatte den Auftrag, dafür zu sorgen, dass keine Telefonate geführt wurden. Und wer auf den Gedanken kam, zu Fuß zu entfliehen, hatte keine Chance, den Polizeikordon zu durchbrechen.

Im Schloss hatte niemand eine Ahnung, was um sie herum passierte. Als der Hubschrauber mit Dr. Hartwig, Jeremias Voss, einem Polizeibeamten und Nero an Bord pünktlich um fünf Uhr nachmittags auf dem großen Rondell vor dem Schloss landete, trat der Graf aus dem Schloss. Er wartete, gestützt auf seinen Ebenholzstock, auf der Freitreppe, um die Gäste zu begrüßen.

Dr. Hartwig, Voss und der Polizeibeamte in Zivil eilten gebückt unter den sich noch drehenden Rotorblättern in Richtung Freitreppe.

»Willkommen auf Schloss Rotbuchen«, begrüßte sie der Graf und schüttelte jedem die Hand. Der Polizeibeamte wurde ihm als Sachbearbeiter der Versicherung vorgestellt. Nero, der hinter seinem Herrn stand, würdigte er mit einem missbilligenden Blick.

»Ich hoffe, Sie bringen uns gute Nachrichten«, sagte der Graf mit einem freundlichen Lächeln.

Er führte sie die Freitreppe hinauf, durchquerte die Eingangshalle und öffnete die Tür zur Bibliothek. An einem Fenster standen die Gräfin und der Manager. Beide schienen bester Stimmung zu sein, denn auf ihren Lippen lag noch ein Lachen, als die Männer eintraten.

Sie gingen den Besuchern entgegen und begrüßten sie mit aufgesetzter Herzlichkeit. Voss wurde von Henriette sogar umarmt. Da er eine ganz andere Begrüßung erwartet hatte, war er einen Moment irritiert. Dann sagte er sich, dass das Ganze wohl nur Theater war, um die Besucher – wahrscheinlich nur den Direktor – freundlich zu stimmen.

Für ein paar Minuten unterhielt man sich über die üblichen belanglosen Themen, dann bat Graf von Mückelsburg, sich an den Tisch zu setzen, auf dem Kaffee und Softdrinks standen. Nero setzte sich neben seinen Herrn. Selbst ihm hatte die Gräfin zur Begrüßung über den Kopf gestreichelt.

Dr. Hartwig verzichtete wie seine Begleiter auf Erfrischungen und ergriff das Wort.

»Ich habe um diese Unterredung gebeten, um Sie persönlich über unsere Untersuchungsergebnisse zu informieren. Wie Sie ja wissen, war Herr Voss in unserem Auftrag mit den Ermittlungen betraut. Damit Sie aus erster Hand informiert werden, wird er Ihnen die Ergebnisse selbst vorstellen. Bitte, Herr Voss, fangen Sie an.«

Voss öffnete die Aktenmappe und entnahm ihr einen Ordner. »Ich will Sie nicht mit langen Vorreden aufhalten, sondern gleich zur Sache kommen. Ich fange mit dem Brand in der Scheune an. Hier haben die Brandexperten der Versicherung festgestellt, dass es sich einwandfrei, also beweisbar, um Brandstiftung handelt. Der Täter wurde, wie Sie ja wissen, bereits festgenommen. Ob die Versicherung im Fall einer Brandstiftung den Schaden bezahlen muss, wird Ihnen Herr Dr. Hartwig erläutern.« Voss schilderte nun die Methode ihrer Untersuchungen und die Ergebnisse im Detail. Zum Schluss fragte er, ob es zu diesem Komplex noch Fragen gäbe. Als keiner der Anwesenden etwas sagte, fuhr er fort:

»Ich komme jetzt zu dem zweiten Untersuchungskomplex, dem Zuchthengst. Bei ihm wurde eine Zeugungsunfähigkeit festgestellt, die seit etwa einem Jahr bestand.« Voss sah Dr. Hartwig an.

»Damit entfällt gemäß Versicherungsvertrag die Haftung der Versicherung«, sagte der.

Die Nachricht schlug ein wie eine Bombe. Der Manager und die Gräfin sprangen gleichzeitig von ihren Stühlen auf.

»Unmöglich«, rief Henriette von Mückelsburg.

»Wir hatten den Hengst ständig unter ärztlicher Kontrolle. Wenn er nicht völlig gesund gewesen wäre, hätten wir das festgestellt und er wäre nie verkauft worden«, fuhr Bartelsmann Voss an.

»Es hat doch nie einen Verkauf des Hengstes gegeben. Das Ganze war ein ausgemachter Schwindel, ein Betrug, um die Versicherungssumme zu ergaunern.«

»Das ist eine unverschämte Behauptung, für die Sie gerade stehen müssen«, brüllte der Manager.

»Und wenn Sie noch so laut schreien, ändert das nichts an der Tatsache. Und seien Sie doch nicht naiv. Glauben Sie, ich würde so etwas behaupten, wenn ich es nicht beweisen kann? Ich habe einen bekannten Journalisten gebeten, bei seinen Kollegen in Pakistan zu überprüfen, ob besagter Milliardär etwas von dem Kauf weiß. Er wusste nichts davon, aber das ist Ihnen ja bekannt.«

»Wer hat die Untersuchung durchgeführt?«, wollte der Graf wissen und brachte damit Bartelsmann zum Schweigen. Im Gegensatz zu den beiden anderen verhielt er sich ruhig und überlegt.

»Die Untersuchungen wurden von Dr. Nele Rusinski durchgeführt.«

»Einer Mörderin glauben Sie?« Henriette lachte gehässig. »Das kann doch nicht Ihr Ernst sein.«

»Dr. Nele Rusinski ist eine Wissenschaftlerin an der Universität in Köln und qualifiziert, solche Untersuchungen durchzuführen. Auß…«

»Das glauben Sie doch selbst nicht!«, unterbrach Henriette ihn.

»Außerdem«, fuhr Voss mit neutraler Stimme fort, ohne auf die Unterbrechung einzugehen, »wurden die Proben an Professor Winterling, der einen Lehrstuhl für Tiermedizin an der Universität Köln innehat, geschickt. Dr. Rusinski ist Assistentin bei ihm und Anwärterin auf die Professur, wenn der Professor in Kürze in Pension geht. Soweit zur Qualifikation von Dr. Nele Rusinski.«

»Da wird jetzt wohl nichts mehr draus nach dem Mord an Manfred, unserem Tierpfleger«, sagte die Gräfin gehässig.

»Beruhige dich, Kind«, sagte der Graf und legte seiner Tochter beruhigend die Hand auf den Arm. »Wir werden das Ganze natürlich unserem Anwalt übergeben und Herrn Voss und die Versicherung verklagen.«

»Das bleibt Ihnen unbenommen. Weder mich noch Dr. Hartwig dürfte es beunruhigen.« Wieder sah Voss den Direktor an.

»Natürlich nicht«, sagte der betont gelangweilt.

»Ich würde mir diese Maßnahme noch einmal in Ruhe überlegen, denn es kommt noch ein anderer Aspekt hinzu«, setzte Voss seinen Bericht fort. »Sowohl der Hengst als auch alle anderen Kadaver wurden von Frau Dr. Rusinski untersucht. In allen stellte sie eine hohe Dosis Pentobarbital fest. Dieses Medikament dient dazu, Tiere, auch Großtiere, einzuschläfern. Das bedeutet, dass alle Pferde, die umgekommen sind, vor Ausbruch des Brands getötet wurden. Bevor Sie sich erregen, Graf, Gräfin, Herr Bartelsmann, auch diese Proben wurden zur Bestätigung an Professor Winterling geschickt. Ich will dem Herrn Direktor nicht vorgreifen, aber nach meiner Auffassung sind damit auch die Auszahlungen von Versicherungssummen für die anderen umgekommenen Pferde hinfällig, denn sie sind nachweislich nicht durch den Brand, sondern zuvor durch Pentobarbital getötet worden.«

Die Stimmen der drei Betroffenen überschlugen sich, als sie ihrer Empörung Luft machten.

Voss brachte sie durch eine gebieterische Handbewegung zum Schweigen.

»Meine Herrschaften, ich bin noch nicht fertig. Der Brand und das Töten der unschuldigen Pferde war ein groß angelegter, verbrecherischer Versuch, die Versicherung um Millionen zu betrügen. Und einer der Verantwortlichen – und dafür gibt es Zeugen – ist Werner Bartelsmann, der Manager der Pferdezucht.«

Der sprang erregt auf. »Diesen Blödsinn höre ich mir nicht länger an.« Er drehte sich um und wollte eiligen Schritts die Bibliothek verlassen.

»Halt! Stehenbleiben! Polizei!«, rief der Polizeibeamte in Zivil und trat dem erregten Bartelsmann in den Weg. »Ich bin Krimimalhauptkommissar Wiedermann. Ich verhafte Sie wegen des Verdachts des mehrfachen Betrugs.«

Voss, der sich nicht umgedreht hatte, hörte, wie hinter ihm die Handschellen klickten.

Nachdem er seinen Bericht beendet hatte, ergriff Dr. Hartwig das Wort. Seine Augen leuchteten vor Begeisterung. Er erläuterte dem Grafen und der Gräfin die Versicherungsbedingungen und die Gründe, warum in keinem Fall eine Summe gezahlt werden würde. Hinzu fügte er noch, dass die Versicherung rückwirkend alle ausgezahlten Gelder überprüfen und bei unrechtmäßiger Auszahlung Schadenersatz fordern würde. Außerdem würde geprüft, ob auch gegen den Grafen und die Gräfin Anzeige wegen Verdachts auf Versicherungsbetrug eingereicht würde. Danach stand er auf, klopfte Jeremias Voss anerkennend auf die Schulter, und sagte: »Tolle Arbeit, Herr Voss. Wie Sie mir gesagt haben, wollen Sie mit dem Grafen und der Gräfin noch ein weiteres Thema besprechen. Dazu werde ich jedoch nicht mehr benötigt.«

Er erhob sich und verließ die Bibliothek ohne Gruß. Wenig später hörte Voss das Knattern der Rotoren des Hubschraubers.

Auch der Graf hatte sich erhoben. »Aber wir haben nichts mehr mit Ihnen zu besprechen. Verlassen Sie sofort mein Schloss und nehmen Sie Ihre verdammte Töle mit. Es war ohnehin eine Unverschämtheit, diese Missgeburt in das Haus eines Edelmannes mitzubringen.«

Voss blieb ungerührt sitzen und sah den Grafen von Mückelsburg verächtlich an. »Habe ich richtig gehört? Sagten

Sie Edelmann?« Voss sah sich demonstrativ um. »Ich kann hier keinen Edelmann oder Edelfräulein sehen. Alles, was ich wahrnehme, ist abgrundtiefe Verworfenheit. Gegen Sie ist jeder Einbrecher ein Ehrenmann.«

Der Graf stand wie versteinert da. So etwas war ihm wohl noch nie geboten worden. Seine Tochter dagegen war tatkräftiger. Sie sprang auf, griff den Spazierstock ihres Vaters, drehte den Knauf um eine halbe Drehung und zückte einen blanken Degen. Die Waffe erhoben, sprang sie auf Voss zu.

»Du Lump, du hinterhältiges, verfluchtes Arschloch, du …«

Weiter kam sie nicht. Nero sah die erhobene, glitzernde Waffe, sprang auf und stürzte sich auf die Gräfin. In weniger als einer Sekunde lag sie zwischen den Stühlen. Nero stand quer neben ihr, ihren Hals im breiten Maul. Er hatte die Ohren aufgerichtet und wartete auf den Befehl zuzubeißen. Ohne Schwierigkeiten hätte er den schlanken Hals mit einem Biss durchtrennen können.

Voss ließ die Gräfin in Todesangst verharren, stand auf und hob den Degen auf.

»Ein hübsches Spielzeug«, sagte er zum Grafen, »aber zu gefährlich, viel zu gefährlich in der Hand einer wütenden Frau.« Er packte die Waffe an der Spitze und drückte Spitze und Knauf zusammen. Es machte *Knack*, und der Degen war in zwei Teile gebrochen. Er warf sie dem Grafen vor die Füße. »Vielleicht haben Sie dafür ja noch Verwendung.«

Dann wandte er sich an Nero und an die mit angstgeweiteten Augen am Boden liegende Henriette.

»Nero, nein! Komm! Platz!«

Sofort gab Nero den Hals frei, kam zu Voss, setzte sich neben ihn, hielt die Augen aber weiterhin auf die Gräfin gerichtet.

»Darf ich Ihnen aufhelfen?«, fragte Oberstaatsanwalt Ludwig galant und reichte der Gräfin die Hand.

Ohne dass jemand es bemerkt hätte, war er leise eingetreten. Ein Mann und eine Frau in Zivil folgten ihm. Beide hielten Pistolen schussbereit in den Händen.

»Was war das für eine unschöne Szene«, sagte der Oberstaatsanwalt freundlich, wodurch seine Worte noch ironischer wirkten. »Und dann diese Ausdrücke, Gräfin! So etwas hätte ich bei einem Edelfräulein nicht erwartet – nein, wirklich nicht.«

Henriette drehte sich um. In ihren Augen standen Wut und Verzweiflung und wohl auch etwas Scham.

»Und nun, meine Herrschaften, setzen Sie sich.« Ludwigs Stimme hatte jede Freundlichkeit verloren. Sie klang kalt und befehlend.

Im Hintergrund hörte man Stiefelgetrampel. Der Staatsanwalt griff in die Innentasche seiner Jacke und zog ein Kuvert heraus, dem er ein Papier entnahm und es dem Grafen reichte. Als der keine Anstalten machte, es entgegenzunehmen, ließ er es vor ihm auf den Tisch fallen. »Es ist ein Durchsuchungsbeschluss für Ihr Schloss, alle Nebengebäude und Ihren ganzen sonstigen Besitz.«

Er zog ein zweites Kuvert aus der Tasche und legte es der Gräfin hin. »Auch Ihr gesamter Besitz wird durchsucht, dazu gehören Ihre Wohnung in Berlin und die Apartments in Köln und Paris, sowie das Ferienhaus auf Sardinen. Die entsprechenden Staatsanwaltschaften haben den Durchsuchungen zugestimmt, und die Polizei der betreffenden Länder ist bereits bei der Arbeit.«

Er wandte sich an Voss. »Herr Voss, auch wenn Sie es sicher schon oft gehört haben, ich danke Ihnen. Sie haben hervorragende Arbeit geleistet. Dank Ihnen können wir Deutschland von einer widerlichen, menschenverachtenden Verbrecherbande befreien.«

Er schüttelte ihm die Hand und wandte sich dann dem völlig in sich zusammengesunkenen Grafen und seiner trotzig aussehenden Tochter zu.

»Graf und Gräfin Mückelsburg, ich nehme Sie wegen des Verdachts, eine terroristische Vereinigung unterstützt zu haben, vorläufig fest. Außerdem werden Sie beschuldigt, seit Jahren im großen Stil Versicherungsbetrug begangen zu haben, der Brandstiftung, der Planung eines Anschlags auf den Hamburger Hauptbahnhof, der Geldwäsche, der finanziellen Unterstützung von Al Kaida, sowie der Ermordung des Tierarztes Dr. Rusinski und der Ermordung Ihres Tierpflegers und des dreifachen Mordversuchs an Jeremias Voss.« Er nickte den beiden Polizeibeamten zu. »Festnehmen und in Handschellen abführen.«

***

Voss verließ das Schloss in einem Polizeifahrzeug, ließ sich in Nettelbach absetzen und ging zur Tierarztpraxis.

»Nele ist noch nicht wieder da«, sagte ihm Mutter Tine, die seit Neles Festnahme die Praxis betreute.

»Wenn sie kommt, sagen Sie ihr, ich bin im Krug.«
»Mach ich, Herr Voss. Wird sie denn entlassen?«
»Mit Sicherheit, Mutter Tine, mit Sicherheit.«

Er ging zum Krug hinüber und nahm Nero mit. Der Schankraum war inzwischen leer. Keiner der vorübergehend Festgehaltenen war mehr anwesend. Voss bestellte sich eine Bockwurst mit Kartoffelsalat und drei ungewürzte Schnitzel.

Als das Essen serviert wurde, bekam Nero die Schnitzel und er die Bockwurst.

Er war schon eine Weile mit dem Essen fertig, als Nele die Gaststube betrat. Sie trug noch die Kleidung, in der sie verhaftet worden war. An ihren Augen sah Voss, wie abgespannt sie war. Auf einen flüchtigen Beobachter hätte sie so frisch wie immer gewirkt. Sie kam zu ihm hinüber, ergriff seine Hand und sagte: »Komm.«

Voss erhob sich und folgte ihr. Da der Wirt gerade in der Küche war, verschob er das Zahlen auf morgen.

Nele führte ihn in ihr Schlafzimmer, zog sich aus, ging ins Badezimmer und stieg unter die Dusche. Als das warme Wasser über ihren Körper rann, seufzte sie vor Behagen.

Voss zog sich ebenfalls aus und stieg zu ihr in die Dusche. Zusammen genossen sie eine ganze Weile schweigend die Entspannung. Dann seiften sie sich gegenseitig ab und ließen sich wieder vom Wasser umspülen. Keiner von ihnen verspürte eine erotische Erregung. Die Wärme des Wassers und das Gefühl, sauber zu sein, bereiteten ihnen genug Wohlbefinden.

Nach dem Duschen gingen sie ins Wohnzimmer. Nele stellte eine Flasche Rotwein und zwei Gläser auf den Tisch, ging anschließend in die Küche, um ein Stück Hartkäse zu holen. Voss öffnete die Flasche und schenkte den Wein ein. Beide waren nur in Bademäntel gekleidet. Voss hatte einen von ihrem Vater bekommen. Nele setzte sich zu ihm auf die Couch und schmiegte sich an ihn. Er legte seinen Arm um ihre Schultern und zog sie an sich.

Nach einer Weile des Schweigens sagte Nele unvermittelt: »Ich hatte nichts Unrechtes getan. Jemand hat mich aus dem Haus gelockt. Angeblich hatte eine Kuh Probleme beim Kalben. Als ich dort ankam, wusste niemand davon.«

»Ich weiß, dass du unschuldig warst.«

»Du wusstest es? Und ich habe geglaubt, auch du hältst mich für schuldig. Der Gedanke hat mich fast umgebracht.«

Voss küsste ihr feuchtes Haar. »Dummerchen. Die Falle war doch so offensichtlich. Die Pistole im Schlafzimmer, der Gummihandschuh im Abfalleimer in der Küche. Man muss schon absolut bescheuert sein, wenn man Sachen so verstecken oder verschwinden lassen will. Wenn die Gräfin wenigstens versucht hätte, einen von deinen Gummihandschuhen zu benutzen, dann wäre es ja noch gegangen, aber ein anderes Fabrikat zu nehmen, zeugt schon davon, wie sehr die Mückelsburgs unter Stress gestanden haben. Aber vor allem hielt ich dich gar nicht für fähig, solche Taten zu begehen.«

Nele zog ihn zu sich herunter und küsste ihn. »Das ist das Schönste, was du mir sagen konntest«, flüsterte sie mit bewegter Stimme.

Wieder lagen sie eine Weile schweigend aneinandergeschmiegt, und wieder war es Nele, die die Ruhe unterbrach.

»Bist du traurig, dass sich die schöne Gräfin als Monster entpuppte?«

»Absolut nicht. Ich hatte keine Absichten, sie unter meinen Freunden einzureihen«, antwortete er spontan. »Mit dir hätte sie nie konkurrieren können.«

Nele küsste ihn zärtlich. »Wie hast du es eigentlich geschafft, alles so schnell aufzuklären?«

Voss dachte einige Augenblicke nach. »Wenn ich es so überdenke, dann ernte ich die Früchte, die die Verbrecher selbst gesät haben. Der Ruhm gehört eigentlich denen, die – wie du – für mich die Informationen sammelten. Von Anfang an war ich der Überzeugung, dass an dem Brand etwas faul war. Mein Verdacht keimte bereits auf, als mir Dr. Hartwig mitteilte, dass die Versicherung deinen Vater beauftragt hatte, über die Gesundheit des Hengstes zu wachen.«

»Wieso? Mein Vater war ein sehr guter Tierarzt!«

»Daran zweifle ich keinen Augenblick, meine Liebste, aber würdest du, wenn du mehrere Millionen für einen Hengst ausgibst, das Tier einem fremden Tierarzt übergeben? Ich nicht. Ich würde den besten Arzt meines Vertrauens aussuchen, und vor allem einen, der auch meine Sprache spricht. Also habe ich einen Bekannten von mir, einen Journalisten, gebeten, Informationen über den Käufer einzuholen, und siehe da, er hatte keine Ahnung von dem Kauf. Leider habe ich das erst relativ spät erfahren. Dann der Unfall auf der Straße. Das war kein Unfall, sondern ein Anschlag. Ein Anschlag, der mir gegolten hat. Dein Pech war, dass dein Auto fast genauso aussah wie meins. Hier haben die Verbrecher den ersten Fehler begangen. Erstens wusste nur ein kleiner Kreis, wann ich zum Schloss fahren würde, also war die Informationsquelle leicht zurückzuverfolgen. Wenn die Idioten es bei den Steinen auf der Straße belassen hätten, wäre es vielleicht noch nicht einmal aufgefallen. So etwas kann schließlich immer passieren, aber noch dazu Öl auf die Straße zu gießen, das war zu viel. Damit hat man mich förmlich mit der Nase darauf gestoßen, dass hier etwas faul war. Fehler Nummer zwei war, dass die Gräfin versuchte, mich mit eindeutigen Sexangeboten in ihren Bann zu ziehen oder mit einem Angebot, im Fernsehen aufzutreten, von Nettelbach wegzulocken. Und dann der Mordversuch in der Kiesgrube. Leider warst du schon dabei, mich auszubuddeln, so dass sie helfen musste, obwohl sie eigentlich nur ihr Werk überprüfen wollte. Von da an war für mich klar, dass die Gräfin bis zum Hals im Dreck steckte. Mit ihrer Verbindung zur Terrorszene war es ähnlich. Nachdem ich erfahren hatte, dass der Manager und sie sich von der Schule her kannten, in Köln und Paris zusammen studiert hatten, die Gräfin sich als Korrespondentin in arabischen Ländern aufgehalten hatte und beide sich in Nettelbach wiedertrafen, drängte sich dieser Gedanke auf. Außerdem kamen die Mückelsburgs in dem Moment zu Geld, als Bartelsmann hier Manager wurde. Danach galt es nur noch, alles miteinander zu verbinden und Beweise zu sammeln.«

»Wie aber kamst du auf den Gedanken, dass der Graf selbst meinen Vater getötet hat?«

»Durch einfache Deduktion, durch Ausschließen. Die erste Frage, die ich mir stellte, war, wieso sich nur ein Fingerabdruck vom Tierarzt auf dem Rohr befand. Sicherlich hat es zu irgendetwas gedient, also mussten es mehrere Personen angefasst haben. Da es aber sauber war, musste es abgewischt worden sein, und zwar nicht vom Tierarzt. Wer aber würde so nahe an deinen Vater herankommen, dass er ihn damit erschlagen konnte? Nur der Graf, sein Freund. Jetzt aber lass uns aufhören, über den Fall zu sprechen. Die Leute sind es nicht wert, dass wir uns diesen harmonischen Abend von ihnen verderben lassen.«

»Du hast ganz recht. Lass uns zu Bett gehen. Eine Frage habe ich aber doch noch. Wieso wusste der Staatsanwalt, dass ich Manfred nicht ermordet habe?«

»Er hatte dich, genau wie ich, nie in Verdacht. Er hat dich nur verhaftet, um dich aus dem Verkehr zu ziehen, damit du nicht einem plötzlichen Unfall zum Opfer fielst, und um die Gräfin in Sicherheit zu wiegen. Inzwischen dürfte er genug Hautschuppen in den Gummihandschuhen gefunden haben, um sicher zu sein, dass sie die Trägerin der Handschuhe war.«

Voss und Nele kuschelten sich eng aneinander. An diesem Abend genügte es ihnen vollkommen, die Wärme und den Körper des anderen zu spüren.

***

Mitten in der Nacht wachte Voss auf. Er sah auf die Uhr. Es war Viertel vor zwei in der Nacht. Obwohl er erst gegen elf Uhr abends eingeschlafen war, fühlte er sich ausgeschlafen. Nele, die durch seine Bewegungen erwacht war, murmelte verschlafen: »Was treibst du?«

»Ich kann nicht mehr schlafen.«

»Kein Wunder, du schläfst ja auch ununterbrochen seit vorgestern Abend.«